原野记忆书

谢小灵 著

SPM 南方传媒　花城出版社

中国·广州

图书在版编目（ＣＩＰ）数据

原野记忆书 / 谢小灵著. -- 广州 ： 花城出版社，
2024.1
　ISBN 978-7-5360-9273-0

　Ⅰ．①原… Ⅱ．①谢… Ⅲ．①中篇小说－小说集－中
国－当代②短篇小说－小说集－中国－当代 Ⅳ.①I247.7

中国国家版本馆CIP数据核字(2023)第080353号

出 版 人：张　懿
责任编辑：凌春梅
技术编辑：林佳莹
责任校对：汤　迪
封面设计：张年乔
章扉插图：张年乔

书　　名　原野记忆书
　　　　　YUANYE JIYI SHU
出版发行　花城出版社
　　　　　（广州市环市东路水荫路 11 号）
经　　销　全国新华书店
印　　刷　佛山市浩文彩色印刷有限公司
　　　　　（广东省佛山市南海区狮山科技工业园 A 区）
开　　本　880 毫米 × 1230 毫米　32 开
印　　张　11.25　2 插页
字　　数　225，000 字
版　　次　2024 年 1 月第 1 版　2024 年 1 月第 1 次印刷
定　　价　52.00 元

如发现印装质量问题，请直接与印刷厂联系调换。
购书热线：020-37604658　37602954
花城出版社网站：http://www.fcph.com.cn

献给我的爸爸

你是完美的人

目 录

汕头，汕头

　　有一天，我外婆的头脑和耳朵一起来把一件事告诉了我外婆，丈夫在外面有别人了。消息得来如此容易。和揪心的消息一同而来的还有那两个以前可怜兮兮，现在已经跟随伯父去到汕头过上生龙活虎、灿烂多彩、讲究排场的城里人日子的亲侄子。前一周回到老家的两个侄子似乎也同时甚至更早得知此消息。原先鲜艳如初，到处哗哗流淌着的小溪和安心居家的天空，一下变了。亲侄子脸上也流露出亲人常有的一脸无辜怜悯和关心的表情。

　　外婆的注意力这次没有落到丈夫的侄子们身上，而是落到了自己的际遇中。深陷忧愁，她在后头的几十年都难以摆脱这四个字形成的特殊烦闷，她觉得家的墙壁是由这个"忧"字砌成的，屋顶是"愁"这个字盖住的。

　　外婆的住地离森林远，外婆却遇见比森林豺狼还狠的事。这下，她大脑里堆满过于敬业的磁性甚至吸住了石头和泥巴，调制成一份特殊空气，不是让她用来呼吸，而是来拍打她的胸膛，令她沉重、窒息。

夜风冷，她紧紧关上窗户，盖上被子，把被子一直盖到她的脚不能有一个趾甲露在外面。黑暗中，她拒绝这事的愿望如此之强烈，她觉得不听第二次、第三次，这事就不会是真的，她不停地抗拒突如其来的痛苦。她发髻上乌黑的珠子，连同双眼加起来共四只眼睛彻夜睁着，在发亮，好比躁动闪烁不安的星星。

贴身丫鬟正在烧火，她走过去，往炉火里一把又一把机械地塞进茅草，她往烧红的锅里倒清水，锅发出刺耳响声，她听不见——外婆的胸中愤怒和委屈像花朵，在春天的原野里哗哗地冒出来。

在潮州城最贤惠、最有教养、最有见识的女子身上发生这种事情，像地球变成正方形。如果换在另外一个人身上，这种痛苦可能会减少，就像一阵狂风越过墙后吹到角落，只有奄奄一息的残存小股风，不足以将任何一株草吹倒，可到她这里，是顶级的台风。

她的父母把她嫁出去时，抬嫁妆队伍相连了整整两条村庄，在潮州府婚嫁史上，她的出嫁是一桩轰动的事件。人人都争着观看这场盛世的婚礼，人们的视线全集中在这川流不息的嫁妆上。

她的父亲为了定制他们新婚的床铺，在潮汕找最好的木匠，她的闺房装上琉璃瓦，他们家的床、贵妃椅子、屏风架子、案几、玄关、太师椅、梳妆台用材都是花梨木——最好的木材，几百年都不会坏，箱子四周都镶着黄铜包的边，黄铜还没有氧化，闪着内敛而高贵的光，她父亲还给了她大批新加坡茶叶，茶叶本是潮汕单枞茶最为正宗，有生意头脑的商人把茶叶卖到新加坡，新加坡那边的商人用茶叶罐把茶叶包装起来，茶叶罐上画上了弹着古筝的古代侍女，她们挽起的发髻，秀美的鹅蛋脸，手指纤纤细长，她们居住背景画是山长水远的意境，光是这些茶叶罐上的图画足以让村庄里的乡亲大开眼界，得到美的启蒙。人们的眼睛紧紧地盯着那些物器，惊讶程度不亚于哥伦布发现了美洲。女子们看着那些从未见过的奢侈品，感觉到自己的生活好像也有了一种盼头。这一场婚礼中，不用说公子有公子的长相，小姐也长得是小姐的模样。人们对新奇物品的惦记超过了对新郎新娘本身。

那场轰动的婚礼，那场由自己父亲一手打造的轰动的婚礼现在成了一个笑话。她的父亲是什么人？她父亲在长袍马褂时期已经西装革履；他的皮鞋不擦得锃亮是不会出门的；他们家的不锈钢勺子，如果被发现有一丁点儿灰暗的颜色，他们用着就比咬到一粒沙子还难受。他们不是伪装的精致，他们的精致是内心需求。她爹爹从新加坡回来的时候，遇上了日本鬼子入侵，炮火阻隔了道路，回不了新加坡，于是他待在潮州为女儿办婚事。

这样出身高贵的人，被一个土老鳖给背叛了。

她的心迅速分解为三颗。第一颗心想所有的男人都是这样。第二颗心紧接着说所有人都这样，我也不能重蹈覆辙——她不可以和别人遇到同样的如此下作、毫无新意的变心，对她是更加丧心病狂的打击。她的第三颗心分割成宝石，碎了一地，闪着七零八落、恶狠狠的光。原来其他女人受变心之苦，是痛不到她的，她平时所安慰他人的话，只是在那个场合应该说的话，现在轮到她遇到同样的事，她不允许自己告诉别人，她要让黑夜里发生的事，在黑夜中就消灭殆尽。她不要那个脏人靠近自己的身体，她感觉他脏，她身上原有的欲望像一场夏日的暴雨，迅速消失，就像头上的头饰、耳上的耳坠一样全被摘除，还像鱼鳞一样，被一把看不见的锋利的刀子从身上刮干净。

她只认一条天条，谁娶她，对自己的忠心得和一条狗媲美，且这条狗得是一条英俊的狗，有思想的狗，不能是土狗，也不能是四处游荡无所事事的流浪狗、走狗、退了休的哈士奇，他一定要是一条体面的、与人神似远胜于人大于人的狗，这都是不言而喻的。

为什么她要得到和别的平庸女子一样的待遇，从小她就是一个特殊的存在，远离芸芸众生，与众不同：从小她没有穿过和别人一样的衣服，她不吃和周围人同样的食品，她受过教育而周围空间被文盲充满。她想起她在女子学校所读的书，想起她在念书时，别的孩子在牵牛、在山上玩石头、割茅草、收拾猪食。她不像那些人的人生就只能生儿育女、打扫洗刷，在厨房中打转，她们穿着草鞋就敢出门，庸碌而劳累。而她，她赖以生存的是骄傲。

在林檎果树下，我外婆穿着绸缎裙子，有一块光斑从裙子移到她的手上，她端起自己的手好像端一盆清水，她移动自己的手，光斑就在手臂上平移晃动，外面有人喊了一声"六小姐"，她停止了和光的追逐，提着裙子往门外望，原来是村里东头的一个寡妇，她说今天来借几两米，我外婆不知道，人可以没有米，米还可以互相借，她抓起一个碗，把碗装得满满的，说，你就拿去吃好了。我外婆刚嫁到我外公家时，很惊讶地发现这村庄时不时就有人来到她的家，端着一个碗说借一碗米。她无缘饥饿的滋味，倒是有吃饱了胀气这种痛，她时不时要向父母申诉一番，父母对她说，你不吃饭就不能长高，要吃饭，把每一粒饭都吃到肚子里，如果你剩几粒饭，那你脸上会出几粒雀斑。

外婆家里三顿佳肴是来自饶平的蚝仔烙、宵米、宵鹅。她家还时常吃茯苓粉，茯苓不溶于水，像石灰一样在水里面冒出来，她父亲说，要吃，这是祛湿的，一湿百病就生。吃茯苓块更是像吃石灰。虽然知道慈禧太后爱江山也爱土茯苓，我外婆还是看见茯苓就想到石灰，眼睁睁吃石灰的感觉可不好，在这种时刻，慈禧太后也不能带给她多少鼓励，她觉得自己好在不是慈禧太后。她的父亲还带回了咖啡，还有可可粉，开始喝着大家都皱起眉头，但是不一会儿有一种香气散发出来，喝咖啡成了他们家与众不同的快乐消遣。外婆结婚以后，把咖啡带到自己的家里，丈夫也由此学会了喝咖啡。这原本是属于他俩秘密的欢乐，她想那个女人也许也像她一样端起咖啡杯子，一想到这情景，她全身的血管都沸腾起来。

外公拿掉的不仅是看得见的恩爱，还有她无形的骄傲资本。她受到下等生活同样的款待和青睐，对她而言，平等的就是不平等，在外婆这里，骄傲和优越感是习惯。可现在看，何其悲哀。忠实与怜爱是一种多么脆弱的特权——多半是男人给女人的暂时性特权，没有几个男人最后不把这特权收回去的。

出嫁后，她来到苏厦村，生儿养女，恪守妇道，大门不出，二门不迈。她跟乡里邻里每个人都熟络友好。她在驷马拉车形状的七十二间房子里俨然一位隐形的女王。她的丈夫定时去江西、安徽一带收购药材，这算是出过远门有过见识的男人，他收购来的药材账目，为了表示对她的疼爱，还让她过目，表示对她有学问、读过书的嘉奖。

外婆以为幸福就是和丈夫在村落长相厮守，她也没有怀疑过丈夫最大的幸福也是和她在这个村里待下去。

他买了一辆自行车，唱着歌带她到处走，他的声音跌宕起伏，柔软富有活力的调子，纯属心血来潮，把她唱得昏昏欲睡，当时，幸福就像莲花开在淤泥里一样自然，他对她说，汕头近处有个南澳岛，大部分人以捕鱼为生，整天在海上漂游，捕到鱼靠近码头就地出售，在船上生活，渔民食鱼就用大锅蒸煮，什么调料都不放，原汁原味；潮阳那边也多是渔民，早晚上岸的鲜鱼，特鲜，汕头人就赶时候去买。

他想起姨夫接着说，我姨夫去南澳岛，在船上，有时一出去就好几天，在船上鱼就是饭，饭就是鱼，鱼什么都不放，煮一大盆随便吃，我姨夫说，我们吃鱼还得用油煎，其实海鱼本身就咸，无须油盐，姨夫带回来的大虾干，吃后真是唇齿留香，太好吃了。不过啊，当海员的人，出海工作一走就几月，很苦……

此时不期而至她想起曾经和丈夫亲热场景，不是来解脱她的苦痛，而是为增加苦痛的深度、厚度、广度而来。她想起她们扮演的角色，不知道那臭女人是哪一种角色。那时有多甜蜜，现在就有多痛。她忽然想到好在父亲在她婚后不久就得病死去，当时她觉得父亲不能陪着她的幸福生活多走几步是多么凄惨的事情，但现在她庆幸的是，如果父亲知道她现在受到这样的屈辱，那才是双重的打击。

她也耳闻目睹过其他女人碰到这样的事情时的反应，都是哭。她不要像她们那样哭泣，她想要去动用武力，一刀砍死她，砍死她！砍死她，想想不行，这不是把自己对这件事的真正看法暴露在所有人面前吗？砍死她也许反倒是成全了他们。

她不缺乏理解力。背叛，是来自于他的肉欲，是男人具有的共性，如果说具有共性，自己的怨恨又从何而来？反对人性共性不异于反对儿童哭泣一样不合情理。

在他们家有一个传说，关于丈夫二伯的。二伯在泰国做生意，做到一定规模时，他就只需要在茶楼喝茶。二伯很聪明，他管着几个大公司的账目。有一年，大家说有一个公司小老板欠他的钱，就把女儿和他关在一起，最后他只好被迫就范。这不堪一击的说法，整个大家族还真没人怀疑过，二伯成了大家族共同的同情对象。

外婆天生善于把自己和他人隔离开来，反应也要与众不同。

如果众人不议论、不知道，她会将自己的苦头吃下去，在某种程度上或许也没有更多的损失。绝不能说出来，要在村里人知道之前解决这件事情，她不喜欢这种不言而喻的同情，她更不喜欢那种心照不宣的沉默。当她走到他们面前，他们就装着做其他事情，戛然而止的话题显然是针对她，显然在消费着她的伤痛，她的伤痛是弥补其他人生活中的缺憾。现在每个人都可以给她结结实实的伤害。这是全新的沮丧。她也反省，她怎么没有任何预感，她怎么给了他这么多的信任。这比给多了银子还不可饶恕。她脑海里想起父亲的教导，父亲说，人能被欺负多久，是由自己的态度决定的，小偷进家里，你强的话，是他被你抢劫。

管她从哪里来，一定要让她从我的地盘滚出去——天快要亮时，外婆才有明晰的主意。她迅速站稳脚跟，感到体内的潜力与勇气。她隐约地感觉到事情还在掌控之中。

这一夜外婆辗转反侧，她的玉枕头好像突然长出了很多棱角，在扎着她的脑子。

黎明时分，鸟儿还在花园里歌唱，清晨随着公鸡一声啼响，近乎悲哀的薄雾从地上沿着坑坑洼洼的路在扩散。阴沉沉的斜坡，风微微地吹动着小花草，有某处烧焦过的草地上，有几根骨头凌乱地发出一种腥臭味。两只鸭低着头，左右摇晃着前行到池塘，它们用有暗号的步伐走动。

她把妹妹从另外一个村子叫来和丫鬟一起照顾家里的三个孩子。她比往常多带了几套衣服。

　　她一脚深一脚浅地迈出东门走到平时丈夫搭车的那个搭车点。天正下着雨，此时的她感觉不到脚底湿。平常家里任何地方沾了水，对她都是一件不得了的大事，别人的手里有水，她也恨不得拿块布代别人揩干净。愤怒削减了她由于雨水带来的失落感、沉重感、冰凉感。

　　她这天出门忘了看日子，嘴里含了几口盐水，《周易》的卦象上怎么说？不宜吃饭？她顾不得了。一上车，她买好票找到自己位置，坐下来闭上眼睛。她闭上眼睛的用途是，千万不要遇见熟人。往日，她与人热络打交道的心被阉割了。

　　一上车，外婆也不想说话。不像平常见到熟人打招呼，有话没话都闲聊。她闭上眼睛。闭上眼睛能做的事是再次熟悉悲伤的事，描红一般重复地想。

2

　　时间已经接近正午，快到汕头。路上行人稀少，只有往城里担菜的菜农。天空还是灰蒙蒙的，有丝丝寒意。

　　公交车驶过一片稻田，开始有更高的建筑出现。与村里的平房相比，汕头的房子可谓密集多了。房子面目疏朗。城市周围的菜地是东一块西一块，没有在村里绿油油连片的景象。在村里人用来种菜的某些地方，城里人会种上那些根本就不能吃的绿色花草，他们的房屋前面，往往还摆着一口水缸，里面种着莲花之类的各种花卉，体现谋生之外还有体面的想法。有小贩沿街叫卖油豆腐、豆腐干和龟苓膏。他们用改造后的自行车载货，车后架绑着两个大箩筐，车头铃声叮叮当当。这些动静使得满个城市沸腾。如果不是处于浓厚的沮丧心情中，这里算一条环境宜人的街道。

小公园有一座标志性的亭子，从丈夫住处到那儿不远，沿着街铺走过去，亭子里坐的都是闲人，走走坐坐不碍事，有的人还会买上一碟薄壳（潮汕人所说的海瓜子）或者鱼饭吃着。远一些的地方车辆多而杂。她小心翼翼地走着，突然迎面一辆飞快的摩托车急停在面前，吓得她心里直哆嗦！

汕头城里记忆中充满潮剧的灵活响声，更流动着生机勃勃的嘹亮嗓音，那些叽叽喳喳的女人，聪明伶俐的跑腿帮、店小二，老有韵味的情景重现。

她机械地对两边似熟非熟的小摊贩点着头，小商贩的笑脸明摆着是硬装出来的，他们的笑脸就是冲着她口袋里的银圆。虽然她防范这些小摊贩，无须像对村庄里那些人一样地去掩饰。

她路过卖青菜的小摊贩，听不见摊主漫无边际的赞许。每一家都有一个黄脸婆，一张吃不完零食的嘴。她从木格子窗户见到男主人和他的妻子在调笑，那男的眼睑宽厚，却有一双刻薄的眼睛，眼睛里放着刻薄的精明的光，那女人在傻笑。外婆心里冒出一句，笑什么，有你哭的时候。她看到那男人的侧脸，跟丈夫有一样的苍白气息。她紧闭眼睛。

她快步走，把手攥得紧紧。到了小公园边上，人开始多了起来。街面总有一种热闹的气氛。

丈夫的院落有一株番石榴树，长得没有任何招摇之处，远看一片浓密的阴暗。那门虚远着，能够听见屋里嘀嗒的钟声，她脸部的线条错位扭曲，像蚂蟥爬进脸部的表面，线条有些不争气。

她推开挂珠帘的木门。房间凉爽，百叶窗有一两缕阳光投射进来。从窗户可以隐约看见远处高大的椰树。幽暗的玄关，有盏灯渔火一般照着木板面和红砖板地面。厨房的锅碗瓢盆闪闪发亮，外婆身体向后倾斜，头发迎风微微地吹动，她拉了拉上衣。她想好破釜沉舟，背水一战，到眼前却怯弱了，她绷紧指关节，把脸表情调整到理直气壮状态，

在那个女人面前站着，还是感到不可抗拒的悲伤，当她清醒地意识到这种不可抗拒已经成为一个事实。

没人讲话，空气凝固成块，好像用刀就能够切成一片一片，他们站在一起，外婆是不请自来。看见外婆进来，他们像被闪电劈开两半的情景没出现，外婆到来让他们吓到不知所措的情景也没出现，他们像冬天被冻僵的两棵大树的模样也没出现……她睡眼惺忪地来开门，果然年轻，胖胖脸的女人，穿着一件苏州裙装，扎着一条腰带很奇怪——在这个时间扎腰带穿着。此时外婆

三十岁。这个女人看样子至多不超过二十五岁，身体粗壮。在潮汕很少有身体粗壮的女人。她听说这种型号的女人不知道有多骚劲。

无法描绘那女人的脖子和手臂，在脑海中找不到合适的词汇来描绘她的外貌，这胖女人，除了有胖的肚子和小腿，她的胖脸上面倒有一种令人佩服的神情，就是不以自己的短处为短处这样的天然自信，她看见她那张毫不示弱的脸。她似乎听到她城里人的口音。她有着男人一般的五官，带着胖人充分占有空间优势资本的活力，也传导着男人般的鲜明张力。外婆闪过一丝倦意，看着她硬朗的五官匹配闪烁不定的笑容，坚毅的嘴角，眉宇间、太阳穴处那些沸腾的血管传达着鲜明的傲慢，笔挺的脖子与她丈夫伟岸的身躯、厚实黝黑的皮肤、活跃硕壮的肌体没有莫名的不自洽之处。

外婆见到这一对狗男女，装着对他们的破烂事早就了然于胸，她早看出她会是这一路的人，一切都在她的掌握之中，事情的走向也在她的把握之中。她告诉自己，绝不能把她这两天辗转反侧、茶饭不思的状态表露出来；她告诫自己要从容，要有一种见多识广、把惊涛骇浪的事件当作小菜一碟的气质，像武术高手那样化刚为柔，使事件以最少的损失达到自己所希望的目的。

过了不知多久，外公把手伸向外婆，像平常那样把外婆的手抓住，屋子里冷得要命，她这才意识到冷得要命。跟他拉手，她那双养尊处优的手受到了侮辱；跟他交谈，她那养尊处优的心受到碾碎般的侮辱。

外婆像甩掉鼻涕虫一样，像甩掉蚂蟥一样，大力地甩开他的手——这是外婆的表演，给那个女人看，以示这男人是我口袋里的东西，是我口袋里的糖，我要什么时候吃就什么时候吃，不可以像一棵玉兰树到处散发它的香气，让你们路过的人都可以大口大口地闻。

外公马上收起平日熟悉的微笑，好似换了一件外婆从来没有看过的衣服。他那个神情好像在迎接一位久违的敌人。他一动不动地站在桌子前，帽檐拉低到额头眉毛之间。他说，你怎么来了？外婆哼了一声说道，我的家我随时可来。他说，你没什么事吧？外婆发问道，自己的家，不需要有事才回吧？他没有接住，而她换了一个话题说，她什么时候走？她尽量使用最简短的语言，她用的是疑问句。但这个疑问句其实没有商量的余地。

你好好吃饭，丈夫转向那个女人说道，声音欢快，一个幸福男人的声音。胖女人听得入神，说话感情充沛兴高采烈，外婆竖起耳朵在听，自己像是个入室偷盗的小偷。

一阵风吹过来，楼上有一包白花蛇舌草滚落下来。三个人都站在原地不动，他们中间凝固的空气被这包中药击破了一道口子，他们沉默地看着那一包中草药，好像这一包药会先开口。

这时闷热压得人喘不过气来，只有两件东西保持清醒，就是结论和想象力，他的态度表明一切源自毫无预谋，仿佛这一切本该如此，他用虚假的自信解释了，他直接抄袭二伯的故事。这个狗男人，花力气编好一点的借口都不愿意。此时，胖女人不愿意了，显然她得到的也不是实话。她打了个不欢喜的手势，带着厌恶的神情走开，她一团雾一样眨着眼睛盯着她。丈夫一定许诺过，这里是他们单独的天地，她竟然也怒不可遏，出言不逊，对着他咒骂，他挥舞胳膊，好似胳膊一起长了嘴，在帮助他对骂。

外婆不动声色地听完他们的话，转过身来朝他露出笑容，就像他对心爱的女人那样笑。

在半明半暗的屋子里，作孽之人的嚣张给外婆带来的勇气，直面惨淡人生。

毁灭性的争吵终于到来。

只有进行殊死的搏斗了，她放下她的手包，举起预备下雨用的一把雨伞冲着丈夫鼻梁上打过去。她找到厨房端起一盆开水，对着那个女人从头到脚泼过来……三个人的发条都上足了，打着转转、追逐着……那个女人扔一双鞋……房间大而杂乱……男的想先停下来……

面对大打出手的两个女人，似乎训练有素的男人站了起来，平静地直抒胸臆说，有什么好打的，丢脸啦。他在纠缠得难分难解的两个躯体中揪住了两个人的衣领，将两个人拎起来，打斗停止，一切归于平静。

他抛出威胁，他说，再打我走人……他的瞳孔在缩小。她俩扑过来，没头没脸地打他，整个又乱成了一团，他在沉重的呼吸中钻出来。不知怎么，他忽然放声大笑。他不是摸两个人的头，而是一边拍着一边笑，你们信我就好。外婆反驳道，你胡说。我没有胡说，他面不改色地回答。逼问他，你为什么骗我。他脱口而出，从没骗。她们异口同声追问道，当初……她们因为激动和不安，鼻尖渗出了一层汗水，装着笑，他心里虚弱得很……他振奋，热血沸腾，他听到了双方在喊叫……

她对那个女人骂，你滚，你先滚，你那么圆！她表现出自己愤怒的万分之万，想像拔除土地里的野草那样拔掉自己的恨意，她再次发狂，她要有一家之主的威严。对方奄奄一息，事情经过外婆的自我保卫，比原先预想的更顺利，无须更加努力去抗争，外婆抓住她的胳膊准备咬断她的指头……

他最后是魔幻般地投降，在越发浓黑的夜间，他被电流震撼了五脏六腑，他双手发麻，双眼微闭。胖女人却是奇怪，非但没了反抗，反而很乐意，好像目睹一件该发生的好事。

胖女人猛转过身来，现在她害怕，她被外婆的表情镇住，或者是外婆情愿这么想。反正，她开始后悔，说自己并无莽撞之意。这是交流的开端。她开始陷入回忆，他也好像在自言自语，也在诉说某一迷茫的幻想，他蒙眬的眼光落在外面那路上。

他沉痛地忏悔，说自己就像失手杀人，当时吃了迷魂药。外婆由此获得更大的生杀大权。胖女人却向丈夫收回她的痴情和爱情。两人联手让他一辈子不得翻身。谁敢对她做丧失天良的事，就只配得到这后果。

那个女人开始抽泣说，姐姐我……外婆看也不看她，说，谁允许你叫我姐姐了？那小贱人这时走上前来端了一杯水给她喝。

她的感情处于冒险的边缘时，理性开始进行干预……

3

一张不紧不慢的车票，除了坐车方便还附带送给外婆一场张牙舞爪的噩梦。未做完梦，车到达车站。梦中情景沉甸甸的。她深呼吸，慢慢地挪动麻痹的腿脚。

外婆下车的时候，她脑子里还留着刚才的梦境，她的双手因愤怒而握起拳头。

心里因为太急，她竟然没有看见面前出现了三个人，挡住了她的去路。

三个女人，三个穿着制服的人，左胸口上有一行字，绣上去的几个字，代表在警察局干活的身份。外婆终于醒悟，出大事了。她把布包往身后搋了搋，想了想还是抱在胸前稳当些。一个女人伸手，并发出命令说道，把包给我。外婆下意识地躲，她们中的一人从黑色包里掏出手铐，明晃晃地在她眼前，告诉她说，你跟我们走一趟，她们理直气壮威胁她，要老实配合。这话在她内心激起奇妙的震动。这种震动和惊吓来得如此之迅猛，以至于她前一个恐惧还没有过掉，这两个恐惧是一种相生相克的抵消。

她跟着她们到达警察局，多了一个男警员。她们让她把行李打开，她拿出两套换洗的衣服，一套是米黄色，一套是紫色，紫色那套是泰国阿姑寄过来的，有一种装饰性的泡泡纱，接着她们叫她自己剥开自己，这时男警察走了出去。她惊呆了。她们的声音，公事公办，不解释，威严。她们停下不说时，不敢想象她们的表情，她们一定当她是个怪物。

她感觉到一阵眩晕。两个女警察带着一种把柄在手的神情，还有一丝不耐烦，看着她没作声，那个架势像是随时要扑上来。如果她再抵抗，她们就要上来剥她的衣服。她脱得光光地站在她们面前。时间凝固了，时间一下子到冰天雪地之中，周围是黑暗中的黑暗，但是她知道自己是唯一发亮的，哆哆嗦嗦、万劫不复的白光。她们在耳语以后，漫长的世界末日似乎已到来。

她看见她们绕过椅子，从她身后走到她的对面，似乎随时准备把她拉到审讯室拷打。她看见她们越来越疯狂的眼睛，知道接下来，她们会撕掉她的衣服，任她哭喊，也无济于事，事情会变得野蛮而残忍。

外婆的脸蛋像月亮白白净净。月亮被小刀划破脸，划破了脸，心在狂跳。月亮，比她睡着的天空的黑暗还要黑。黑暗带着丝丝寒气，让外婆哆嗦着，她的牙直打战，牙与牙之间发出的声音，使她的耳膜发痛发胀，她像秋风里的树叶那样瑟瑟发抖，感觉到自己生了大病，她站在那里，变成了一棵树。

半小时中或者是一个世纪中，她的身体已经被她们摸了一个遍。

外婆脱掉自己织着绣花的上衣，只剩下一条类似平角短裤的东西，这是她父亲在新加坡买回来的。这几个女人好像对于她上衣的刺绣发生了兴趣，她们凑近来看，说，这花绣得还不错，但是她们不动手，要外婆自己扒掉短裤。她们重复着说，把裤子脱下……把裤子脱下放在地上……要知道人间会有这一幕，谁会来到这可怕的人间呢？她发誓就算到地狱，也不会袖手旁观，一事不做，她会告诉人们不如在地狱就先去死掉，不需要轮回到人间受尽折磨再去死。

这三个女人只是例行公事，她们可不管我外婆曾经是一个纯洁的少女，刚刚不久前还是一个纯洁的处女。前一天她几乎被丈夫"外面养了别的女人"这件事搞到发狂。她看得出如果再不脱，她们就会说出更狠更毒的话，快点快点，她们的脸已经拉得老长。

她没有想到自己会在三个女人面前脱光站在那里，还要配合做侮辱自己的动作——像个狗熊一样举起双手，像一条狗一样蹲下将朝下的屁股撅起来，像那个耍把戏的猴子一样，亮着自己的双手，像晾着衣服，她们甚至不放过检查她的耳朵、鼻孔……她们把她当作她丈夫隐藏赃物的一个工具，说她丈夫在为"共匪"游击队"递情报"。作为一个潮汕女人，她不可能想到自己会在第三个人面前脱光衣服，除了小的时候，母亲看过她的身体，第二个人就是丈夫。她原以为只要她的裸体，是被丈夫一个人看见过，这样她才算度过毫无损伤的一生。

她们的目光定定地看着她，仿佛不是打量一个年轻的女子，而是打量一头猪或者是一只切好的鸡，或者是一只卤鹅。

她的脸从滚烫变成冰凉，她的思维和身体是麻木的。那根痛刺她的针拔不掉，她被更大的侮辱像大海一样淹没。

她的心狂跳着，四肢软弱无力。她们还要为她拍照。她的爸爸告诉过她拍照这新奇的事物。还说下次从新加坡回来时带一个照相机，给她拍照片。这才是她第一次看见相机，用在她身上是用来拍她的裸体。父亲的愿望，她在警察局得以实现。父亲再次死得恰当，死能够保护父亲。她全身在哆嗦，就像一条剖好的鱼，在砧板上还在不由自主地神经跳动。她们的目光不曾从她身上收回，也不开口，这一瞬间变得无比漫长。

这时门开了，门开的瞬间，她听见走廊有更大的脚步声，她感觉自己全身僵硬，就像在冰棍里打斗的那根木头。这时进来另一个女人，终于，她把门关起来，拿着一张纸和笔看着她，那个样子好像是证据确凿，用那种看惯了犯人的眼神，丝毫不把她可能有的情绪放在眼里——她们只是例行公事。

她们告诉她，抗拒从严，你丈夫帮助共产党游击队，是地下党……这样搜索，防止他潜入香港，反对党国，格杀勿论……她似懂非懂，原来是丈夫已经被逮捕……她们以为她是前来接应通风报信的，以为她身上还藏有信件，说不定，可以让她们找出更多的罪证来。她从她们的眼里看出不信任和厌恶感。这几个女人这时就像皮革制成的一种人——统一的线条、统一的表情，就是毫无表情也毫无顾忌地盯着外婆，但她们的眼里外婆只是她们随时放逐出去的罪犯。

一场灾难没有前兆，她就盯着海中的沉船，往深渊里潜入下去。这三个女的从来不允许自己的目光和她相撞，糟糕的是，她还没有产生幻觉，并且她清楚地知道自己的糟糕到多么可怕的程度。

在这几个女警的眼里，她是一个女罪犯。她们将她的身体当作一个鸟窝，伸手到处掏：让她左转右转，上下蹲，张开手，把手像一个晒衣服的铁丝那样张着；她的心就像在锅里被油煎制的粉粿韭菜粿，把粉粿赤裸裸地翻过来，每一面都像此时的她一样。她们带着对她笨拙动作的一种不耐烦，尽情地过目、审视、翻动。女人们静悄悄地，一动不动地看着她，如果不是在白天，她们那个样子可能还准备打着灯火将她的每一寸皮肤揭开，仔细看。

她们审视的目光盯着她不放，唯恐她在皮肤之下缝制了什么新的证据。腋窝、阴毛，她们要揭开，好像那里包含更大的窝藏天地。这时她真想推开她们，抓住自己的衣服，那包衣服如果如果可以再次穿到她身上，它们就是她的恩人，她昨晚所受的来自丈夫的苦，她都会当作一杯蜂蜜喝下去。

她们在她身上找不出新的东西，她已经被屈辱浸泡到了脚趾，整个人像灌满铅一样重。这一天晚上，她们给了她一碗粥、两块豆腐干和一点小鱼渣。

外婆在内心念叨着请菩萨保佑她，默默地祈祷着自己不要晕倒，不要像一个衣架一样，风一吹，哐当一声就昏倒在地面。身体里面的血管随时爆裂。

也不知过了多久，她们让她住下来，把她关在一个小房子里，可以坐。她坐在那里。椅子没有靠背，裤子没有裤袋，一切都要解体，一切都要粉碎，只有天不知道什么时候才会亮……

一阵狂风袭来，窗户被吹得哗哗响。她终于躺上了床。在闭上眼的一瞬间，眼泪哗哗地流下来。她一动不动地躺在那里，只有脑子里一遍一遍地回想，看见自己最后一件衣服脱去……

她已经跳入了火坑。她想起父亲曾经教她学习的时候说"刀山火海"。这一晚，她只想起"刀山火海"。竟然连她昨天来汕头是要来寻找那一对鬼男女的事情都忘得光光。她知道自己像被吃了几口后的空洞韭菜粿，从此花完人生里最年轻美妙又无知的时光。她沉重的眼皮，像是有一双大手将自己推向更加浓烈的睡眠中，她无法从自己或他人那里搞清楚这些影像是虚幻的还是现实中真实发生过的。

我的外婆，我的又亲又好的外婆，那时，她很难过，神情恍惚中，以为自己还是个小女孩，脸蛋红扑扑的少女，她只觉得一阵又一阵的黑云，就像一场又一场密布的灾难，云团那样在她周身飘荡。头晕的范围在扩大、程度在加剧，她小心翼翼地拨开幻觉的枝条——有一根刺泡在痛苦里——太阳穴跳动、喉咙干痛。她以为自己吊在四面密不透风的黑洞里，连喊的气力都没有，眼泪一点点、不堪重负地挤压出来，像断了线的雨点，四处散落在胸前。她腿有结痂，顾不上揭开皮肉，任丝丝入心的苦，渗入她的肩膀，关节指甲。她感觉落空的恐惧。周围是空荡荡的空气，甚至没有一面墙可以让她去撞头，她想，这时候最大的幸福就是让她在想死的时候，能够顺利死掉，死得彻底。

　　房间的窗户是玻璃的，外面有高高的木棉树，还有一些零星的叶子，夜里看起来，像一个个铜钱挂在树上。

4

　　她们把包还给她，递给她一张返程的车票，下车地点就是她的村庄。她们什么都清楚。外婆走出看守所的大门，她的脚注满铅水，步子沉甸甸的。衙门这种机关总有一种特别的肃静。人们路过时会情不自禁地降低声音。往日拥挤不堪的公交车很冷清，秋天的果树上的落叶不知吹拂到哪里去了。

　　从林檎树底下抬头望，天空灰蒙蒙的。街道上行人稀少。不一会儿天更加阴沉，天空又要下暴雨了。外婆低着头，她并没有看地面，而是在看天空的乌云，头顶上的闪电带来强烈的白光，好像是一个人监视你。在耀眼的灯光中，人就像漂浮在海上的孤零零的小船，光在监视她，看她的一举一动，她身上的每一个细小部位都逃不过她们的眼睛。白天的一幕重新出现，她很恍惚，抱着头，遮蔽眼睛，泪水哗哗地往下流。她不敢哭出声音，怕周围墙壁后面有那几个女人在监视砖里面的追踪。

街上都是冷漠的人，他们的脸上毫无表情，马或者牛的脸上没有表情，却是好表情，不，牛也是有表情的，牛总是给你温顺善解人意的表情，不安又忧郁的河流也有表情。人要是挂上马的感情，就会让更多人得到冰冷或心碎的待遇。

丈夫躺在什么冰冷的地方，面孔朝天躺在那里，关押他的人不给他水喝，不给他饭吃，他开始害病，咳嗽，头晕发热，直至死亡。他可能已经死亡这个真实的假设将他带给她的伤害一并夺走，像从银行取回她存在那里的本钱和利息。她身上所带的钱不多，从丈夫那里一个铜板一个铜板积攒的钱放在妹妹那里。丈夫应该是为了掩护什么，搞个女人为了工作便利而已，现在他生死不明，之前自己却在诅咒他。

像一场电影倒着从结尾播到开头，她看着电影里哭泣的人，她曾经有过的挣扎拼搏、绞尽脑汁有如虚幻，想到丈夫可能已经不在人世，她就像成了其他人。

丈夫为她留了一条生路。当年相完亲，父亲对她说，这男子很少讲话，他吃饭时盯着碗里，是一个有远见的人。有两滴眼泪流下来，她感觉父亲还在背后用某种方式帮助她。父亲从一个乡下少年变成在新加坡可以自食其力的人物，她感觉到自己体内父亲的作用。一次父亲见到打劫的，他不慌，说，东西拿去，命留下，先谢过，还是朋友。

她擤着鼻涕，像家里那些用人一样，把鼻涕放在裤子上上下下擦揉一番。此时她比任何时候都想扑到那人身上去哭。

这时她先到哪里去呢？她看着黑黢黢的小巷，往深处走去。她想自己不该用一己之力代整个宇宙受过。她感恩丈夫给了她这么一个亲人，她要去找那个胖胖脸的女人。

在平原上的汕头，只要找到这个女人，她就有了亲人。这个又矮又胖的女人，长得这种身材和这种脸的人都有菩萨心肠。见到那个胖脸的女子，会扑过去抱着她，先抱在一起，好好哭一通，然后哭诉，丈夫，我们共同的亲人被抓走了。

胖脸女子将烧一大盆热水让她洗脚，让她洗热水澡，拿出她自己的衣服包裹着她，她们将坐下来谈论她们共同丈夫的生死。如果死了的话，他尸体要从哪里搬运到哪里，她们会守在一起安静地等待收尸的通知，如果还活着，那她们准备凑齐最后的银子，看看花钱能否改判，如果不能改判能不能判坐牢的地方离她们更近些。

这个女人也许并不认识什么字，但这个女人有很好的胳膊和胳膊肘，还有光滑、好看的手指，这是怎样一双手啊？正在这时，这个女人端了一碗汤跟外婆说，你喝碗汤吧。她的手如此之美，在汤和手之间，外婆忽然产生一种恍惚，汤碗摔在地上。她哭了起来。泪水顺着她的眼睛流到脸蛋，一直到她胸口。那个女人叫她姐姐，她说，已经是把事情全部安顿好了。

女警察要她配合取证时，她知道了她的罪名是包庇"共匪"。女警察在关上大门时几个人低声说的话却被外婆听得清清楚楚：眼线干得好，她今早一动身来汕头，下车就被我们逮个正着，她家那两个侄子……

从警察局出来以后，她猛地想起来，汕头只有两个来自村里的亲人能清楚知道村庄到汕头的班车车次，外婆的踪迹只有丈夫带出来的那两个侄子准确了解。丈夫的被捕和侄子有关。自己这么早的时间来到汕头，一下车就被准确地逮个正着，只有那两兄弟才有这道行。告密者就是自己的亲人。

这两兄弟长得很相像，他们是先后五分钟内出生的，两个男孩出生在一个女人的肚子里。不可能有比他们长得更相像的两兄弟，他们乌黑的眼珠里有一种共同的狡黠。两只眼睛长得很开，不打理店铺，不寻思学习中医、制药等家里已有的生意业务。这两人互相追逐，或许他们在他们娘的肚子里就是这样，打斗嬉闹，寻找着对方。你每次想要把他们抓来训斥一通的时候，他两个变着花样，他说，不是我，是哥哥；另外一个你抓住了，他像鱼儿一样，从你的手掌里溜走，说，不是我，是弟弟，走过的树林在一片黑黝黝的巨大之中。除非朝霞有一天赶上晚霞，没人追得上他们。

他们讲话从来都是有上句没有下句，这样的讲话特点，有点像无厘头，他们把另外一半的想法吃到肚子里，为了掩饰内心的秘密，把话讲得上气不接下气。虽然是大户的人家，但是这两兄弟在自己家的七十二间房屋和几条巷子，就像被人解开绳索的畜生，他们把这些豪华的房屋以及长长的巷子当作跑马场，整天整日就是迈开长腿，在奔跑着、嬉笑着，从没见他们做这等人家应该有的读书画画等事情。他们个子高高的，鼻梁也是高耸着。始终没人搞得清楚他们到底是跟谁学坏的，这种情况直到这两兄弟出了花园后好几年，也没有得到改变，他们在巷子里追逐打闹，虚度光阴，无所事事，这类乡绅家里最忌讳的毛病扎根到这两兄弟的骨子里。反正家里人叫他们读书的事情是彻底失败了之后，他们又取得了一连串的劝说失败。两兄弟不但不像在这个家族出生的人，对于诗书礼仪有着特殊的兴趣，他们摆出"你们爱做你们做，我俩能做的就是败家"的无赖劲头。

后来是外公把他们带到了汕头城里，他们离开乡村，外公还利用自己和城里的各种关系，让他们进入了一些买卖行，他们于是穿着洋装，出入酒楼，对他们两个人来说就像放虎归山，干得其乐无穷，但没有听过他们对自己的伯伯表示一丝感恩，他俩想：谁叫他是他们的伯伯。

谁也没想到"三十万两银子捉拿'共匪'"的赏金引起了他们大义灭亲的兴趣。他俩阴森透凉的那部分天性像流星般坠入闪烁着千百万看不见光芒的黑暗之中，镇压住了他们或许也曾有的像太阳升起时那种红彤彤鼓胀的人性和光芒。这两个侄子变成夜晚的流萤，刺破原野安静的狂风，又呼啸着摧毁了外婆的人生。事到如今，外婆还是怨自己，全族没人发现事情的端倪，自己是聪明人也没发现，一周前，他们突然回村就是奇怪的节点，怪异的痕迹并不需要用上万分之一先知的觉悟就能看明白。当时，他俩也陪着伯母忧伤，他们的悲伤有着一种模仿和练习的性质，仿佛谁在驱使他们扮演悲伤的角色。

汕头啊，刮起了大风，让汕头这里的海水带上灰蓝色。海边一处住宅前面的马路对面那棵高大的木棉树在风中摇摆着，有几个人在树下使劲地欢呼，台风中高耸的海浪，像冒出一脚丫的城市的岛屿，天空的云越压越低，雨水将慢慢装满了路面坑洼不平的路。

城市重新陷入了新秩序，班车就要开了，她放弃了一个人在这个城市寻找丈夫还有寻找那个女人的想法。

在城里，天空被推得更远，在黑黢黢的房屋后面，云朵变幻莫测，带给外婆更多诡异的臆想。她紧闭着眼，车子摸黑往前走。

走过更多街道，快到城尾了，在巷子里面的汕头房屋就好像是一些发育不良的呆头呆脑的人挤在一起。里面一间又一间的房屋，现在这些树木和房子像衰朽的谷仓坍塌了很多年，在阳光下，暴露一两件邪恶淫荡的风吹日晒的衣服。落日沿着菜田，向深处走去，两边景致渐渐无法维持繁华的品位和精神，我外婆从城里将要回到自己的村子去，她已经像一个乡下人，她沿途一件一件抛弃旧心思和冲动，在越来越接近旧院落的时候，她又慢慢变回一个悲伤的女人。

生活还没给你惩罚吗？

　　夏天，吉利从大学毕业。同学有的进工厂，有的进机关，有的进了银行。吉利考进一间学校，有金饭碗、城市户口，在村里人看来是大出息，他们不管吉利去了哪个城市、哪一间学校，在郊区还是市中心，薪水高低。从那天起，吉利家田埂就很少被人挖开，村人肆意挪移吉利家田埂的事情，再没有出现过。

　　村里的孙恶霸，爱好抢占果蔬牛羊女人。他三天两头往吉利父母家跑，说要把他的孙女——那个成天流着哈喇子、常用手指去挖鼻孔、擤鼻涕的邋遢女子说给吉利做老婆。

　　吉利父母对孙恶霸提亲的态度令吉利失望，他们没有表现出对此事应有的恐惧和气恼。他们缺少和强人打交道的经验，他俩竟然打起实用的小算盘：只要和孙恶霸沾上边，在村里再不需要提心吊胆了。他们的反应令吉利透不过气来，父母不能够为儿子着想，或者说并不具备为他着想的能力。

　　吉利想起孙恶霸在村里的行径（从十五岁起他就知道母亲给孙恶霸不时占有），母亲被欺凌的事实坚定了他对孙恶霸的仇恨。他读书后知道不能以暴抗暴，遇事得靠沟通协商。他心中有气不能不发作，他给村里会计发BP机信息说：孙恶霸，休想让我娶你孙女。

　　吉利发完信息，卸下一半的愤怒也生出万分恐惧，毕竟对方是妥妥的恶霸。孙恶霸果然大怒，孙恶霸的愤怒来源于两个方面，第一是他第一次遭遇反骨仔，第二是村里人第一次知道他被人白底黑字公开反对。吉利发给会计就是发给全村人看，孙恶霸咽不下这口气："等你一家在村里变成鬼，你再看谁狠。"他这句话让吉利还没能享受到省城身份带来的优越感，便直奔惶惶不可终日的境地。

事实上，恶劣的事情并没有出现，孙恶霸在乡里花名册上除了吉利家的名，他指使人把吉利家的砖房墙面凿出一个洞。吉利虽然松了口气，他又怕孙恶霸没有发泄气愤而让他面临更大的不幸，他了解人只会按本性行事，孙恶霸依照内心也不会"行善"罢休。他懂得孙恶霸心理，并比孙恶霸更希望他能够以某种方式出口恶气。他劝父母离开家乡，去别处生活。

父母不敢拿吉利怎么样，更不敢拿孙恶霸怎么样。他们胆战心惊地度过半个不眠之夜，子夜过后，父亲和母亲逃走，他们离开家乡，到了一个偏僻山村，承包了几棵杉树、苦丁树，母亲靠着编织竹艺的手艺，勉强度日。

有这样的卑微际遇打底，吉利更加谨小慎微，虽然他工作的地点离村里几百里路，村庄和城里也没有通车（"三通一平"的好事情还没到他们村里）。他担心孙恶霸会出现在学校的大门，带着直流哈喇子的孙女来到吉利宿舍，强塞给他做老婆，这想法让他坐立不安。

吉利的第一份工作是在一所学校里任教，同时来的有五个男生和一个女生。

这位漂亮女生来自省城一所粮食学校。

第一天关于这位女生的资讯已经在新老师中传开。大家知道她是大专毕业的，英语好，在全国大学生英语翻译竞赛拿过奖。省电大聘请她兼职做涉外国际班中文老师。这些消息是教务处传过来的，大家不感兴趣。大家被她的美貌吸引。她名字叫苏拉，来自小县城。她有熠熠发光的面孔，五官并不比常人更多一官，但就是比常人好看好几倍。鼻子脸蛋比例之好，让人不得不怀疑她是仙女成功下凡的可能结果，得让上帝抚摸过三次以上才能长成这模样。一双乌黑发亮的大眼睛放在平板的圆脸盘上，只能长出猫的效果，若这双大眼睛放在过于长的脸上，或许能在那人脸上看出马的特质。苏拉的嘴，有着m形状的曲线，她不笑的时候，像一座关上门的四合院，雅致静默，有种坦然面对外界的疏离。她笑起来的样子，有如梨花开在原野，熊熊燃烧着学校里男青年教师的心。

苏拉到来，学校的老师都很兴奋。和吉利同时入职的四个男同事（被称作"四条人"）在同一时间（大约只有五分钟的先后）相遇在学校二〇二房苏拉宿舍，他们几乎同时献上美酒（土米酒）香花特色小吃，苏拉一概没有接受，她退回他们礼物时，她还贴上礼物，是自己做的手工金鱼，煞是可爱。

"四条人"暂时没有谁有胜算，他们同时处于单相思无望的绝望中。"四条人"里面，最有经验的黄老师和女朋友已经谈了五年。他最后一个到达苏拉宿舍，另外三位男教师已经先后离开苏拉宿舍。他建议苏拉和他比一比，看谁的手臂长，这招很管用，苏拉觉得这提议有趣，被调动起来，她从椅子上站起来，背靠墙尽量伸长着手。他们伸着手臂比着，黄老师希望苏拉这时站立不稳，之后像一枚炸弹一样炸入他的阵地。这件事情不知怎么的被黄老师的女友知道，她对苏拉说："竞争要公开来，不要背后'搞鬼事'。"这句"搞鬼事"刺痛了苏拉。

"四条人"先后到学校同一间房子登场的事情，隔天在学校传开：五个新来的男教师全被苏拉迷住。一个例外就是吉利。每轮追逐苏拉的名单上都没有吉利。

吉利不是不好色，不好色天诛地灭。在审美认知能力和感受上，吉利并不比常人愚蠢，他之所以不用正眼看苏拉，小部分原因是他长得抱歉，主要原因是他不敢从任教的学校走出去，他担心孙恶霸会在学校大门等着，伺机追上来塞孙女给他。

吉利处于惶恐当中，恐惧帮他关上了恋爱之门，他胆不够肥，见苏拉当见空气，他为自己打气：画上的美人没啥用。吉利被迫例外，孙恶霸功不可没。吉利因祸得福，他感激敌人。他得以避开美人，专攻英语，提升内涵，顺利考研。基于此，"四条人"对吉利一致有好感。这"四条人"有信息都是互相不通气，但每人遇上什么心事都告诉吉利。在学校，他们几个像秤砣和秤杆一样粘在一起。他们在学校聚餐有吃的都叫上吉利，他也乐意省去一餐饭钱。

　　从上大学起，吉利也算城市人多年，但他仍像一只地老鼠，出没于城市钢筋水泥做的丛林之间。贫与富的差距就像地球上的科罗拉多大峡谷，当你试图跨越，会发现自己处于危险当中。吉利不佳的长相有助于世界和平，没有女人会为他的长相争风吃醋。他心情很差，自己在城里的不顺利一半源自父母，贫穷也是父母硬塞的礼物，父母未经授权就生下了自己。长相过得去的父母却让自己长成武大郎的模样，他暗自想父母应该是不相爱的，自己是父母被迫怀孕的结果。

　　吉利有用之不竭的自知之明。吉利学习写作，认定写作是他人生中最有效的努力方向。他试图通过一项专长来吸引别人的注意力或得到女人的善待和青睐。屡败屡战的无望恋爱事实证明写作有个鬼用，女同学一听他爱写诗，就捏着鼻子说"酸文人"，好像具象化的酸味从他身上喷涌而来，她们公然歧视诗人的言行令吉利很悲愤。也有同学说诗人是"饿死鬼"，比写小说的更下流，老想着睡女人不花钱，老想用所谓的文学才华当嫖资，等等。

　　吉利念大学时，就明白自己找不到愿意嫁给他的女孩。全班二十个女生，没有一个女同学想跟他好，记忆中，有一个女生恩赐他一次散步机会，趁着月黑风高，他去拉女同学的手，女同学像甩毒蛇一样甩掉他的非"咸猪手"。他还没有跟女人谈过恋爱就被抛弃。他遗憾女人多半有眼无珠、不识泰山。

　　他参加过和外系的联谊舞会。一群陌生人在一起手拉着手，舞曲变换了十几支，吉利身边依旧空荡荡，他不邀请任何一位女生，也没有任何一位女生跑过来邀请他。他坐在那里，越发感觉到舞会像是地震，人和地面要倾斜压榨过来，一股冷气、一股热气轮流在他背上游走，他像突然生在大地上的一棵树，不合时宜地生长在那间偌大的礼堂里面。吉利的脚像钉了钉子或者说有钉子拔不出来，他感觉这些男女像家乡演马戏的，乡下的演员主角是猴子和狮子等动物。他坐了一晚上，没有跳一支舞，这事成了学校的经典笑话，同学授予吉利"男花瓶"的荣誉称号。

中文系办诗会朗诵赛，吉利报名参加。轮到吉利上场，他用嘶哑的声音朗诵。每一行诗句，都像是遭到了吉利的蔑视，在众人的大笑中，结果比坏还坏了一万倍。

没有才艺、没有长相、没有钱，吉利只能去考研。大学毕业后，考研依旧是他可以找到的出路，为了再次逃离。

他目不斜视，每天读英语政治，学英语政治，爱英语政治，关心英语政治，非英语政治不闻。着手考研的吉利节假日也待在宿舍。

清明雨后的古城，温润又安静。吉利学校宿舍隔壁，住着吴老师一家。每天传来风声雨声打孩子声，吴老师无缘无故地打孩子，口里不停地喊着："你这个窝囊废，你这个窝囊废。"至于如何看出几岁孩子是窝囊废，吴老师不置一词，他的年轻老婆坐在那里垂泪。

吉利听着孩子痛彻心扉的哭声，这家庭闹剧，给他一种不成家也没事的理论以安慰和支持。有时睡觉前，他闭上眼，也浮现出苏拉那双明亮透彻又灵动的眼眸，随即吴老师的鞭子又举起来，把吉利吓了一跳——是不是婚后，他也会举起鞭子，对着那未来的某个小东西喊：你这个窝囊废，你这个窝囊废。很长一段时间，他总在这自我惊吓的景象中睡过去。

夏天，他们所在的行政区破天荒地举办游泳大赛。据说是某官员去了沿海特区一趟，参加了一次时装发布会，观看了一次选美比赛，回来决定举办游泳大赛。这次游泳大赛吸引了区里一大半男性的目光。游泳大赛组委会要找人做直播，吉利英语好，被选上。吉利像热爱监考一样热爱有偿劳动，每天五十元补助相当于父母两个人十天的工钱收入。

吉利在现场直播游泳盛况。直播提升档次撑门面，并没有人在听。来游泳大赛的都为看人、看女人。全城一半的人挤到大河两边观看。苏拉也在里面。游泳的时候，运动员在河里像饺子，分不清楚谁是谁。

一声哨响，万箭齐发，女子们拼命往前游，水花有大有小，她们像鱼儿在水里起起伏伏，突然有人大声叫喊："看，看看啊，带子掉了，衣服脱了，脱光啦。"

出状况的是苏拉。她游到中途，游泳衣断开，她绑在后面的那个游泳结散开了。开始是寂静，鲜花开放般的寂静，几秒钟后，欢呼的声浪响起，全部的人欢呼起来，人们看见苏拉的背影，白皙，皮肤细细发光，白光朝他们眼里奔来，犹如青春浮现于水面。

"她身上好多水滴下来啊，像杨贵妃。"有人喊着，举起了相机拍照。

吉利突然跑过去，以迅雷不及掩耳之势，将相机抢下，他抱起相机就跑，机主追上来，吉利将相机用力举起，往水里扔下去，相机在水面砸出水花，沉到河底。

苏拉避免了重大凝固性羞辱事件，吉利用一个月工资赔偿了相机。

当天晚上，苏拉像电影里的人那样，她拿了一束花、一篮水果来到吉利的宿舍，这是一个竹子做的篮子，上面绑着五色彩带。吉利和她一起吃水果，不知道说什么，就不说话。苏拉说："你像我前男友。"吉利结结巴巴地问："哪里像？"苏拉说："眉眼表情，说话口气，走路姿态……"吉利突然来了一句："你能把我火线提拔为男友吗，虽然我丑，但是我还是丑？"苏拉点头："已阅，拟报批。"苏拉没说吉利丑，吉利知道整部《西游记》也没说猪八戒一句坏话，但不妨碍猪八戒丑陋长相的前沿定位。苏拉的决定养肥了吉利的胆，吃下豹子胆，他不再害怕孙恶霸。

苏拉和吉利好上了。"四条人"表示不相信，搞破坏是他们能做的正确选择，"四条人"都成了毒舌妇，他们把挽救他的心里话像发牌一样，一张一张地打出：

"她很凶的，你别伤疤没有好就忘了痛。"

"她一看就是歇斯底里的那种人，精神有毛病，可怕。"

"年龄比我还大，年龄可能篡改过，不定补习多少年才上个大专，到时她会缠着你结婚，你想摆脱就难啰。"

"她的籍贯有问题，父母不知道从哪里流窜来的，不定什么时候就人间蒸发了。"

"她连我们都拒绝，跟你也是玩玩的，走着瞧，不定啥时有前男友出现，整死你。"

吉利当即决定对苏拉表忠心，出卖狐朋狗友，他大声说："他们算个屁。我在世界上没有朋友，我不需要。如果我对你不是爱，这世界就没有爱。他们敢对你不好，我就敢跟他们绝交，总说我就一张嘴，不花钱，我又没有请他们叫我去吃，他们不叫我吃更好，我还不会痛风。"

他感到出卖属于动动嘴又免成本的好事，既和苏拉拉近距离，又能得到她怜惜，说得不彻底就不过瘾："他吹牛说有本事让女人舒服到叫喊，他说有的女人有两次高潮，那叫潮涌。我和他们不一样，他们这样对待我视为上帝花朵的女人，我都看不下去。"

吉利是面对面时讨好，背对背时出卖，他像竹筒倒豆子："相对那些精神侏儒，你鹤立鸡群。他这是见不得我好，见不得我和你好，吃不到葡萄说葡萄酸，他攻击你都是追你不成产生的羞恼。那个跑江湖的小矮人、小侏儒内心很黑暗，以己度人才说得出那些鬼话，嫉妒我才会跟我说这种话。"他宽苏拉心的话，苏拉爱听，但不信。

　　"四条人"无奈接受苏吉恋后集体喝醋，"四条人"见吉利就说："你赤裸的野心看得见（考研），没想到你还有潜在野心（追逐苏拉吃天鹅肉）。"

　　苏拉太好了。吉利想自己一无德无貌无才的"三无人员"能找到仙女，怀疑这是祖坟连冒三次青烟的结果。他不畏挑唆和挖苦，大义凛然地继续和苏拉好，每天发癞蛤蟆甜梦。

　　苏拉和他出双入对，有同学聚会必定带吉利蹭吃喝："你英语好，文章写得好，我很有面子。"面对流言蜚语，他们互相激励："我们要一路走到黑，过到出郭相扶将的年纪，看他们还有什么话说。"吉利感觉到自己的言行，有仪式感牵制的虚假，有脚踏实地的甜美，他双脚一软，踏入现实主义和浪漫主义两结合恋爱中。

　　吉利和苏拉谈恋爱，没有更多的事情做，恋爱的核心内容就是做饭吃，你做给我吃，我做给你吃。猪脚补皮肤，黄豆猪脚发奶，我搞一个家乡菜，你搞一个儿时味道，做了十几二十次以后，还没有到达城里人那种上床的阶段，他们继续做饭。有时改为散步，他陪着她散步，她陪着他散步，马路、石子路、车路、人行道知道他们有多爱。

　　吉利看着苏拉腰肢细软，冲动好似暴风雨，不时袭来。他很多次想在拉手接吻拥抱这些小打小闹之外有所大作为，很想暴风雨来得更加猛烈些。吉利没办法说服苏拉配合自己，囿于成见，苏拉不肯交出自己，几个月过去，苏拉始终不肯让吉利越雷池一步。吉利没强求，对这事，他带着准备上前线打败仗的悲哀，所以，他也没有需要打胜仗的压力。

吉利安慰自己：结婚的时候再到手更好，不要让她觉得自己就只是看中她身体，吓到她，到手的鸭子会飞，留得青山在，不怕没爱做。他安慰自己。

春天来了，两岸的柳树扭动腰身，头顶的月亮变成圆或者变成细长的形状。柳树的绿光和月亮的黄光有着自己的幸福，自然是自由的，山川树木是理性的，月亮想圆就圆，到缺就缺，比人幸福自在。

"四条人"请吉利在街边吃嗍螺喝啤酒。"四条人"觉得吉利像武大郎再生、卖油郎占花魁之现代版的存在。

"四条人"切入主题，问吉利："你和她那个了没有？"

吉利也不装："迟早的事。"

"我们一看就知道你们还没有在一起，拉手不算，共一把伞不算，拥抱接吻都不算。"肌肤相亲有本质规定性，吉利硬标准达标不了，比没和苏拉谈还惨。

"她玩你的，你还当真。"言下之意，没有用过的女人算不上到手的女人。

吉利小时候很乖，他妈妈叫他去买一瓶酱油，给多少钱找回多少钱，他一路念叨着生怕出错，紧紧捂着钱，直到现在二十多岁，他还是一紧张就有要尿的感觉，不做贼比贼本人还心虚。

"打草惊蛇的事，我是不做的。我对苏拉的欣赏触及灵魂，很少肉体交欢的需要。"

说出这句话，吉利心里有点受伤。很假。

吉利在"四条人"面前，也不能装聋作哑："我一度想鼓起阿Q勇气，用他对吴妈的至理名言：吴妈我要和你睡觉。事实证明我连阿Q都不如。"

吉利同意："恋爱中没有碰过女人的男人不是好男人。"

吉利的沮丧有助于这四人消解醋意，他们转而安慰帮助一个爱而不得的婉约派苦恼者，他们有义务对吉利的理想主义纯洁主义进行适度改良，"四条人"用黄段子或亲身经历开导，为吉利分忧解难，打开封住了谜底的谜语。"四条人"开启送艺模式，提升他性方面的认知。他们相信经验有助于推动吉利爱的进程，有助于吉利破冰启航。

吉利以退为进给苏拉举例："纺织厂有个男的结婚第二天就离婚，传闻说原来那个举不起来，接近太监。等于一团棉花在那个女人身上，女人这个时候可不要棉花。"他暗示苏拉检验一下自己，不留后患。我或许会是那个太监。苏拉有所触动。哪个女人都不需要太监对不对？

"我有点像卡夫卡、佩索阿、里尔克、山多尔，都是见女人就躲的主儿，里尔克被茨维塔耶娃火一样的情书吓趴。狮子座女诗人热情似火：我想和你一起生活，在某个小镇，共享无尽的黄昏和绵绵不绝的钟声。在这个小镇的旅店里——古老时钟敲出的微弱响声，像时间轻轻滴落。这诗也打动不了女人气息过多的里尔克。那个佩索阿是做会计的，下班就写诗，更是好好的不婚不娶，一生造出七十二个异名者担任不同职责，用异名者身份，想像一朵未来的玫瑰来折腾……更有甚者，富家公子叔本华，成天游荡于妓女之间。卡夫卡订婚三次，退婚四次……我们文人不婚者众多：柏拉图、简·奥斯汀、薄伽丘、彼特拉克、斯威夫特、伏尔泰、安徒生、荷尔德林、司汤达、莫泊桑、普鲁斯特、尼采、福柯、惠特曼、梭罗、屠格涅夫……"西洋不婚文人的八卦触动了苏拉。

吉利对妈妈诉苦："同事嘲笑我没有跟她上床相好。"母亲也叹气。

秋天天气干燥，"四条人"中有三条人开始打家具。在恋爱的男女中，家具是一种态度，打家具被视为婚姻的入门券。

吉利拿出诚意"打家具"。他想好准备分两步走：先晓之以理，说服父母伐木；再动之以情，感化苏拉。

为了凑够打家具的木头，吉利下决心回一趟村庄。

吉利通过一学生的哥哥登上黑乎乎的运煤专车，车厢里就吉利和列车工人两人。吉利带了本书，带了几个面包做干粮。在黑乎乎的车厢，他想到坐免票列车，心中一阵欢快，他对在前面穿着灰衣服的列车员充满好感。将要制作这套家具，是要行得万年船传家宝式的工程。他心里似有火光燃烧般那么暖和，几个小时，他在黑幽幽的车厢睁大着眼睛望着一团漆黑的窗外、神秘莫测匆匆掠过的村庄，像闪烁朦胧的幻影。

一片又一片的村庄沉没到更广大的黑暗中。一个深知自己有诸多缺陷的人被命运之光直射引发的庆幸感，外人很难知晓很难共情，略带紧张地，他心里笑了起来：吉利也要开始打家具啦。

父母承包的杉树、苦丁树已经长到七八米高，吉利让把树砍了。他的建议比任何一次建议都显得失去理智。吉利不知道父母在锯掉这些树后，彻底割断了和土地的血脉关系。吉利后来才知道母亲高烧了好多天。

吉利没能想到那么多，他开始打家具，打家具是一件大事，讲究木头，木头如果是……吉利心里两股欢笑交织在一起，汇成了欢乐的河流。

事情进展得很顺利，吉利充满着欢愉，几乎免费运到宝贝木板，这堆木板产生与家相连的庄重感。

他把树木锯了带回城里，寄存在木具厂，先晒烘干，用锯子锯成了半成品的板材。吉利成功了，他揣着三岛由纪夫蔑视过乡下人的野心想：接着我将有一个女人，和我一起过节一起做饭吃饭做爱，再接着会有孩子，在我们的怀抱里，在家里爬行说话，读书，生子，生生不息。

秋天天气只有八摄氏度左右，收割过的稻田露出泥土的深褐色，树叶纷纷寻找新的去处，树冠一半被清空，只有柿子树还有稀稀落落的几个红灯笼果实，叶子有着清脆声音。

家具完成一半时，木匠师傅说：打家具的板子不够，还差一些实木。师傅指点吉利：棺材的板很结实，半成品加棺材木组合起来能制成一套好家具,有特色的家具。棺材一般是杉树做的,不容易变形,比较轻,也合适做家具。

吉利盯上了父母的棺材,下决心要将它拿过来。棺材本来还是给他父亲的(吉利开始打家具不久,父亲去外省找寻银圆,在山里发热病死去)。父亲死在外地,依老家风俗,死在半路上,不是吉利的事,村里人怕沾晦气,不让冷尸进村。在外地死去的父亲为母亲省下一口棺材。

母亲没有吭声,她和丈夫从村里逃出时,只带了这口棺材。吉利他们村的习俗,在孩子十几岁时就开始准备棺材,木材要提前很久准备,干爽了,十年以后再来打棺材,这样的棺材不变形、不开裂。

下了火车,离村子还有几百里路,吉利租了一部皮卡来到妈妈租住的村庄,他对这口棺材志在必得,他懂得将欲取之、必先予之,在父母那辈人的观念里,死人得土如得金,棺材亦然。他知道要拿掉妈妈的命(棺材),得先弥补妈妈的面子,基于一部皮卡的多种想象可以为母亲带来风光的效果。车灯几乎照亮村里那条不像样的路面,一些狗开始吠起来,一只两只,后来成为合唱,成为合唱时,吠声威力减低。

吉利在心里打着腹稿,他准备先和妈妈谈外面的世界,再谈人死后有无灵魂,外面人他们是怎么处理自己的死,死亡是很深的陷阱,经过某种方式,譬如梦境,近在咫尺也能相望,但是面对面却听不见,是一种单程车票。这些是他的设想,见了妈妈怎么开口，吉利打的腹稿：你的身体不错，死，这件事情可能还要十年后才考虑，这十年还不知有多大的变化，到时候别说做一口棺材，两口棺材我都给你准备好。

起承转合的假想对话让位于直奔主题，他冒出来的话："打家具的实木不够。木匠说边框的材料一定要干了十年以上的木头，只能用那口棺材了。"

吉利对妈妈说道："妈妈长命百岁，福如东海，寿比南山，所以现在先不死，或者把死放在最后。棺材是妈妈死后的依靠，现在我就是你的依靠。"妈妈只好把死放下，为了进一步安慰母亲，吉利说："她已经怀孕了。"亲娘的心理防线瓦解了。

吉利把妈妈的棺材拿来用上，家具终于完工，结婚就是板上钉钉的事了。爸爸空出来的棺材，现在已经像血液一样流进了他和苏拉有模有样的新家具中。

"四条人"一个一个像龙舟赛船只一样，争先恐后对吉利表示祝贺，他们"五条人"很团结，"五条人"总算也有一条人得到最美姑娘。肥水不流外人田。

家具完工的那天，苏拉说："吉利，周六你过来吃饭，我调好课了。"吉利捕捉到口气中的鼓励意味。

星期六，他准备和苏拉"在一起"，他很看重这次具有新纪元性质的周六。他认真记下他的梦，自小他有两种梦重复在做，一种是自己飞起来了，他感觉舒缓，无边无际地漫游；另外一种梦是他梦见自己身上没有穿衣服，走在人群中或者走在大街上，老是担心被人看见。这个担心一直萦绕在他心头。

早上吉利醒来，他想起前一晚的梦，这梦有点暗，他往楼梯下走，却从高处滑溜下来。梦里的东西不对劲就是预兆，他有点消沉。他喜欢根据梦的明媚或者阴暗启示做对应性的行动。

吉利早餐做了两个鸡蛋，一碗汤圆，还像模像样搭了两根筷子在碗上。小时候每逢他考试，母亲会给他做两个鸡蛋，碗上搭着筷子，寓意考一百分。

车缓缓地开来。周六的公交车人多得可怕，拥挤不堪。吉利像一尾鱼，被潮水样的人群包围着，前浪后浪被随便安放在大海中，接着又一个波浪，在大海中摇摆，像一朵有着杨柳腰的花朵，四处扭动摆动起来。

司机看来也没有把整车人当作他临时性的五官、五脏六腑，他像摆脱猛兽一般，开动他的车，那架势似乎要把全车人摆在自己的屁股后面。

太阳像没洗澡，发出的阳光夹杂着浓重的尘烟味，叫人想打瞌睡。吉利估计了一下，在他之后，公交车至少上来了十九个人，都是站着的，人都像装进罐头的沙丁鱼，任由摆布。

公交车上人头攒动，水泄不通，吉利前面是女人，后面是女人，左右全是女人。他前面那个女人，长着巨大的屁股，想起大学班里有个绰号叫"格陵兰岛"的女同学，吉利扑哧一声笑起来，大屁股女人也回头笑，胳膊贴着他的胸部。吉利毫无办法，他想转过身去，但她的乳房也和屁股一样硕大，顶住吉利的胸口，吉利只能用硬邦邦的胸口顶着她软乎乎的胸部，这女人澎湃的胸部紧紧贴上吉利，呈现你中有我、我中有你的胶着状态。吉利动弹不得，两人呈现板结状态。吉利透不过气来，想要挪动，只好大陆漂移，两个板块整体漂流，他想把手臂拉出来，手臂却像钉了钉子一般钉在那女人的肩膀上。吉利一动不动，周身发热，不知今夕何夕。

女人忽然伸出手，在吉利下面探究摸索，猛然在吉利下体关键部分捏了捏、揉了揉，好像抓豆腐也像是抓萝卜干又像揉酸菜还像揉面团，吉利脚底冒出火，他心里也有两股力量在拔河，他想抽出脚，逃离这热乎乎的两座大山，某种无形磁铁吸力又把他抓牢，他陷入大海航行中，又像飘在天空，他脑子真空，全身真空。吉利下面决堤了，原子弹爆炸。他瞬间体会到微积分抛物线极限顶部花好月圆上天入地，像瀑布冲向深潭粉碎了自己：此刻只有大雨滂沱，洪荒肆意，却没有李冰，也没有大禹治水。

吉利记不清楚自己是怎么从人体肉夹馍中逃出，他末路狂花一样狂奔，比如《出埃及记》，然而并没有见到光明之路，只见到的海盗、红海……吉利多坐了一个站，为了省钱他徒步走回来。吉利头昏脑涨，感觉到自己是腌在盐池里，泡在死海里，他觉得周围的空气有了重量。

残酷的事实摆在面前，他身上少的一样东西，恰恰是金贵的礼物，被陌生人抢了，他只能空手白舌面对苏拉。

吉利拖着疲沓、沉重的双脚走到苏拉宿舍，不堪回首。风，树叶，影子，动物，恐惧的范围越来越大，囊括了宇宙中能想到的一切，都在和他作对。

苏拉床单模样的薄裙，腰身凸凹有致，吉利心里想：蛇全身都是腰，脖子短的人，跟蛇相反，没有腰身，只有脖子是腰。

她喊着他的名字，声音带着夸张的轻松和欢快。吉利没有迎上来，他出神地看着其他地方。吉利像个陌生人，用不大自然的声音打招呼，她用刻意自然的声音回复他，他老往外看，全身心被景物和景物下几只啄米的鸡所吸引。

苏拉躺在床上，她的力量正在凝聚……吉利知道她在等他用同样的姿势在床上躺下……总要有点什么事了。苏拉想让吉利给她松开衣裙，两手放在腰上，吉利的身子往前靠近苏拉，却是等待大祸临头的眼神。

苏拉打破僵局，脸上挂着笑："怎么像心里有鬼的感觉？"吉利慌忙否认："没有。"此时是人类可以做出最柔美动作的时候，他却做出与柔美大相径庭的动作。吉利着了魔一样，一动不动站在原地。

她搂着他，像韩剧常说的："开动吧，我要扑上来哦。"苏拉没有真扑过来，而是满怀激情地搂住他，急着将自己给吉利。苏拉解开左边细带，人像子弹一样弹出来。吉利难以淡定，他在床上，压在苏拉身上，做性交状，他那个地方像个出世高人无动于衷。车上一幕对吉利是惊涛骇浪。吉利紧张、慌乱、脸红，他做不到所行于所当行，也就没出现止于不可不止的良好态势，下身那蠢蛋坚定地反对头脑的指令，一副波澜誓不起的烈女模样，他的阳具耷拉着像空面粉袋。她一句安慰话都说不出。他知道此时雄起胜于任何辩护解释。

苏拉的火焰点不起他的幽暗地带，吉利是烧过的蜂窝煤煤渣，是被打湿的煤炭。苏拉闷闷不乐地躺在床上，水涨潮又潮落。"我给不了她，苏拉会不要我"这想法像一道沉重的彩虹，快把吉利的天空压垮，他越是这样担心，那家伙越是不作为。吉利束手无策，他知其不可为而为之，一遍遍反攻，均告无功而返。男性器官一味罢工，吉利盼望苏拉的身体也能死水一潭。

苏拉的眼神有点古怪，嘴巴微张着，像一条岸上的鱼，身子一起一伏，身体被流动的暗火灼烧。

吉利想解释，他想解释当时身体有洪水……他想重申大禹治水疏通之必要性。他遗憾那个地方该显身手时不够完整，完整性写作多年也唤不醒它，他心里几乎哀求它：起来……给主人机会啊……从哪里跌倒，再从哪里爬起……

吉利也委屈，他承认，那一瞬间……他也经历了极致的愉悦……有声音在说，快乐没有高低贵贱，没有好坏之分，你别不把罪恶的快乐不当快乐啊……吉利更多的是抱歉，看着这个变节求荣的家伙。关键时刻为什么就投降了呢？没有投降你当时举手干什么？吉利恨铁不成钢。吉利批评它。

吉利痛苦地认识到：它也有头脑和脾气……

吉利解释，想蒙混过关，他干笑一声，声调古怪，从懊恼滑向怯懦。他滑稽地大喊起来：“啊哈哈，啊哈哈……”

他俩屡败屡战地折腾了几小时。终于宣告彻底失败，从头到尾，只不过是一个人的战争。苏拉警醒了，她看出吉利没热情，“在一起”尚未成功。

从苏拉光滑白皙的背部看得到窗外的天空，吉利心里哀叹：天是那么蓝，人是这么悲哀。

她说：“要不，咱们先吃饭。”他们各怀心思，不冷不热地吃饭。

苏拉背起包，好像逃离自己也像逃离吉利一样逃离宿舍。

她把钥匙给了吉利，她去电大给国际班上课。

黄昏和平常一样到来。天空里的光线已经消失大半。饭厅的灯光昏暗，一个时钟挂在墙壁上，房间很安静，时钟走动的声音显得很大。吉利坐在饭桌边，背对卫生间，他在苦思冥想。想起小时候，他很害怕黑乎乎的厕所，感觉压抑。

吉利坐到黄昏，像喝醉睡不着的男人，坐在方凳上。他内心不安，浮现出母亲的脸和杉树棺材合成的家具，木匠师傅的敲打炮制声在他脑海里起起落落。绝望让他有更深的满足。他终于睡了过去。

周六晚上，苏拉没有回来。第二天晚上，苏拉才回来。这天的日落和前一天的日落很相似。天色是吉利的黄色，转眼间暗黄色暗灰色直至黑色。清凉的气息从窗户进入，吉利坐在书桌前和坐在饭桌前，呼吸如约而至的清凉。他清醒了。

苏拉好像什么事都没发生，她没等吉利解释，她的声音里透着理解会意，或者说是一种心灰意冷："你过于紧张导致的尴尬结果。第一次的陌生感会带给人压抑。"听苏拉把前一天的失败归于压抑，他逐渐衰退的精神，立刻迅速地赶了回来。她自动负担起对他的性启蒙。

女人是立法者，她们天生对性不陌生。苏拉找对了吉利的机关按钮，她无师自通，创造很多花样。她有很好的身体，吉利开始用苏拉这块大地：那些宝石一样的果实。那些露水和云朵。进入吉利手心和掌心的花蕊，在他身上闪着光。苏拉就是甜蜜的花朵，黑夜里的红玫瑰。吉利用嘴巴去找寻苏拉m形的软绵甜美的唇。吉利吻她时，忘记自己是谁，忘记她是谁，每次在抛物线的顶点，他俩直接陷入深沉的睡眠。醒来的时候，苏拉有时在床上，有时在厨房。苏拉像一条鱼钻在水里钻在吉利身上。苏拉就是吉利的大海，或者说她是吉利的一条大鱼，吉利会在没有结好网时，匆匆忙忙又扑向了苏拉。

林间小道的尽头有一块大水泊，一团团烟雾从水面升起。某种尖锐却不危险的声响划破眼前的天空，远处的烟囱，流淌出向上的河流。吉利触摸到一种将要实现的宁静和平，他抖了抖肩膀，过去生活辛酸耻辱的痕迹从肩上滑落。

苏拉怀孕的迹象已经瞒不了周围人。他们一致同意孩子生出来后再结婚。吉利带苏拉做了超声，怀孕已经二百九十九天（十个月怀孕这古话很准呢，可见春天周日那第一次真准，相差最多一天，百发百中，十个月后孩子将出生，生殖科学很神奇。挨在一起就有欢爱的结果。吉利感到甜蜜），孩子胎位正常，心脏搏动有力，很健康，绝对是爱的结晶。

苏拉临产前十天，学校校长照顾吉利，让吉利去省会近郊的县里监考，监考可以获得一千元补助外加免费吃十天自助餐。吉利想，那是妈妈的野生蘑菇起的作用，他心里感慨着，痛恨着这种求人的势利交换，又舍不得这种挣钱的机会。

"四条人"得知吉利在苏拉待产的紧急关头要外出十天，表态帮吉利照顾苏拉，要照顾到产房的门外。吉利看着这帮喜怒哀乐连在一起的"四条人"兄弟，眼眶噙满眼泪，把国事家事麻烦事连同真诚的眼泪还有趁机流出来的一把鼻涕甩给他们："我到外地监考。孩子出生的事就交给你们啦，回来以后苏拉，我的苏拉也是大家的苏拉。"吉利感动得语无伦次。

监考的学校位于山中，水甜空气好。山峦中，整夜都有月亮，打开门，月光正好进来，覆盖着一层厚厚的光线。窗下有一些花草在轻轻地抖动。

离开苏拉去外地监考的这几天，吉利被一种不知所措的失眠困扰。他想苏拉，吉利喜欢握苏拉的手，也喜欢被她握在手里。每逢她到阳台，她会将头发随意扎着，穿着一件厚厚的纱做的长袍，身上的曲线，隐约可见，皮肤像白色瓷器那样光滑。她在吉利怀里像柔顺的松鼠。苏拉身上的气味很好闻，她有水果的清新，有水果刚熟的干净气味。吉利一直保持着对她实实在在的饥渴。

他想她。

"四条人"同时出现在他监考的考场外面，吉利大喊起来，生了双胞胎吗？他们说不是。那是生了三胞胎？他们摇摇头。不会是生了四胞胎吧？你们"四条人"都过来报喜。他们还是没有回答。吉利这才发现他们带着严肃、艰涩的表情，感觉不对。出什么事？苏拉出事了吗？孩子平安吗？你们快说啊！"四条人"艰难地完成了叙事：苏拉生出了一个金发小孩。

吉利和苏拉的故事变成了事故，当天吉利就背着一个包离开内地到了广东。

若干年后，吉利正在广东某所学校给学生上课，上课前讲着桥段的开场白：广东入冬了，大家要注意防暑。吉利一本正经地说事实，每次他的外省学生都会大笑起来。

腰上手机不断地振动，吉利收到一个陌生人的长信息：命运惩罚到来时，怨不得他人。那一次，如果非要找一个可怨的理由，那就是你怎么都举不起来，一切就绪时，你举不起自己……那天，火山已经多少度，你举白旗。我只好逃回电大，本来那天我已经和其他老师调了课。

我在电大的外籍混血儿学生欧文遇上我，他和往日一样赞美我，做搂抱状，我那次没有像平时那样躲开他，反而向他微微靠近，他一把搂紧我的腰，手摸上我的胸部。我随着他去了留学生宿舍。那混血学生，之前他对我一见如故，但我从没理会过他……他来了，这时我受到你的冷漠，不知怎的，我见到他一下子委屈起来，心就软了。欧文下身自带的东西站了起来，那瞬间似乎不是我，又似乎是我的另外一部分。生活给我惩罚和历练，一念之差，我成了笑话，从此带着金毛小孩……我哪里知道一次就可以怀上，第二天我就一直和你在一起，一直没有别人。生活给了你什么我不知道，我不服，十几年了，我带着金发小孩过着坚强自立的生活，我冤，我配不上我的痛苦。你当天来不了，他能。我不服，我对命运上诉，有因有果，不怪我一人，你也有责任，我不服你这样解构因果关系。机会留给有准备的人，惩罚却是留给没有准备的人。但是今天，我从生活的苦难中走了出来，生活尽管会有荒诞的时候，但我们依旧要顽强和乐观。

吉利想，坚强怎么是个接力棒呢。

罗曼史

　　"吃块巧克力么？吃完我再买。"小微常对几个女友说。

　　有人打来电话："小微姐，想请你给我们家新娘化个便妆。订金我打给你助理了。"

　　小微不高兴："我都还没答应，你就给我打订金，你在强迫我答应吗？"

　　小微皱眉："新娘妆是盛妆，没法子随便，你说的便妆，我的理解是一边脸化妆一边脸不化妆，化阴阳妆吗？"

　　"小微姐，化新娘妆多少钱？"电话里声音像放久的面包开始僵硬，还维持着社交性的克制。

　　"一万元。"小微语气僵硬。

　　"多少？没搞错吧"电话那头高声问。

　　"一万元，一分都不能少。"小微不耐烦地说。

　　对方一愣，诚意用完的口气："你看价钱能不能商量着优惠一点，影楼的价格比你们便宜得多，你的价格比影楼贵好多。"

　　"爱化不化，随便你，新娘长的样子如果不靠我的手，她就是个怪物。"小微的话像一把缺尾巴的刀，又损又锋利，口气转成过期俄罗斯列巴，很硬。

"有你这么说话的吗？"

"有，我就是这样说话的。"

对方原本对小微还多少留有的尊敬荡然无存："不找你了，订金也不用还，你这个死八婆。"新娘莫名受诅咒，喜事冒出不是好彩的意头，新郎连嗓音都变了。

"我做艺术，他们是工匠，没有可比性，你爱做做，不做拉倒，你这个傻佬。"在小微看来顶撞艺术就是无耻无赖。

新娘的未婚夫是记者，他没受过这么深重的鸟气，一周后，他在报纸上曝光了这件事。

《新娘妆，这位化妆师要价一万元》的标题很是吸引人，行内人都明白是指小微。新闻彻底毁坏小微的名声，也切断小微的财路。报纸最后一行写道：我们不希望这位化妆师用任何形式参与我的新娘妆，哪怕日后看照片都不行。

小微得罪客户后，慢慢没有人找她化妆。她的名字在广州的化妆业消失，犹如庞贝城辉煌的生活瞬间归于沉寂。新的化妆师替代她，她不愿意离开那栋工作了十几年的海江电影制片厂，她在海影旁边楼盘租房住，她不离开广州，她喜欢这个软绵、随意的城市。

女友说："你傻不傻？这不是你的手艺吗？手艺又不会用一点少一点，只是一两个小时的事。你让一点步也有钱挣不是？你不就是玩似的。"

小微叫道："在我这儿玩等同艺术，和你们说的不是一回事，我值这个价，一分都不能少。少一分都是对艺术的诋毁。"

"要我让步没事，要我对艺术让步是犯罪。"小微加重语气，仿佛别人在怀疑她。

又有电话打进，是她的导演男友，她语气婉约起来："女主角脸上主打色淡黄，脸颊上那里黄……两眼之间宽的人演内心丰富又深刻的角色是不行的。锁骨和颈部的洼地，使用混钴蓝色和混青色……眼睛眼眶眼睑要画出有逻辑的突兀，立体感十足可以表现信念的强度，我或许可以考虑在她两眼之间用紫色。神秘系紫色带有弥补性质，暗示支撑她性格怯懦的一面。一横一撇地靠近这人物的内心，维度越大，人越丰富……"

小微是大牌化妆师，她拎的化妆盒有三层，里面放着只有她才懂的大小牙膏状的粉底。小微在圈里小有名气，在海江电影制片厂，经她的手打扮过的大小明星不下上千个，小微眼睛盯住角色的脸，粉底、唇线、眼线……稍微抬一下眉，或者在鼻尖处打一点暗影，人就像是变魔术一般换了一张脸。按小微的说法："轮廓如你所愿，格局前所不知，让你看见另一个非凡的你。"

有人说她能化腐朽为神奇，真实的脸在她手中，经由轻重冷暖颜色的加入，最终拥有角色要求的或者超乎他们预期的扮相。

她拿起化妆笔时全神贯注，脸部线条硬朗。她眯着眼，头发柔顺，随风飘起来，眼睛充满神气机智，光彩夺目。有一次，她自作主张，改变导演意图，变更女主角口红的颜色，在不饱满的额头洼地留白，边缘处勾出梅花鹿的角，人物即刻拥有意境和灵魂，有从远景画面中流出在白雪皑皑的天气去看梅花的神韵。一度行内人叫她梅花姐。

她曾赢得海江"一支笔"的名声。

新娘妆事件以后，慢慢地没人叫她参加饭局、宴会、私人派对，单位度假、发布会都没她的份。大小导演像扔掉便纸一样丢开她。她接到的电话不是卖楼的就是推销保险和贷款的。

小微奔五了。

小微心里原先不存在有痛的地带，周围朋友指出她这痛点："你可怎么办，家没家，工作没工作。"

看不出是嘴硬，小微平静地说："没有男人也不缺什么，我妈那时代要男人也就多个搬运工而已，现在搬运工街上大把，男人有什么用。"

她显得年轻。五十岁的化妆师，陌生人不信她拥有这么大数字的年龄，她自己也不信。

自从做导演的男朋友把老婆接回身边，接下去小微的情感路径过于顺利简单：一路上没人。四十七岁时她接受相亲，见面便说清楚：带上身份证、户口本，我这人爱速战速决，我要直奔结婚主题。

她在专卖店洗衣服，做卡彼保护头发，牛奶选择正宗华农原味。她交一万元学费参加最强大脑的学习。她准备再学英语，日语，西班牙语（油多不坏菜，机会留给有准备的各国男士）。她马不停蹄地相亲（也有人挤对她，说她急着去投胎），她比自己脚下的影子走得快一步。快到三天之内就忘记那些男人的面孔，像海浪声音涌过来，海浪的本体还在后面。连卖保险的公司组织的类似联谊社交下午茶活动，她也去。

她贷了三十万元款，拿到钱一看少六万，一张纸上面打出贷高利贷的凭证，放贷的把六万利息先扣下去。万恶的资本家，她心里暗骂。

雨水在街道流动，在低洼处汇合，水花四溅扑打地面，她穿棉麻拖鞋到楼下，拎回一把夹竹桃、康乃馨、菖蒲，三种花混合出奇特的气味，让她想起西南那座常下雨的山城，天气潮湿闷热，雨天雾气特别重。上小学时，不知为什么，她经常没带雨伞（现在想起来归功于天气预报的落后），母亲来送雨伞，在学校门口，手里呵护着大伞，做引颈状。有时是父亲赶过来背她回家，她贴着父亲背部；父亲颈部松软，她用手在父亲颈部画圈。小微从爸爸的肩头探出头，看到他脚尖一前一后，踩着栅栏边的野草路面，用力地往前滑动，碰到鹅卵石，脚一踢，小石头飞起来。

冬天冻雨打湿父亲皮肤皲裂的双手，他的指节粗大褶皱明显到可以藏纳小沙石等，带着明显的古典主义苦难色彩，完全不像曾在北京念过几年书的知识分子的手。小微还记得当时雨落在脸上的爱抚感。父亲脖子里的热浪向小微的脸吹送上来，有种可乐味，她在父亲的肩头睡着。

　　遇上雷雨天，她午睡，母亲不轻易叫醒她，只是贴着她耳朵说不用上学。

　　现在他们家的房子已经出售，父母卖房子的钱补贴小微在广州的房租。父母搬到舅舅家。

　　小微告诉妈妈："放心吧，一旦嫁出去，我要那人给你们买一套大房子，在成都最好的地段。"

　　妈妈和她坚信这事即将到来："真心待你的话，那六十万债务算什么，给我们买套房子也是分分钟的事。"妈妈左边和右边的脸均匀地布满乐观主义的线条。

　　广州夏天能听见鸟的叽喳声。窗外有浓浓的绿与长在绿色之上的发光花朵，旧房屋本身被成排大树掩映，斑驳的黄色和淡蓝色墙面显得不真实，如同一篇藏匿于图书馆过刊室论文的引文，无人惦记。小微想起那句"隐藏一片树叶的最好地方是一片树林"。

　　早上，小微用片仔癀面霜，一股天然麝香味袭来，她突然很想父母，难以克制。她第一次意识到父母有一天要离她而去（她感到头顶好空）。这念头让她诚惶诚恐，她当即订票回四川。先到成都，再转车回到石雕镇舅舅家，父母借住于此。

　　记忆中舅舅的小院房子和舅舅的脸很像，低矮的正方形，墙面爬满暗紫色的牵牛花。屋后有一条常年呈现泥泞状的小路，四周有稀稀落落的树木。远处有灯光，房间的门开着，好像在等待某个人。

舅舅的女儿长得一言难尽，那个又倔又不肯读书的女儿，坚持要嫁给佩戴红袖章的市场管理员，舅舅失望到想让墙撞到自己的头。他女儿坚定表明："我一定要这样，我一定要嫁给他，我一定要嫁给他。"过来人听这歇斯底里的"一定"，异口同声叹气：这肯定是桩遭罪的婚姻。

舅舅的女儿自行出嫁，男方送来一箱酒。舅舅把酒用力往门外摔，酒瓶像四散的烟花。舅舅在床上躺了十五天，才爬起来，他的房子也染上好些愁苦，多了一道占据额头的川形眉。

小微父母来安慰舅舅，送茶倒水，知冷知热，舅舅能爬起来后他们顺势住下，舅舅家的柴火房成为小微父母的卧室。

经此一劫，舅舅变了一个人，他常说见到浑圆圆的太阳在院子头顶盘旋。他念叨：大树是小树苗的爸爸，小树苗将来是另外一棵树的爸爸。

小微跟舅舅打招呼。舅舅点头答应，舅舅告诉外甥女："几只母鸡带着小鸡在地下画画似的寻觅，吃着去年河里的水。"

舅舅家有只公狗。"老太太"是舅舅的女儿为狗起的名字，"老太太"抬一下眼皮，看见是小微，没有更多反应。

小院落的老旧和父母的年龄相当。父母这一辈子，她只有一个男人，他只有一个女人，一个萝卜一个坑。他俩一起铺地板，一起安装水龙头，一起做火锅，一起做酒糟，一起划火柴，一起制娃娃菜，一起熏腊肠，一起绕着山路上山取山泉水，一起喝水，一起去菜园，一起挖地，一起擦汗。父母之间互相有说不清理由的吸引力。看不出他俩对对方的理解程度有多深，恰恰是不懂的那一部分，让他们彼此熟稔又陌生，从而没有感觉到无聊吧。

刚到成都，小微有些闷，她点着香烟，看着一截一截烟灰慢慢坍塌，她想睡觉。

父亲来敲门，叫吃橘子，小微恼怒不吭声，心里想：他没看见我在睡觉吗？我想睡到自然醒，跟他说过多少遍还这样问。父亲继续问："你睡着了吗？"小微忍着不出声，父亲很诚恳："你不回答，我怎么知道你是不是睡着了。"小微大怒："我快要睡着了，被你一问又醒啦。"

他兴致勃勃地提议小微一起看竹林透析过来的月光。父亲想起小时候那些事，问小微："你记得那些事情吗？那时候还有爆米花，砰的一声，香气随即冒了出来。"父亲说，"还有江西猴。"小微说："没印象。"父亲滑进回忆："嗯，你还小，拜老爷，营老爷，油橄榄，还有草果，多一勺细细白糖把我高兴坏了。"

父亲陷入无边的回忆热情中，他第一万次说在广州念书的经历："我上广州念书，城市给我的第一个礼物是发抖。我和阿伯不懂为什么城里人要在地下画画（斑马线）。当时我一到石牌，就被密密麻麻的马路吓到，整个地面在抖，我和见识最多去过五条村庄的大伯在过马路时迟迟拿不定主意。马路上跑的汽车像狂马一样，飞驰而来，飞奔而去，半天看不出有停下来的意思，在村里吆喝一句牲口，这城市的畜生（车辆）不听使唤。智多星大伯对此情形一筹莫展。我和阿伯痴痴地站在路边一动不动研究了半个小时，也发出'逝者如斯夫，不舍昼夜'的感慨。

"这是广州给我的第一个难题。我最后是暗下决心闭上眼，像扎一个猛子一样地跳入水中，跳进了万马狂奔的海洋。用千军万马大义凛然的勇气，穿过了马路。回乡之后阿伯好几年都没出汗。我们梳着自以为一丝不乱的发型已经变得首如飞蓬。取得过马路成功后，我从此在城市里站了起来。至今我还记得自己当时喊的是，'广州，老子跟你拼了。'"

父亲勇战汽车已经过去了好多年。

眼下父亲为了上身和下身的舒适，天热的时候，他顾不上人类的尊严擅自返祖，把自己脱成一个北京猿人出现在小微妈妈面前。好端端的衣服在父亲身上，显出裁剪不当的特点，要不袖子不够长，要不甩着像水袖。他的手在胸间、手臂、身上四处上上下下拍拍打打，好像上过发条的剃头刀在剃刀布上奔走，短脖子父亲是乐观的人。

父亲是生物老师，母亲是一家国企毛巾厂的财务。两人退休在家，除三餐饭就是聊天，聊过去，聊他们相识的人。父亲话题广泛，他说起雪鸡："有一种鸟名字叫作雪鸡，身上白色，两条红色眉毛，你见过这有趣的搭配吗？"母亲抬着羡慕佩服的眼神，看着父亲发出嘎嘎的笑，妈妈一笑，爸爸更加来劲，当起雪鸡的替身，用一种没心没肺的傻气叫起来，似睡似醒的妈妈又咯咯笑个不停。小微在黑暗中，惊讶于父母对此的投入程度，营老爷、江西猴、大战汽车、雪鸡……都是小时候听过的版本，重复到耳朵老茧纷纷打报告辞职。

晴朗的一天。潺潺流水在户外不远的地方轻缓流动，各种植物也在那里聚会。软泥地上一只小狗投下它细小的影子，老母鸡带着一群小鸡缓缓觅食，碰到一粒像样的米粒，它们呼唤，聚拢又散开，温馨可爱。小微想：它们的幸福就在于它们永远不会有死的概念。

乡间深邃的夜空，无际的田野，一两声狗吠，万籁俱静。在田堤上，小微像狗一样气咻咻地跑动起来。

2

小微被一阵电话铃声吵醒："小微，回来都不跟我们说一声。"两个女友也是从广州回四川，她们从她房东处问到她的行踪。

"听你口气还没起床吧，快点起来，我们去接你。"小微还没有开口，女友赶紧安排她。

"一起去成都下面的小镇耍，我朋友当上书记啦，在镇上。”女友的嗓子有点咋呼。

车行驶在高速路上。

小微说：“停车，不，是往回开，我得回去。”

“你疯了，高速路上要我停车。”

“我忘记带身份证，赶紧回去。”

“在高速路上不能停车。”

“那我走着回去拿。”

“你疯了吗？”

小微不紧不慢地解释：“如果遇上一个合适的就闪婚，不带身份证怎么行？”

“你傻不傻。”

“比蠢人傻，比常人聪明，我有动态的智商。”

“你以为啊，有的不睡也能搞掂，有的人睡多少次也会跑路的，不如打证明保险。”

“你要是我的朋友，就把车往后开，要不然绝交。”

“到前面高速路口要开四十分钟呢。”

“那只能往回开。”

“哪个男人要你做老婆，除非是欠堵。”

女友接到朋友电话：“你调到石雕镇了！那好啊，侯思秒，离成都更近，你成石雕的一方诸侯啦。”

侯思秒！这名字让小微轻声叫了起来。十几年前，石雕镇都和小微特别有关。

刚到广州，小微在一间制衣厂打工，认识了在厂里做保安爱写诗的同乡侯思秒。

保安侯思秒被问籍贯时回答："诗人属于太阳，我不归属任何地域。"问地址他回答："诗人四海为家。"

小微和他算厂里学历高的打工人。小微当衣模，侯思秒做保安。

上游订货公司有个打板工追求小微。高收入的打板工在制衣公司是抢手货，小微犹犹豫豫地和他好。那时小微的心拒绝世界。

侯思秒和打板工抢起小微来不在一个等量级别，他不是对手。小微看不上侯思秒，他走路手不动，两手臂抬着两个肩膀，支棱着。

侯思秒从他舅妈的烘焙店偷来大小不一、形状不一的次货面包，送给小微和女工友们吃，第一次送面包的时候，侯思秒显得极其笨拙而且紧张，后来就变得像做功课一样老练。面包的花样也更多，有时还有小甜圈。有一次他带来饼干，他想念成广东人口中那样随意的cookie（曲奇），这个洋文在他口里犹豫很久，最后像梨子打上了苹果的英文字一样尴尬滑稽地念出"来coki来啦"。女工们轰的一声笑开了。他有耐心，天天送。一股植物奶油香味飘过来，青涩的侯思秒来到她的脑中。

侯思秒满心是小微。情绪化的或者理智的小微，都能使侯思秒欲罢不能，小微在他心中，是山林里流出的明净音乐。小微低沉、不吭声，在他那里是低音的提琴，曼妙舒缓；小微嬉闹，在侯思秒那里是交响乐，雄伟又斑驳。小微若不微笑，侯思秒会心碎。小微是全世界最好的女人。月光下，她的面孔像被光线漂洗过。她任意给侯思秒误解，但她更愿意用伤害他的言行表达对这种误解的支持。小微那些荒诞不经的言语，侯思秒都能听懂。侯思秒见小微，心里总是揣着一团火，小微见他却总是像打湿的火柴，擦不起火来。

追求的人多了，让小微有独特烦恼，她对那些没有自知之明的追逐者加以重点蔑视，侯思秒是其中一个。

现在同一个人，保安侯思秒成了乡镇干部。他一句话就能让她们几个包吃包住包玩。

小微心想：假如这次侯思秒想和自己结婚，怎么推呢？

小微兴奋地想：父母日思夜盼的就是把户口转到石雕镇的某个村里，这不就他一句话的事……

小微心里变成飞盘在草地上飞：在乡村找个人结婚，过日子，到晚上，互相迷恋肉体。像自己的父母，过着未被损害的生活。享受小县城人气相同的老字号情感。骑车，悄无声息地在小城镇的不太干净的路面上滑动。日子在地面滑动。孩子放在院子角落，或者扔在藤椅里，或者像扔手提袋扔在屋里各角落，小县城的人们离婚率很低，大部分归因于他们较为相似的价值观。

她茫然地坐在那里。她知道在很多人眼里她是个智障，她觉得自己看上去傻，可她做聪明事，不做傻事。她觉得父母是聪明脸，也做聪明的事。仿佛父亲传给她生命的种子在她身上并没有发芽。全靠妥协的社会里，小微做的最不费劲的事就是不妥协——我不靠妥协生活，在某种程度上吧。

小微想：我确实带着身份证，这么巧，这次只好下嫁，如果他要和我好一回，就当身体扶贫。给了。

下雨了，田边冒着水泡，三个从广州回来的女人，干脆把脚泡在里面，她们开始奔跑，来回跑，溅了一身泥水。十几岁时她们也这样玩，田里有小鱼、小龙虾。她们有意带粤语腔一路高喊："有没搞错……我走先。"

饭店里传来了嘈杂且带有郊区气质的音乐。路边小店前面有拖车和几辆车，仔细一看，是破车，旧车只是为撑门面，造成热闹的假象。

侯思秒打着招呼，饭菜端上来。再打一次招呼，把住宿安排好，不用登记。

小微转移女友视线，甩开她们。

她单独和久未相见的侯思秒面对面。他表情很陌生，依旧是黑眼睛，头发比常人更黑，薄薄的嘴唇有一种古怪斗气的坚毅。他没有动静的沉默不语让小微感到意外。

为了不冷场，小微露出可爱的等他欣赏的笑容："你好啊，好久不见了，你记得多少年了吗？"

他直接在方桌主人位坐下来，目光并不接触小微。小微心凉半截，希望他是没听见。

"三月十六日我生日，我俩聚聚吧。"

"这天我老婆生日，我不能跟你出去。我陪老婆过生日。"他哈哈一笑，爽朗地笑，他笑的时候，并没有看小微一眼。

"你身体好吗，还喜欢吃面包吗？"小微灰溜溜地坐在对面，在地面留下个灰扑扑的影子。她用力增加组织语言的耐心，摆出一种空洞心虚的挑战语气。

"谢谢你的关心，你说什么呢？"侯思秒的嘴像一个倒扣的C型，抿着嘴有助于加强其粗鲁。

虽然侯思秒的反应并非完全出乎意料，小微对此还是没有准备。

侯思秒向房间外面打手势叫手下人赶紧进来："站在外面干吗！上菜。"

他每况愈下的表情让小微内心饱受煎熬："哪天我坐你的车，我们到周边逛逛，遇到面包店我买面包给你吃。"小薇的表达已经很露骨了。

侯思秒说："我这车是我老婆专坐的。"

小微看出，他依旧眼睛眉毛鼻子互相是仇人似的拧成一团，上身反对下身似的比例接近动物。

外面不断有飞驰而过的大卡车，声音刺耳，一阵灰尘直冲鼻子。小微怕中断谈话，她重要的事情还没提起。好在他手下人没听见侯思秒喊话，她要趁女友们听不见，在周围卡车声、蝉鸣声、谈话声的掩护下说出重要心愿。

小微想再不说就没机会了："你帮我父母转个乡下户口到你镇上吧，我可以私下付款你。"小微羞愤欲绝地扔出炮弹。

"这难度太大，户口转到村里，吃了城市吃农村，大便宜小便宜都给你家占尽，城市便宜和农村便宜你都要。"他迅速摆动自己的五个指头，脸变得像猫和老鼠一样，两种表情迅速地转换。侯思秒似乎完全没有看出小微因为有所需求而呈现出的拘束和紧张。

小微从前被他追求过的优势，现在被他做出的遗忘灭了个精光。

小微临时性的勉强放松瞬间消失。和从前拒绝过的人再次相见，本来不容易出现的情感，就是拘谨。

"我们那时……你什么都忘记了！"

他不再开口，若无其事地坐在那里，仿佛这是一道简单的数学题，她不应该向他发问似的。他把大眼睛眯成两三条缝，褶皱在缝里向左右游走。他的嘴，他的眼睛，他的领子衣袖，他的袖口，他整个人都密不透风，至少他想呈现给小微这样一种现状。他的表情伤到她。小微领悟了冷漠的全部含义。

小微本想装作现在和他还天然有较亲密关系（至少让女友们有如此看法）。他像躲避顽石一样绕开小微。小微乐于承认遗忘的可能性，更甚于承认故意羞辱她的可能性，两种想法都让她观照到自己的不独立。她赖以生存的桀骜不驯也是假的。小微的声音颤抖起来了。她用力地掩饰声音，出现了一种奇怪的调调。

　　小微感到掩饰不住的恼火，快要冒出来，像啤酒要从开了缝的瓶子里喷射出来：他们也是拥抱过的！他现在什么都不认了。吃喝在她生命的某一段，是她的基本爱好。这些食物调动起她胃的热情。这模糊不清的理由，让她好几回跟在他后面。当时的保安侯思秒话多得不行，没有一句话是暂时或者永久需要的，如果有个钩针，小微想用潮汕的钩针把他的嘴勾紧，让他大气都不能出。不管如何，他俩曾经流连在煲仔饭、潮汕海鲜粥、潮汕牛肉丸市肆上做过暂时性情侣。

　　小微内心认清了：假情意经过了稀释，可用的情分少得可怜。

　　侯思秒摆出"我还是知道一些事的，没必要说少年荒唐事"的神情，他的嘴再不会说出和小微有关的事情。

　　当时，侯思秒争不过打板工，他找了几个老乡打了打板工一顿，小微很生气，说以后跟他决裂，不同他外出吃饭。下班后，侯思秒来到她的宿舍，跪在地上不起来说："你不原谅我，今天我就不走。"小微一声不吭，也不看他，女工友都站着看，大家都起哄，侯思秒满脸通红，一直等到人散尽，他才从地上起来，第二天他便从厂里辞工。

　　夜里有人敲门，细听声音似乎又淡下去。侯思秒手下都是狗腿子嘴脸，他说："今天来了一个从前的老女人，想同我套近乎，我说不存在的老婆随时生日。"

　　听着侯思秒说上句，他那些接近正方形长相满脸雀斑的下属大笑起来，把正方形演变成了合格的圆形："就是就是，顾不上玩她啰，老女人轮不上。"这玩字很刺人。小微血压飙升。

小微头上的血管愤怒地凸起来，她想立刻冲进那堆疯狂咆哮的乌合之众中，指着侯思秒的鼻子，把他当年跪着求饶的事情连珠炮般一股脑地抖搂出来：你当着我所有女工友的面下跪。你央求我一周至少要对你微笑两次，说这样你才能活过来。

事实上，小微什么都没有做，她在自己房间，摸一下灯，挪动一下烟灰缸。吹吹风。旋即陷入寂静状态。

她知道现在说什么都是自取其辱，把他处于前抛弃男友的地位，有谁信？也没意义。他们只晓得她是未婚老女人。搞她就是恩赐她；搞她，她就得谢主隆恩。

第二天早上，早餐安排在小树林。小微挪动双脚站在阴暗处，她有奇怪的难受，冷冷地看着仿佛自己一手安排的讥笑。她咬紧牙关要装成没事的人一样。

小微回到舅舅家，心情像对待水瓶里开过头的睡莲，不好收拾。她瘫倒在床上："男人都不是东西。"这句话一半对虚幻说，一半是对自己说。

小微吃不下城郊的冷遇，她不反省当年拒绝他用的方式有多伤人，只在心里骂着：龟孙子走着瞧。她在梦中做出了一个超过她力量的决定。她希望他们（侯思秒连同他的小喽啰参与了对她的嘲笑，不惜以狂笑对已经在井里的她用石头痛恨打击）通通消失。她将他们车的气给放了，把手给折断，踹上一脚，让脸趴着。在梦里，她孔武有力，用像捏死一只蚂蚁的力气去捏死他们的倒影，她将倒影踢一脚踩一脚，听到倒影哎哟一声。她诅咒他失眠一千八百天，诅咒他们见到杨梅树开花——据说看过杨梅开花的人没有能够走回来人间的。她慢慢滑入睡眠之境。一旦睁开眼睛，将会把这一切忘得干干净净。她再也不会想起这个人。

乡下太无聊，她喜欢不紧不慢的广州。

她又回到广州。天润路从街两边大树阴影中走出来，一间又一间的蔬菜店、水果店、面包店的安静的门大开着，她自在地走了进去。

3

"阿微，出来吃饭。"

有电话打进，不是推销房子或贷款的，是燕子，她手机标注过的。

来广州十多年，燕子在她们这批人中，最早拥有极小的澳门走私CD机，说话带着广州腔调，出口就是时髦的谓语前置的广州话"我走先"。燕子有天河学区房，她丈夫在广州开酒庄卖红酒。她见多识广："白云区的房子不涨价，有座白云山挡着，有那种不能通行的路……我现在住的五山花园算市中心，当时是郊区，鬼都没一个。"

场景转换。当时她们在燕塘一带，路过湛江鸡餐馆，闻到土鸡的香味，心里想："广州多好，什么好吃的都有。"挤在燕子租住的粤垦路一带的小窝睡一觉是她们的一大享受。

燕子声音带着馅饼砸头的紧张兴奋："小微，我大哥这次带来一位大佬级人物，是老家那边一个上市公司前高管，名字叫高正，刚退休，还没被人抢走。这次他来南方度假，你赶紧过来吃饭，记住啊，这次吃饭，千万不要把酒泼到别人脸上。"

燕子说完不放心，又告诫她："今时不同往日，没人会容忍你把酒泼在人家脸上，你要抓住青春的尾巴和机会，把自己嫁出去。"电话那边一再拜托也提醒她。提醒就是挖苦。

"谁叫他们都是一批讨厌鬼。"她用笑声掩盖住心里不快，声音后部分变轻好像被自己吞了下去。

燕子很诚心："不要再发你那种独特的愤怒，会搞糟事情。"燕子嘟嘟的小瓜子脸，小微能想象她小时候长什么样。

小微挑出并剪掉自己两鬓出现的三到八根严密控制中冒出来的白发。她收紧腹部，拉回往外冒的肉带，拍拍脸蛋，双颊肌肉没有松垮，她拿起迪奥化妆盒扑粉、打底、画眼线、定眉形，一个虚构的她蓦然而出。

为上市公司前高管高正设宴的酒店和他身份相当。宴会厅柔和的灯光与音乐无声息散落下来。玄关摆设着恰到好处的插花。

满屏风是一幅国画，远山、河流、渔夫小船，画面描摹的物件正活生生在人间暂时起居。天花板上吸顶灯发出野外灯笼的气息，线条很深的装饰性抽屉像口风紧密的上等人。

客人们陆续到来，大部分客人穿着丝质的西装。高正高个子，脸部轮廓分明，带着笼统、不甘平庸的表情，一副眼镜增加不少文弱气质，彬彬有礼。他和四周人点头，众人都能从他身上感受到不怒自威的冷静。

出席饭局的人脸上浮起倍感荣幸的神情，高正和小微郑重其事地握手，他的注意力集中到初次见面的小微脸上。一阵寒暄后，圆桌安静下来，此时任何人动一下，就能引起其他人的注意。

小微觉得身体哪儿在往外冒出热气，窗外，绿色植物抵挡不住的高温，发亮刺眼的阳光，正对广州的夏天有所体现。

燕子盯着小微，担心她会像从前那样突然抛出莫名的话。

小微举止得当，她对左右邻座点点头，对服务员微笑，她微笑起来能够吸引一小部分人先看见她的人。小微摆出一副只管吃、只负责吃的表情。

参加酒会的人多半跟随过高正。不一会儿，他们谈天气，谈候鸟生活。话题从高考加分到地产再涉及经济圈、岳母娘经济、亚特兰蒂斯水立方、阿鲁克系统门窗。大部分用普通话，不像那些拖长着腔调的广东话。也有说到泰国菜，"泰国菜，泰国菜只不过是水煮菜加辣椒。"小微心里暗自不屑。

年轻的服务员穿着旗袍，乳房隐约透出优美的弧线。有一种训练过的老道，刻意淡然的热情。拿捏得恰到好处的虚情假意。

他们在吧台报酒名，说得飞快，要朗姆酒、杜松子酒、威士忌、拿破仑、路易十三……

小微出了一点汗：好在我没有开口，差点说出路易十六……小微依稀记得这些洋酒名字。在来饭局的路上，小微心情并不好，等到一道又一道精致的餐前小点摆在眼前，吃着服务生递过来的名菜燕窝炖雪蛤，她的心情已有所好转。

上市公司前高管不时地抽身跟左右随从说几句话，带着令人愉快的注意力，吃饭时他的脸部肌肉动得不多。

从奶白色纱窗往楼下望去，花园里有一片空间地带，隐约有鹅卵石的花圃，还有向远处蜿蜒伸开的林荫小道。

饭后，小微和他来到小道散步。他虽然跻身秃顶人行列，逐渐发黄的泛白的头发竖起来，小微从他的秃顶看出更多的事情，"性欲强"这想法不合时宜地冒出来。

小微从树荫下跑到他面前，开口直奔主题："我是奔结婚而来的。"她毫无表情，她这话并没让他感到不妥，他被触动了，眼里出现兴奋的目光，一种冷落好久的地带被阳光打动，很少有人在那儿停留，她冒冒失失地挤了进来，这是久违的朴素的吸引力。

一种共鸣的悸动传遍他的全身，他也是这种想法，心里有点喜欢，她和村人常有的毫不掩饰的现实气味相像。当年他念大学，乡亲们送他到村口，叮嘱他："好好读，到时候挣这么多钱。"多少钱呢，数字是他们认知的薄弱环节，他们借助了原始人的表达方法，把手尽力地拉到将要脱臼为止。

他开门见山，对小微表示满意："我就一个退休的上市公司前高管而已（这句话让小微对有钱人的恶感清除不少），存款早被前妻和女儿拿走，我自己工资还可以，你可以做点小生意。"

小微脱口而出："我不会做生意 。"

"你学学嘛，做做生意，之后再搞艺术。"

"我不会用你的关系。我不会做生意。我不是把算盘打到精瓜的人。"

"图穷匕首见的女人，我见多了。我也不喜欢拖泥带水。"高正把小微从两类他的鄙视者中剔除。

小微朝他跟前走了一步："我知道。我看得出来。"

小微受到鼓励，耳后翘出几缕染的黄发发出高兴的光。她说话很快："我要年龄有年龄，要长相有长相。"

他俩先说钱："钱是对艺术的尊重，钱多钱少是性质问题，工作对于我来说是艺术，那些影楼的是工匠，一群平庸的化妆师。"

再说艺术："……他们往你脸上贴劣质的发胶。我用西班牙悦碧丝。化出神韵是第一位的，化出你想不出的潜在的气质，挖掘自己没意识到的个性。"

"艺术不对市场让步，没人信我，化妆是思想，可以引导人的审美品质……人家都觉得我是胡说，如果我再坚持这么说，他们会觉得我是在制造新的胡说。"

他夸她："你有自己独特的审美眼光。"

他们还谈书："书籍的发明，叫人赞美。学习能延长人的生命。"他对此表示了似是而非的同意。

她再谈经历："我在广州的第一份工作，是在一间制衣厂。我的工作是人人羡慕的衣模。我住在石牌街天平架那条著名一团糟地区，这不符合我的衣模身份。"忽然，小微想起侯思秒，她心一沉，不想讲下去。小微一头细软的黑发，长长的颈脖光滑细致。

"你是山水画中的美人鱼。你的头发这么细致，咋也像刚硬的发质的人那么倔强呢？"以批评来表扬女人，高正显然精于此道。

"我不算倔强。"小微接话说。

"你这么多年单身就本质来说是和自己的幸福过不去。或者是为了等待我。"

"女人讲究得越多，越难以得到幸福。按我妈的说法就是吃饱了撑的。"

小微告诉燕子："我和他交流得蛮好。"燕子悬着的心放了下来。燕子叮嘱小微："机会就像车轮上的尘埃，转瞬即逝。"

小微和高正的感情进展平稳。不久他陪她去乡下见父母。

父母的房屋，在黎明光线中露出清淡轮廓。远处是布满绿叶的黝黑的山峦，沿着拂晓的昏暗道路两边是橘子树。

上市公司前高管以前声名显赫，刚退休影响力还在，旧下属熟人都来请吃饭（侯思秒也挤在其中，高正从前帮过他）。小微乐意和他出席这些人设的饭局。

小微和高正走到大圆桌主人位款款落座，尊崇不言而喻。他不时在耳边叫小微少喝一点，似乎她是怀孕的妻子。

有一位会来事的旧部下安排他们观赏江景。高正对人介绍说："这是我的新夫人。"

小微心情好极了。反思起自己一直不肯接受介绍对象，心里感叹：人工的友谊，如若培养好，也不妨当作一种爱来看待。以前自己拒绝介绍相亲，真是自绝于爱情。

他们又去在成都郊外的湿地公园闲逛，山上的雪峰有古老的川籍的血流，小刀片一样闪闪发光，像由火焰和宝石组合形成的河床。河里有一些马，淌着汗水，静静地站着，马站在那里，对于小微的心情是安慰。

对于女儿从广州找到和自己年纪相近的准女婿，还带来无上的风光，小微妈妈对小微表达喜欢之心："小微还是有本事。"

小微在高正面前，语言自动哗哗地流动出来："我是早熟加博爱，念书时，我会因为一个动作就爱上某个人。"她专注的语调有一种感染力。

他说："我信呢，你们这些搞艺术的，净捣乱。"他有拯救者常有的善解人意。

"好在你对爱情没有完全持否定态度。你有傻傻的傲气，心里住着个小孩。"他和蔼和亲地说。

"我没空去认真谈恋爱，组织安排，我们会因为领导或部下一个安排就成个亲。"

"我信呢，你们这些木头疙瘩，大条筋。"

他搜索记忆："我说考虑考虑就是同意，我说斟酌斟酌就是反对。"

"我也痛苦，做衣模，人家说我有清新如百合花的面孔。站在那儿就是相亲，机会太多，不好选择。

"那时我不懂。我要是收藏和田玉，现在可值一套房子啊。有个迷恋我的画家，他的画可值钱了。他半夜敲开门只为送我一幅画，也不知道被我塞到哪儿了。

"我是四川来广州的最早一拨里有上万元月进款的人，我穿着袋鼠鞋子把大家嫉妒得都不想理我，过后她们又找我嘻哈，那时年轻，她们默默地跟在我后面追，跟着我等于跟着时尚。我结交的都是明星，鲜花美酒……"

往事如烟。喧闹消失，说到一半的话不知从哪里又可以重新开始，他们走到稻田埂上最远的地方。

"你是怎么找的老婆？自己找的吗？"小微挖苦道。

他摇摇头，语气有一丝憾意："我打桥牌，高智力的活动，讲究默契，默契中有神秘成分。我前妻就是牌友，我们谈了六年，中间分了两年，我丢了一笔钱，她问到底，追问不休，那二十万哪儿去了，被骗了就是原因，下次不再被骗就是了，再说原因有什么意思啊。我离开了她，孩子判给她，判给谁也是我的孩子。"

"桥牌啊，太难学，你这爱好，我就学不了。"小微说了这么一句。

小微也不例外，对另外那个女人感兴趣："那你后来女人多吗？"

"婚内、婚外都有，那些跟我的女人嘛，聪明着呢，她们可不觉得自己在搞破坏，她们说自己，不过是深度地参与了他人家的生活，哈哈。"

"跟你风险大……"小微觉得该打趣打趣，她故意不说完这句话。

他理解："我不需要贪呢，我不需要贪，早年金融我挣到了钱，该升上去时，我升不上去……"

小微马上说："这说明你不够老练，不老练说明可爱多嘛。"她表扬他的格格不入。

他附和："成功失败都一样，成功也是失败，失败也是成功，都是运气。"

他告诉她："谁跟我，都要面临解决嫉妒问题。很多人被我吸引，或者被我的地位吸引。"

关于性，上市公司前高管有怨气："我们两个……发乎情，止乎礼义……实质性的突破仅在理论上。"

小微玩起绕口令："这个建议有些道理……此处应该有个拥抱。过早开始的性不可靠……"

他嘴微微张开，露出蛀牙："我懂得这种女人的狡猾，也知道怎样去制服，但现在已经没有兴趣，不想在折磨、吵架中度过。"

他也难得有幽默感："那些丧尽天良的女人，才会离我而去。"

他很乐意被小微这个思维独特的女人暂时性迷住，他们穿过大堂和一片灯光组成的闪光森林。

小微和他相处顺利。每天，他们看着早上太阳升起在雾霾中的树梢头，斑驳的树影在泥巴路上如小鱼儿在水里穿行。

小微说："人还是要找比自己年纪大的。"高正把这话当作赞美。

在广州，高正和小微没有做爱，就回了四川老家一趟，回到家乡没有做爱，又回了广州。成年男女将近两月无性恋爱在双方历史上都属壮举。

不做爱确实需一种超人的力量，他们可以拉手爱抚，也可以轻飘飘地接吻，这是小微的想法。高正没有丢掉肌肤相亲的愿望，小微也没有丢掉考验磨难真情的爱好。

他也再三抗议无性恋爱，小微正色道："不留遗憾的生活是不值得过的，活生生的遗憾来到了面前，我便抓住这个机会，总算过上一回有遗憾的生活。"见到没有甜头的上市公司前高管高正皱起了眉头，小微撒娇："你能用宽恕这种方式来惩罚我吗？"

奇怪的是，这次史无前例的无性恋爱慢慢地让他感到新鲜。他不知道如何把一个夜晚变得更长，也不知道把一个太短的一天变得更短。到后来战胜夜晚的长短，成了一种新的诱惑。

小微母亲感叹她捡到宝了，她口气明确地说："这才是真爱，双重考验都通过。不为了色就好，越守得住性，对你越尊重。就像我和你爸爸，婚前哪儿都没碰才换得长治久安几十年。现在的年轻人相爱平均四个月后开始同居生活，比起肉体的交欢，精神上的两情相悦更能抵抗时间的考验。"小微想起母亲的统计学专业背景。

在回广州路上的高速路加油站，他买了盒阳江黄皮果，拉开易拉罐的拉环，递给她，要她小心别被锋利的铝口刮伤。

小微手机响了，妈妈手机里的声音颤抖："我和你爸爸的户口已经迁到我们村里，户口回农村啦，侯思秒还送给我们好多山里野味。我和你爸准备把房子建成两层，盖大一点，扬眉吐气也顺便还你舅舅的人情……"女儿嫁得好的自豪感油然而生。

小微打断妈妈，她和妈妈一样为天降好事和野味兴奋不已，她不想过多地在高正面前表现。小微用几秒钟感慨势利，对侯思秒的怒火也消失了。

小微对他说："我们去吃一顿丰富的午餐吧。我请你。"

4

说点他们性的秘密。

他以洪亮的声音提出："人是要讲究面子的。我二十次被拒绝，还没放弃，是不是该被鼓励？"

她以反驳来附和："散步交谈，拉手亲吻，上床性交，一气呵成。只不过是分解慢动作嘛。"

车开到酒店，小微从车里钻出来。他们沿一条小径，走到"他们"安排好的酒店。

女的说很好，男的说不错。

他们都穿上外套，女的说："今晚我要好好睡一觉。"

男的说："面包会有的，睡眠也会有的。"

他先点了两杯酒，再对小微说："要不要来点酒？"

她转过身来，注视他，眼睛又大又亮："好，来杯加点冰的酒。"

他倒上一大杯，情绪好。他希望自己说点什么。好像有一种力量将她的生活与他的联系在一起了。

小微上前抚摸他。面颊的温暖和脚板的清冷，使她感觉他的身上的河流有某一部分，并不是匀速的而是开始加速行驶。他的手背热度却如此有活力。

房间小吧台有意大利和德国的啤酒，有饼干盒，有越南芒果、海南芒果，还有青芒。

他和别人剥橘子的方式不同，他直接把橘子剥成了两半，一半递给小微，又准备把另一半橘子喂给搂在怀里的小微。

他用手搂住小微的腰，用力往床的方向拉小微。

终于等到这迟到的亲热。他发出喃喃自语，哎哟、哦哦地叫唤起来。他情不自禁地把身子贴向她的身躯。

小微小腹一阵悸动，有小股气流在肠中惊醒，像河水在河里奔跑，肠胃有什么要涌起。她脸红了，心里说，该到爱，又给大便抢先。爱也得让位于大便。小微说："我上一下洗手间。"

"去吧去吧。"高正的口气像有十年婚龄的老夫妻。

他一言不发地走回床边，伸手开灯，说："在黑暗里可以更好地观赏你。"他表现得亲切又真诚。

卫生间还没亮灯。小微急。她关上洗手间的门，坐上马桶，开始听见撒尿的窸窸窣窣声，又听见水箱出水的声音。她停了一会儿，想让液体在冰凉的马桶上接触的声音小一点。小微希望水箱出水的声音淹过小便声。她连续两次按水箱，夜深人静，水箱缺水，声音像是在捣蛋。

小微这才发现卫生间和卧室之间，好像没有墙，也没有帘子，似乎完全通明。

　　小微把解下的裤子拉链拉上。

　　他过来开了灯。

　　"干什么呀你？"小微问道。小微还没有转脸去看高正，明明她能看见玻璃外面的卧室以及他宽大肥厚的身材，她知道他不是站在自己面前，这房间是通透的，没有阻挡的帘子也没有一面墙的开放结构的房型。她以为自己找错了，有的房间有隐蔽的帘子，她摸索了半天，什么都没有。

　　小微心里说这是个什么玩意儿。"卫生间没有遮挡设计，洗澡什么的都不方便。"

　　"哦，他们开始订的是高层的房间，我特意叫他们从楼上调到楼下的。"

　　"不拉窗帘，我坐在马桶上没有办法进行下一步。"她不好说出"拉屎"。

　　"原来是这事，开放透明才好。我俩之间是透明的嘛。"

　　"大……便也要在你眼皮底下，这可不行。"

　　"你都要成为我的人，还搞啥子一帘幽梦。" 他炫耀一下自己难得的机智幽默。

　　"我……这……没有帘子……我不想被人看见我在做私密的事。我想有基本的隐私保护。"

　　"基本的隐私，那是对他人，你这种快成为我的人还讲究这些，见外啦。"他再次被自己的幽默感调动起来。

　　她站在一角，眨着眼慢慢地梳好头，把小盥洗包一拎，扎个马尾巴，好似当年的二十八岁。她站着不吭声，等他安排。

他从卧室走近她，拍了一下她的肩膀："你这人有嫁人的诚意吗？"

"大小便还要在你的监视下。你在试探我的忍耐力。"

"你有一定的年龄，却还没有做过任何人的妻子，好在，你臀部形状像花瓶一样优美。"他的夸耀比他表现出的轻蔑更让小微尴尬，听到这种粗鲁的赞美，胃里的东西有一半准备吐出来。

小微不情愿地嘟哝，在他看来是幼稚病，没有成熟的表现。

"你也是一个咬着青春尾巴的人，心里住个小孩似的。"

小微突然想起小学四年级的时候。她要经过一条光秃秃的路去上学，有时就在路边尿尿，那时她从来不需要这样压抑自己的心情。上学后，尿尿也要憋着，她成绩一落千丈。

看上去小微没有信仰，西南小城市的环境，形成她最初的价值观，却比几十年拥有信仰的人更有抵抗能力。

她从卫生间出来系好裙子，再次表示不满："我要换一个房间。"

听完，他答："退一万步，你当我是近视眼。不就成了？"

小微默不作声在卫生间收拾片刻走出来，脸上挂着"我要换一个房间"的表情。

看着小微细细的腰身，上市公司前高管高正补了一句："我值得你委屈一下，你再斟酌斟酌。"

小微嘟哝道："我不在这个房间住。"

"多大的事啊，为这么点事折腾。唯女子与小人难养啊。"他似乎在自言自语。

他把假发放在床头边，假发质地坚硬，一副脾气很坏的样子。那堆假发像一个被斩首的人。他在看电视。电视上歌手试图表现得体，穿着一套西装，配上一双蓝色运动鞋，还有一件衬衫。

小微提醒自己眼前这个男人曾经做过上市公司的高管，他习惯见到从属地位的眼光。

看见高正在大床上试图以身体交涉来寻求价值观的平衡和妥协，她感觉到失望：在身份上占有，取消侮辱的伤害性，我今天赤裸地在他面前大便，等于把鞭子交给他，让他有更大的控制权。

"上个厕所要敞开着，大便也要当着你的面。这种日子没法过。"小微再次重复，语气发抖。

他装作没听见，以沉默来否定小微感到异样的正当存在。他在心里推断，她这些知识分子的情绪和她父母还是有关系。

"我如果顾不上大小便的安全和尊严问题，我以后走路腰板都挺不直，好像我是一个可以随地当着人面大小便的人。"小微尖声细气说道。她心里的愤怒像充满气的气球，已经压抑不住。

"不要跟我提愚蠢的建议，我是工作型的人。我不需要风花雪月，我是来解决问题，我不是制造问题的人。"他很不适应自己的失败。他从没遇过这样较真的女人。

高正对她的抗议不屑于反驳而是直接否认。

他再次开口："有墙没墙，有帘子没帘子之间有什么区别呢？"他说话时毫无表情，显示对她惊讶表情的一种否定。

想要协商的话已经变成了弓上的利箭。如果能吵起来，痛骂粗话，增大音量也能淹没他的气焰。

他们开始各说各的。语言之间已经有一道铜墙铁壁。

"凭什么，至少我曾经是漂亮的。"小微意识到这话逻辑不通，这句话只有口型，在简短的停顿以后，她爆发出笑声。明显是为了掩盖自己的极度认真。

又丑又肥又矮又秃又臭又腥又油又腻的死老头子。肮脏的男人浑身涂满碳酸锌洗涤品也洗不干净！小微心里恨恨地骂开了。

他好像既不惊讶，甚至没听见，他心不在焉。

"做大事的人，"他吞掉了一句"我是做大事的"，"做大事的人怎么会管这些鸡毛蒜皮的事。"他也泾渭分明起来。

十分钟过去，半个小时过去一半，他没有表现出任何态度改善的迹象，也不改口。小微的脸一下垮下来了。一团火被切开。心里的火苗像被切开一样，散落在小微心头各处。

他的话散发出救世主的满足和恩泽："你被你以为的美貌宠坏，女人过三十是腌菜。"

"你被自信宠坏了。"小微看清他。

"这几个月，我对你不错，有些事也破纪录了，你这点事也要为难我的话……原谅我说不出更多好听的。"高正话里有着毋庸置疑的威胁性劝告。

小微冷哼道："想不出就说不出，你没有理解我想法的兴趣。"

小微问他："我就是离开这房子你也不换？"

他眼也不抬说："搞观念而已，我没有过多的胸怀跟满脑观念的人相处下去。"

"不换房间的话……"

她不再对他的语气进行阅读理解。他的声调和声音之间的间隙停顿力度，显示出至少他自认为有的预言天赋："你终究会回到我这里来的。"

"你终究会回到我这里来的"这句话刺痛了小微。

他没有了任何睡意："……你啰唆不啰唆，你还在说这件事。而事情却也真是够巧的。都快生米煮成饭，你偏要无事生非。"自大自尊支配了他脸上的线条，进而支配了他莫名其妙的声调。

他这句话让小微的心理期待完全落空。她一时愣在那里，口里弹不出话，脸上弹不出笑意。

灯光下，稀疏的尿黄色头发在头顶，枕着一个瓷器硬枕头。一块块老年斑像装修的腻子滑落或留下的印坑。他脸上松懈的皮肤随嘴的咀嚼左右摇摆，颈部骨骼突出粗壮的线条，腭骨形成尖锐的V字形，一开口两下颌骨带领两大块皮肤像节拍器一样打着拍子。他已经躺在大床上，上市公司前高管高正一副不被打搅的神情。他已经司空见惯每个女人都会匍匐在他面前。

　　他依然平躺着。小微忽然有胸口撞上一根香肠的堵心感觉，像有什么要吐出来。桌子上放着香烟和几个碟子，她有一种强烈的愿望，要把这些东西一样一样丢到他的脸上去。

　　"你别异想天开了，现在给你砌一堵墙，给你拉一面帘子，你回到十八岁，或许我会做这种疯狂的事。什么破讲究！再讲究也掩盖不了大蒜产生最隆重的无机化合物臭味。大便粗俗，哪里有美可言？你想我欣赏你的粗俗美学，我做不到。卫生间不就是大小便集中营？"他终于吼了起来。

　　他这几个月的平等姿态，是出于礼贤下士的需要而非他本人的需要。这几个月他只不过由于身体的从属地位而产生暂时性的虚伪礼貌。

　　"他和我没有人格和地位平等可言。我几十年不曾向别人制定的破规矩低过头，要是想靠妥协得到婚姻，我早可以成家几十次，我这辈子要找到会尊重自己的男人。"小微在心里说，眼神带上宿命论的神情。

　　小微在心里像下了战书一样对自己说："离开这个房间就是离开这个男人。"

　　他取下装样子的眼镜，擦一遍镜片上面的雾气，摆出我不留你、我也不送你的架势。

　　高正用排泄物说事是对小微不含蓄的轻蔑。

　　小微拿上自己的双肩包，拉开门出来，正遇上机器人给他俩送来意大利啤酒以及一盒土耳其的巧克力，还有面包蟹。机器人用娇滴滴的声音说："你可以和我合影留念，我还是一个小孩。你如果为我点赞，我妈妈会给我糖吃的，我还会变魔术……"她没好气地顺势往机器人头上一砸。

小微走了，等到她清空敌人以后，她意识到好几个小时没看到自己。小微找不到镜子。一时间手脚无所适从。小剪刀、小棉签、小镜子，身边缺了这几样，比缺男人还难受。

录音机

是的，在我们潮州海村，一个人除了自己的名字外还有绰号，有时候绰号和胎记比他们的真名更加贴近他们本人，也更加被大家认可，甚至他死后，人们忘记了他的真名，但是却能记得他的绰号。哪怕他带着真名走向全世界，等他回到村里，还是得行使这个绰号。我们那里人的绰号都是猪啊，狗啊猫的，一律向动物靠近，为了好养，又为了好叫，这些跟人并无关系的名字，确实朗朗上口。比如，我们那里有的人就叫十四，十四成为一个名字就叙述一个故事，他正好就是某人外出过番，第十四年回唐（回乡）时和留在家乡的原配做了一次爱，这一次爱的结果，世界上就有了一个叫作十四的人。

但起傻愚这样的绰号是比较少的，傻愚还是他的大名。宣称自己是蠢的，起和自己过不去的名字，对于大家忌讳的东西不避讳，是公然对习俗的反对。傻愚的名字是他父亲以及他父亲的父亲共同起的，集中了几代人的智慧。他们不像在起名字，他们在为这人砌一道保护墙。在这孩子的爷爷还年轻的时候，就对当时是孩子几十年后才晋升为父亲身份的人说："以后你的儿子起名字就叫傻愚。"

那天很早，海村还没开市，街上行人稀少，有个送菜的人，来到一家门市部前面，看见这店铺的少东家和他那个结婚才几年的女人正在开门。两人要搬开一片一片木门板，突然，他们好像是稻草人，又像是一根肠子扭动起来，两人猛然捂住自己的胸口，然后就像两把没有放好的锄头倒了下去。倒下去以后，他们像一条虫子一样蜷缩起来，他们的眼睛流露出痛苦又不知所措的神情，像皮影戏断了线，少东家和他的女人倒在自家门口，有一点不像真实。送菜的将目光从地面再看到门板，他还没见过这类事情，感觉自己的眼睛不够用。那两个人的眼睛已经闭上了。他们就那样躺在那里一动不动，不再准备爬起来。

这两个人的死，自然是那个镇上的轰动性事件，很多年以后，很多代以后，人们还惦记着傻愚父亲和他妻子的死。"太离谱，太离奇了，听说他们两个上了一趟外地，都不知道自己染上瘟疫。"每个人都这么说。

傻愚就在孤儿的状态下，由亲戚抚养长大。人们对他很小气，打骂欺负是家常便饭，他越发沉默，他也很好地成了一个地道的不折不扣的小气鬼。他把四乡八村的小气事例暗自记在心里，他常把有特色的小气经验做一番总结，以便换来美好的未来，他觉得人不小气白做人。傻愚长得高大结实，心明眼亮，就像成心和名字对着干，他的心性也和愚蠢相去十万八千里，是人精。他名不副实，好像小偷偷错了自己想要的东西，或者说名字自己找机会另外投了胎似的。

平常傻愚在村里面不算高调，也不算低调，因为他的名字，无论他做什么，别人都用异样的标准来看待他。他并不以为意，只想每年有两次出去外村弹棉花机会，回来的时候抱着阿春睡了醒，醒了以后就吃，吃了以后又抱着阿春睡。他感觉生活这样就可以了。傻愚最远去过五华和普宁，这很了不起，在村里人看来，他几乎是去到外国。

这个小村庄的人有个特点，就是每家每户都只能得到一个男丁。祖上一辈的说法是，村里某个祖先有一天头脑一热，把村庄周围的竹子砍了不少，留下人丁不旺的后果。这种说法，每个人都深信不疑。

傻愚在小村庄的日子也不是那么好过。傻愚确确实实要早早当家。他们祖上那一代非常穷，第二代到傻愚这里还是穷，不穷的话，怎么需要去购买一个山里来的老婆。

傻愚的老婆阿春是买来的，那种人现在叫人贩子，那时他们的地位很高，等同经纪人。我们村的人叫他老四。这次老四牵了一堆女的来，她们是纯山里人或者是半山客。傻愚刚从外地打棉花回来，他把腰部的汗巾布系好，光着臂膀，抹了一把汗就上前去，他的眼睛闪过一丁点光亮。他顺着这个光亮，找到光的源头，那就是阿春。大老远的他一望见阿春，心里就有某种触动。见他盯着阿春，阿四说："什么事啊，傻愚，你手里从未流出过钱，还想买老婆，你想白捡啊，没你事。"他挥舞着手，像是赶着讨厌的苍蝇。阿四又对其他前来相亲的乡亲说："一个一个来，不要站成蜂窝一样。"此时，傻愚拿出数学的优势，他对着阿四说："五排五行总共二十五个人，女子也排成队列，你可以这样相对应配对子，省去不少事情。"傻愚运用数学成功地让阿四转移了注意力，并乘机一把抓住阿春的手，然后把刚从城里弹棉花得到的两个银圆放在阿四手里，又在阿四耳朵里说了一句话。阿四看了一下，捏了一下银圆："是的，好吧，那你别作声，拿走吧。"女人中最好看的阿春，像一只最肥的鸭子被傻愚牵回了家。很久以后，有人问："阿四，你怎么把最好看的女人给了一个傻的，是不是你也是个傻的？"阿四又说："傻愚有你们没有的传家宝，就是祖传的弹棉花的那个轱辘，那可是足足一百斤重的。"大家不作声了。不能不说，这真是傻愚的过人之处。他能藏得这么深，几十年中，没人知道他有这等宝物。后来阿春肚子大了，生了一个女儿，后来肚子又大了，生了一个儿子。傻愚喝粥，有时候有红薯有香豆腐，豆腐可以切成细细的几块由女人端过来。

在我们潮汕平原，再偏僻的村庄，也有几户是有华侨关系的。到国外谋生，在我们那里叫过番，这些番客回乡里，是大家欢天喜地的日子。他们回家乡一次，叫回唐，每次回来，他们都会带来琳琅满目的各种国外用品，这些可是稀奇的西洋货啊，不能说我们村的人对这些物品梦寐以求，他们做梦也想不到外国有这么古怪又好用的东西。

我们几家人共同的希望就是老姑姑。老姑姑每年回老家，我们这三家直属亲戚，还有五代之内的远房亲戚，都可以得到一条毛巾或者一块力士香皂，如果家里谁能读书获得奖，那还可以得到一支派克笔。拿到东西以后，不管是大人小孩，都不会立刻离开老姑所待的房间，而是站在那里等着，总觉得从老姑姑的面粉袋、装饼干的铁盒子里，或许还能得到一个、两个小东西，大家就这么站着，站到最后，有的人还真能如愿，他们又得到了新加坡的椰子糖、饼干等。所以每次番客回来，他们谈天说地，对我们那个偏僻又清贫的小村庄来说，无疑就是爆发了一次启蒙运动。番客一年又一年地回乡，无疑就是让我们村的人经历了一次又一次意大利式的文艺复兴。

番客也常常摆架子，如果侍候不好，后果很严重。我们可敬的老姑姑，有一次，她的亲儿子没有侍候好她，下跪请求原谅，老姑姑对于下跪的儿子更加看不顺眼，她在当天就回了广州，住进了只有外国身份的人才可以买东西、住宿的爱群大厦，听说那一个晚上花去的钱啊，足够村里人吃三个月。"那这个晚上肯定是一夜都不会合眼。"村里的男人们一边用力地挖着鼻涕，一边大声说出他们的想法。"一夜都不会合眼"，不会合眼做什么呢，你不要以为我们村庄的人会想歪了，他们只是觉得不可能睡着，听见钱如流水一样流走的声音，身上犹如割肉一般痛。

这一次，老姑姑带回来的东西更稀奇。除了她常常带来的虎牌万金油、祛风油、花旗参还有旧衣服等，听说还有录音机！

平时，拿到力士香皂等物品，已经让我们叹为观止；我们乡里的人对录音机的向往程度，你就可想而知，他们觉得自己得到录音机的难度，就像唐僧取到真经一样的难度。

　　包括我爷爷在内的见多识广的三代人，没有一个听说过有这等稀奇的东西。这个叫录音机的东西，把这三家人的心都深深地吸引住了。在老姑姑身边的嫡系亲戚就是三家人，都有着同一个姓氏，他们虽然有一个共同的公公，但是几十年过去了，该争的还要去争。这天夜里，每个知道老姑姑带来了录音机的人，都暗自下决心，要把这件伟大的西洋货抢到手。

　　就这样，深陷于巨大的欲望波浪里的三家人，各自拿出撒手锏，就差没有把老婆奉献出来，老姑姑是个女人，守寡了一辈子，不可能对自己的女人感兴趣。如果老姑姑同意和他们三家的男主人有点什么事情，他们三个男人愿意跳出来，他们绝对会以身相许。他们在一起分析老姑，早年嫁给逃避日本人的普宁佬，一到新加坡姑丈就死了。一辈子辛辛苦苦，他们觉得世界欠她一个丈夫、一个男人。三个男人觉得自己在感情上是当仁不让，我们不下地狱，谁下地狱，三位男人连夜涌起了与西方哲人同样的情感。

　　三家人拿出各种本领，有的拿出绣了十年的一朵花，就是番客都喜爱的潮绣，有的拿出他们走了一天到澄海才买来的海鱼准备进贡给老姑姑，有的找到泰国人最喜爱的林檎果——他们花了血本购买的。还有的准备好了若干天的洗脚水。

　　二十多天过去，每个人都暗自下决心。他们想，哪有胜利可言，坚持意味着一切。你当然知道我们村里的人都没有阅读过里尔克，但起码这三家人的心，在这二十多天，跟里尔克想的一模一样。他们只不过没有像里尔克那样用德语写出来，他们用我们潮汕话说出来的，我就像听见那样，清清楚楚地听到他们三家在夜里叹息着说出这句话。

这村子的建筑是明清时留下的。大家都住在老建筑深深的巷子里，傻愚家的那两间，有一间只剩下了地基，房屋的顶没了，像一个光头还不肯戴帽子。

傻愚他这么穷，在争夺录音机这件事情上具备天生弱势。可是几天后，他们突然听老姑说了一句："傻愚也是苦命人，要不就让他先听听。"大家的心一下子放入十五个水桶，乱成一团。开始另外两家百思不得其解，傻愚也就是一个弹棉花的，闲时在家种红薯，除了算数厉害，其他本事没多少，他和大家一样也只会打麻叶，难道天天向老姑进贡红薯、麻叶不成？大房媳妇来自潮州城打银街，见多识广，思路到底和他们不同，她那张白净的脸上掠过一丝敌意的冷笑："老姑在新加坡要什么有什么，给东西这种办法，我看这一辈子我们都给不赢。这种富裕的人能够打动他们的就是诉苦，老姑说他很不容易意味着傻愚跟她夸大了自己的苦，他这个办法才狠呢。他编一些话，编派一些我们两家怎么欺负他的这种话，就可以引起老姑的同情、怜惜，老姑自然愿意将最贵重的东西送给他，安慰他。"这两家的其他成员一听恍然大悟，甚至没有进行刨根问底就同意，一定是傻愚用诉苦的方式赢得老姑的心。大家本来就枪口一致对着傻愚，现在他们更是团结得像一个人。

　　他哪里傻，但他偏要起个傻样的名字。这虚伪更激起大家对他双重的仇恨。

　　在把这砖头一样的录音机给谁的问题上，大家一反平常对傻愚也有过互相矛盾的看法，而意见统一，都说他一丁点都不傻："他精明得很，他小气得很。"还有人向老姑反映他的吝啬也不逊于他的凶狠："老姑啊，他还打孩子呢，把小孩打得皮开肉绽，有时候还打老婆。"不过打老婆没有人拿得出证据，毕竟没有人亲眼见过，他们改口说有时候是半夜打，没人听得见。但大家的坏话既然说出来了，就希望发挥出坏话的最大威力，打动老姑，他们继续对老姑晓之以理、动之以情，才有可能使得老姑收回这可怕的成命，他们祈求老姑别把录音机给那个装傻的，他们觉得哪怕把录音机分成三份也好。

　　最后老姑说要从文化的意义上来看问题。一说到文化，我们村的人就气短，全村没有人会说普通话，一年有机会听一两次普通话等于一年吃一两次猪肉的机会，偶尔有外乡人路过说出几句普通话，足够我们村的人模仿学习咀嚼研讨长达三年之久，如果村里面哪天冒出一个会讲普通话的人，那就像村里出现了得到上帝旨意的洪秀全："我们怎么可能学得会普通话？"他们的困惑很多，为什么人睡觉时会流口水，为什么人有大小脸，等等，在社会学家看来，或许我们村里的人都有原始童年的心态和性质。

　　在我们村的土话，念出墨西哥、西班牙几个字也会引起村人哈哈大笑，在谐音里，就是那么搞笑，一个人大笑起来，第二个人一定接过去，仿佛这些笑是可以接力似的，大家在同一个起跑线上哈哈大笑。

我们村里的人不怀疑吃鸡肝和当官有因果逻辑关系，他们每次都把鸡肝给家里面最有前景、最有培养前途的人吃（若干年后这位吃了很多鸡肝鸭肝的人没有出息会被骂骗吃）。他们相信韭菜能带来兴旺，我就见过一对母女因为一把韭菜，把一辈子的血肉情谊切断。

大姑对几家人说道："虽然说满村庄的人都没文化，但傻愚会算数，加减很快，还会乘除，那乘除是什么，就是高等数学，这就是最有文化的人。"

老姑姑的女儿在外国念的大学，念的是新加坡国立大学，老姑总比我们村人有见识，她女儿让她知道了世界上还有高等数学这一种最厉害的学识，她用大家听都没有听过的说法镇住了另外两家人，老姑毕竟是与众不同的："不懂礼数，没文化又爱告状的人最让我痛心，我就想公平地把好事办好，好东西给最需要的人。"

老姑断定傻愚应该得到录音机，另外两家也只好认真消化老姑的讲话精神，虽然老姑这种想法，让另外两家人心如刀绞般地痛苦。老姑说："傻愚是个了不起的人，他除了卖菜心算快，他的数学怎么没用？比方我们说我们走的路吃的盐比你吃的米多，我们走过的桥比你走过的路还多，但是你们说多的这个多，你能说出多少的多，但是傻愚却能够说出准确的，你们昨天走的路，你们爷爷那时候走的路，还有现在走的路加起来这个路多长，他能够准确地说出来。数学就是文化，如果不算文化，祖冲之为什么流传至今？"原来在我们身边暗藏着一个祖冲之一样的人物。

老姑还教育另外两家人说："什么叫作采阴补阳，往往是给弱小的人起强壮的名字，强壮的人起一个弱小的名字可以延绵百岁，比如起成鸡啊狗啊猫啊。你看傻愚的父亲明明知道他不傻，却取了一个与众不同的名字。这是谦逊啊。"另外两家心里面出现一阵又一阵不服，这不就是做人不地道嘛，当然他们不敢讲出声音来。

录音机就这样落到了傻愚的手里。没有人能够反对老姑这个大人物。大姑在他们眼里是一蛇皮袋一蛇皮袋的物质，反对老姑就是和物质过不去。

为了得到这台录音机，不知道傻愚用了什么样的心机。他们愤然地想起来，傻愚在对付普通话问题上也有绝招，那时候，在他们村里，若谁用普通话问一个问题，没人听得清楚，也没人搞得清楚，也没有人认为应该有回答的义务。所以，每当遇上普通话业务，大家都是放弃，逃跑，怕丢脸。只有傻愚有办法，他遇到普通话人士，他不作声，只跟着，然后他盯着人的眼睛看，他心里特别沉着。一般的情况是对方会想听他说什么话，他只是跟着看着，并不讲话，你不清楚他有没有想法，他就是不作声，他人不清楚底细，事情往往在不作声中发生着悄悄的改变，最后外乡人带着高贵的普通话跑了。

很早的时候，他的爷爷会为大家带香云纱，在公共汽车开过来时，寡妇靳跑过来说："我要一块香云纱。"他的爷爷说："好好。"其他人起哄："靳嫂就免路费好了。"他爷爷不答话，是夜，要是有什么事情发生，被人撞见了，他的爷爷不答话，也不怕，只是盯着人家的眼睛，搞得像是对方睡了寡妇靳似的。

另外两家人一想起录音机，连带想起傻愚的爷爷，他们也掏出老底发泄一通："一个德行。上梁不正下梁歪。"失去录音机对他们打击好大。

傻愚抱着录音机经过另外两家的门口，他们都在里屋默不作声，大家都知道经过一场听不见、看不见的战争，傻愚拿着战利品回家了。

这砖头一样的四方盒子，像一头金牛，它会源源不断地拿来钞票，说的话可以再播放出来，你说一次就可以收一次钱，不用给它喂饲料啊，也不用割草，一只不用吃就可以下蛋的母鸡，还会不断地下蛋。那是一只长方形的母鸡，我们看着它走街串巷，或者说傻愚只要坐在家里不动，四面村里的人像潮水般带着钱，来听一段音乐，听一段潮剧交一次钱，更多人喜欢录下自己的声音，反复听。

他们看着这个长方形的摇钱树，被傻愚搂在怀里，又消失在长长的巷尾。

他们看见他在周围十里八乡大把捡钱。

他躺到榕树上播放。

一个月艰难的小心侍候时间过去，老姑终于再次宣布利好消息，在三家人的女儿中选一个嫁到新加坡去。这是后话，我以后再讲。

很快，关于录音机的传说当时已经像星星之火在村里面开始燎原。大姑带来的这东西会唱歌会讲古，从那天开始，到傻愚家走动的人就多了起来，茶室都快移到他家，每每有事无事就有人要到他家看一看、听一听，巷子的门槛都被踏得光溜溜。

但是很久不见动静，没有看他拿出砖头，不知他把砖头藏在什么地方。忽然有人带来消息说，不可以听了，不小心弄到敌台就有人抓你坐牢，刑期很可能是十九年以上。十九年以上啊，傻愚听了这些脸色发白，他的脸本来就白，所以他此时的白大家没有注意到。

他集了两年的钱，去了一个海员那里，请海员教他如何避免听到敌台，又可以播到好听的歌曲，海员说五个手指，他咬咬牙答应了，这一年，他多打了好多棉絮。他是想他的母鸡要开始挣钱，要开始下蛋。

这一天，没有得到录音机的另外两家人在烧火做饭的时候，都像商量好了一样顺手把锅铲用力一扔，砸在碗筷上都发出人一样的尖叫。对大姑，他们先前是发自内心地帮助她、爱护她，此时这些冲动，好像一个急刹车又像是慢慢地刹车，回了不少，他们暗自准备冲出去的，工具也听得懂话，慢慢地耷拉着，和他们一起回到自己的家里。他们最后将力量和愤恨心投在老婆身上，老婆也不知他们今天是哪来的那么大力气，任由他摆动，好像是摆在桌子上的碗和碟以及像炒菜一样在锅里越炒越快。

另外两家只好又像往日一样扛起锄头篮子，走向菜地。他们找到一些文不对题的安慰，心里好过了，第二天又爬起来耕种。

这个录音机太可亲、太可贵了。傻愚把录音机放在床头，这床是他们家曾经富过的唯一痕迹，它有雕花，这床特别有趣的是上面有一个隔板，这层板可以放化妆盒等小物件。

傻愚得到录音机。第一天晚上，他和阿春把录音机像供奉菩萨那样放在案台上，他们没有跪下来拜。第二天，他感受到了凉飕飕的眼光和隐约风凉话，他回了家，把门窗关得严严实实，他把录音机底三层外三层严严实实地包好，他把上面的几个键作为透气孔留着。把它放在自己祖传的明清木床的最秘密的角落，他都没想过在大姑没有回新加坡之前把录音机的用法学会。这一失误使得他有半年弹棉花的收入都送给一个海员去了。

只能解释为鬼使神差，阿春和阿明在巷口相遇了。今天是很忙很忙的。邻居阿武、阿龙的老婆去拜老爷，傻愚和阿春的女儿也跟着去玩。本来可以构成的一道防线就这样消失了，村里没有一个人见到外乡人阿明的到来。

阿春也不知道。阿春没有请他来，阿明为什么就来到这里？总之他就到了，见到阿春。阿春的胸脯鼓鼓的，阿春的脸上红润红润的。

阿明对这一带还是很熟悉的，他对阿春也是熟悉的，就像熟悉他们那个山里小镇的每一条道路，每一座山峰上的绿色，每一道山坡的坡度，每一条曲曲折折蜿蜒的山路，也熟悉那里草木的滋味。

他们曾经一起念书上学，后来相好。当他听到阿春退学，还出嫁了，原因是为了补贴家用，他的心里越发沉重，他想也没想，背起一个布包，就开始往潮汕平原这边走过来。阿明不怕走失，七岁那年，他就走过这条路，他和爸爸吵架，他爸爸说没有这么小就自己去外公家的奴仔，他满心只知道他要去外公家，到外公家可以吃得饱饱的，直到抚着肚子坐在门槛，他跑了。后来他一次次往这边跑，熟悉了平原的清凉。

阿春看起来有一点憔悴。阿春在第一时间把阿明认出来。她的眼睛往四周望了一下，示意他进里屋去。在阴暗的正厅里，左边有一张貌似有裂缝的桌子，家里面东西很少，但是整洁，这种整洁可以让人透视出阿春内心，有一种看不见的温馨。阿春没有过多的兴致。他原以为一见面，她的泪水会马上流淌下来。他出众的长相依然让阿春动心。他转身到里面一间小屋看了看，阿春感觉不到压抑，也就不需要被拯救。阿春的样子，没有重担也没有负担，看起来一切是命中注定。阿明不动声色，放下包，他没有想坐下来。阿春没有更多的东西要掩饰，往事毫无意义。他们两个都来不及诉说衷肠，也来不及摸清底细，她嫁的是什么人他也不关心，他们甚至没有进行东拉西扯的闲聊。阿春感觉到有些不安。

阿春看到阿明咬紧的嘴唇中透出的痛苦，他们的契约被她打破，她背叛了他，她没有跟他说就嫁给他人。阿春在观察着阿明。阿明要了一杯水喝，喝过水以后，他感觉到有一点踏实，打量了一下她的家，她的家除了简单的家具，还有几盆生机勃勃的植物。阿春不想做饭给他吃，一是米不多，二是怕被人发现。阿春提出跟他睡一觉，阿明一点也不惊讶，他们早就在一起睡过觉了。从陌生到熟悉，从青涩到甜蜜，他们每一种感觉都再三温习。

阿春和阿明这一次做得地动山摇。他像一个英勇的战士，战斗到精疲力竭，他睁不开自己的眼睛，迈不开腿。他没有想到他可以跟阿春在暖暖的薄薄的毯子里面睡觉。他不知道自己在短暂的时间里可以尽情享受每一寸光阴，他更不知道这次相见还给她留下了一个孩子。

这次太热烈，如果不是这坚实的床是承受不起他们两个人的身体的，他们滚过来、滚过去。像两座山扑向对方，又像愚公推不动的那座山，他们看不够对方，看不够的时候，醒来他们继续，不知他们俩谁的脚不小心踢倒了那个录音机，他下意识觉得这东西很贵重，就将脚挪了挪放到了床下面。后来……后来，他们又开始。阿明睡过去了，后来好像有什么虫子在鼻子、嘴巴那里咬过，他做梦，梦里说她还有一个尿桶，种韭菜的时候落在田地里了，她觉得前面有一个熟悉的影子。

阿明这一次和阿春的亲热，在阿明和阿春的爱情史上写下浓浓一笔。

阿明这一次离开以后，再没有回来。不久，他娘就给他在另外一个山里面，买到一个女人，做了他的老婆，他不再来看阿春了。阿春也不觉得身体有什么损害和损伤，只觉得省下一碗饭也是挣到，她为自己省下一顿饭，又得了一个儿子，暗暗觉得划算。

阿春知道一切都结束了。当时没有辞别，阿春就嫁了他人，她的心里有一块石头。现在，欠你的已经还了，没有缘分的，就让它过掉。

阿春又生了一个孩子。丈夫去澄海弹棉花回来，老婆和三个孩子一起来等他。他和老婆都趋于白皮肤这一种人。那个孩子眼睛大，皮肤黑。这孩子自己不介意，双手在天空抓着。傻愚是能够迅速算出特别复杂的数据的人。他并非不知道怀孕要十个月，而不是七个月。他知道这刚出生的孩子跟自己关系不大，但他就是喜欢阿春。只要其他人不知道，他感觉这个日子还是可以过下去的。他也告诫自己不要知道。

这样想着以后，原来的痛苦就和自己不相关了，几次这样的思考，他就几乎要把这件事忘记了，后来他就是把这件事忘记了，如果老是记事，他的心就像布袋子里面装着石头一样沉重。

这一年，他把几床棉絮的钱加上路费到海员那里，学会了如何使用录音机。

　　那天刚下过大雨，他一个人在家里开始使用录音机。真的，里面真的会有声音，真的，放得出来，他想象着金子银子一个一个穿行而来，他想起他死去的父亲，他想到他成天坐在那里纺织电缆布的母亲，他要给他们买香云纱。

　　这一天傻愚打开录音机，第一段对话如下：你这里太远了，这是什么？这是什么？后面男的和女的直接喊了出来，每隔半个小时就喊一句，这两个名字是阿春，阿明。所有的事情都发生了。两个相爱的人的一个完整夜晚，其间就是没有傻愚的事。

　　他看着录音机。思维停止了下来，脚好像还微微颤抖，他往前走了几步。

　　傻愚反复听，一次又一次地听，他想他为什么要向海员学会倒带，他听了很久，他的下体好像也有了感觉。

　　傻愚还是没有觉得阿春有什么不好。虽然他受尽了这段对话的折磨。这段对话，可以重复地听、反复地听。听到他发疯为止。是的，他自己听，不用收钱。

　　他想这件事的中心问题，就是如何不让别人知道这件事已经发生。他会听录音，但他还没有学会删除录音（他没有想到光学会录音是不够的，还得学会删除，他也拿不出再去找海员学习删除的学费）。

　　他想了很久，心里说："只有把它沉到水里，让录音机沉在水里，压上石头，这发声的大砖头不再冒出声音，不再发出声音，不然的话在任何地方，任何地方，这破机子都可能一万遍地重复阿春和阿明两人睡觉时的对话。"傻愚认为，别人没听到就等于没事，一个人能够守住秘密，这一辈子就没有什么事能够打倒他了。

他在该睡大觉的时候睁着大大的眼睛，好比一颗大大的露珠躺在大地。他闭上眼睛，又不知道怎么才能闭上眼睛，他干脆睁开了眼睛，他睁开着的眼睛，又只看得到黑压压的一片乌云。他捂着耳朵，好像那些声音已经跑在耳朵里面去驻扎。

傻愚走到一个地方，靠着那棵歪脖子树，从树杈里去看云，他没有别的可以看。云朵云团团的一生，可以变幻无穷，一会儿白着脸，一会儿黑着脸，总是有飘荡的权利。有时云儿跑到地平线边上充当地平线，在山区，云朵常常为天空来打补丁。

日子还得过下去，他太爱阿春。他喜欢吃老婆做的稀饭，喜欢鱼饭，这个鱼饭可真香啊，肉是那么硬，扎扎实实的，哪怕是一丝丝的，整个碗里都是海底的那样一种鱼的香味。

傻愚说过他要好好养她一辈子，他喜欢她身上甜丝丝的味道，觉得一辈子不厌倦。他经常饿得肚子咕噜咕噜响，但他把东西都带给阿春吃，他无论如何想不通的是阿春为什么要这样做。世界上的事又不好都去问。

她同另外一个人能够喊着叫着，声音好大。他难受，她怎么可以对另外一个人一模一样地叫喊。人不可能在同一个时间踏入两条河流，但是女人怎么可以在同一个时间段踏入两个男人。傻愚觉得自己深陷在无边的洞穴，他不知道赫拉克利特，但痛苦使得他说出和这希腊佬一样的话来。

他在村里转悠了三次，儿时感觉望不到边的巷子，几分钟可以走到顶；儿时觉得不敢走的角落，现在都成为特别顺畅的拐弯。没有人问他来干什么，他们不关心他，他被一只突然窜出来的鹅吓了一跳。

傻愚想起父母，缘分太少了，他和父亲认识才几年，父亲就得了瘟病倒在自家的铺面门口。他对父亲的记忆像天空对于暴雨的记忆，来过但是忽然就没了。记忆中，无论母亲怎样温顺，父亲总是暴怒的性格。傻愚想不通的是他先对阿春好，后来对阿春也好，怎么还会有这样的事？

傻愚显露出和他名字足够般配的智商和耐心，平常他很少说话，此时他的话越来越多了。就像遥远的新疆葡萄，一串一串地长出来，一串一串地冒到他的肚子，又从他的肚子热浪般地鼓到他的嘴上来。他跟自己把嘴都说干了，嘴上都长了像地皮菜一样干涩的皮。他厚厚的嘴唇，略微宽大的鼻子，他把周围的空气震动起来，最后他无声地哭了起来。

他想起村里的恶霸阿松，阿松什么女的都沾一把，就是没有哪个女人反抗他，听说那些女人还喜欢把从丈夫这里得来的粮票等物品送给他。

日头晃晃，傻愚做了一个白日梦，阿春正用眼泪和哀求来打动他。他像一个印度人那样，希望死得彻底，死到干净，死而不再复生，放心地死，死一个真正的死。

他手臂的皮打皱，像水上的波纹那样晃动，他伸手抓向空中，觉得那里有阿明，他又搂抱着他以为的阿春，跌跌撞撞，嬉笑着，像小时候在榕树下捉迷藏。

他满脑子都是阿春，他又往前走。傻愚往水里，迈出第一步的时候，天上的云朵还是不紧不慢，人类的伤痛影响不了它们。

他带着录音机，像他平常背着那个巨大的弹棉花的陀螺，那是白柳树做的。光滑，非常光滑、沉重，摆在那里，像一个结实又滑润的女人的身体。这一次，他带着这个砖头，他想好了，要把它藏在一个地方，藏在哪里？这是平原，这是一望无际的平原，要走到山里，在天边无尽的平原尽头。

后来，他在水库的边上一直坐。到了最后，傻愚觉得只要自己走得远远的，就可以重新得到阿春。

两个放牛的小孩，他们打起来了，打着打着他们又跑起来了，跑着跑着就玩起水来，玩起水之后，看着看着，两个人同时惊叫了起来，原来是傻愚的尸体，原来傻愚死了很久，手里还紧紧地抱着录音机。他好像是灌了铅水，成了一个石头人，灌了水银那样笔直笔直地坐在深水中。

他死的时候，湖面洒满了月光，他手里抱着录音机，他在为阿春保守着秘密。

对于傻愚抱着录音机去死，最不能理解的就是阿春，阿春哭着喊："这个死鬼，真是老不死，不对，是少不死，你就这样把我给扔下，我什么都没有做啊。"

　　如果说傻愚为了死走到河里，那他不需要把袜子和鞋子放在草地上。袜子也是新加坡老姑带来的，全村每个人都有袜子，他那双鞋子，也是老姑特别给他的。

　　傻愚的脸在水里，和他在地面上没有两样，看起来他有一部分变成一条鱼，一条会算数的鱼，一条能穿衣服的鱼，一条想搞清楚女人情爱观的鱼。

　　月亮告诉我们，月亮埋葬了他，月亮用满满的光线在湖水里埋葬了他，有时候，月亮有着我们完全体会不到的巨大的同情心。

乡村医生

　　我读研时，教明清散文的老师夏天会请学生吃西瓜、冬天带大家打边炉。秋天的一个礼拜天，他带我们爬白云山，在山顶一处凉亭，他说往荤上带的段子，譬如晚报（抱）、早报（抱）等谐音笑话。我们笑也不好，不笑也不好。

　　那天，有人带了一张《羊城晚报》，副刊上有篇散文说从喝工夫茶闲聊的习惯，能推断出潮州人或许是"贵族后裔"。我说，这类推断多半是文人的无稽之谈。老师提议我们这些来自五湖四海的弟子讲老家故事。

　　于是，我讲了一个从父母那儿听来的真实故事，是那一带乡间发生过的最离奇的事，故事并不能说明潮州人有所谓的"贵族基因"，反而在一定程度为那是蛮荒之地提供佐证。时间发生在过去，很久很久以前……

　　我老家在潮汕平原，土地平整，河流开阔，这里连片有十二个小村庄。我爷爷和父亲都出生在一个叫作湖吉的小村庄。绿树和竹子围绕村庄，榕树大得吓人，造成连片蔽日的暗影。村庄有几百户，每户人家的房子紧紧挨着，厚厚的墙分割出无数大小方格。明清时期留下来的房屋，屋顶是固化的鱼鳞状瓦，墙面的灰泥石沙随处有脱落痕迹，露出斑驳沉暗灰黑的远久颜色，墙体清一色以坚固厚实的"三合土"方式制成，这种房屋曾经受住台风的袭击，墙体稳如泰山，屋顶瓦片完好无损。"以前的东西好牢固"，我妈妈介绍我们祖屋时总得加一句评价。

一到晚上，四面一片漆黑。在夜晚安宁的事物中，风是一个异数，游荡着，平添一种无家可归的意味。经过一两扇微微打开的房门，能见到微弱的煤油灯的暗黄光，杏仁状的火苗发着抖。你可以想象主人已经筋疲力尽，他们以种红薯为生，此时已经闭上眼睛，天空有一些星星，同样疲惫地躺在广袤无垠的空中。很多人家的长方形案台很陈旧，箩筐也很陈旧；更穷的人家仅有一件家具，是瓷罐米缸。屋外边角落有石头垒成低矮、长满青苔的畜舍。

"三合土"筑造的房屋抵挡得了台风，挡不了疾病，除去台风，人们成天和疾病为伍，治病是难题，只要人没有在大地上消亡，病痛便像台风，不定什么时候就迎面袭来。村里人对为什么生病、生病怎么办等问题大多茫然无知。除了初一、十五拜神请老爷保佑，他们做不了什么。某家小孩一个礼拜都在拉肚子，不喝水、不吃东西，只是沉沉地睡着，有时哭喊一两句，大人只会用大蒜泥抹肚脐眼，小孩痛到缩着小身体在床上打滚，情况这么危险，他们的父母却束手无策地看着。还有人觉得生病是丢脸的肮脏事，妄想躲着他人"生个病"。他们对医生的态度很纠结，他们担心给医生看病，会被医生握有见不得人的把柄。富人家偶有找医生半夜来出诊，给出一斗米诊金，城里的医生还是不愿意来。湖吉和周边的村庄多年都没有他们唤作"先生"的医生。

那年春节，除了年十五的营老爷，营火龙，看花灯，村里还有一件和每个人有关的新鲜事：刁医生要来。这消息由村庄最富有的我爷爷发布，他满脸放着光彩说，医生是女的，她将是十二连片村庄唯一的医生。我爷爷又开口说道，刁医生来自城里。也不知她为什么来到此地，她在本地似乎也没有亲戚。他说刁医生曾风光一时，在一家大医院工作。她会"中西结合"。

半个月后，她来了。装扮做派和村里人不一样。说话不一样，表情不一样，衣着颜色式样不一样，发型不一样，手上还戴一块稀罕的手表，腋下挟了一本《医学衷中参西录》。

厝边头尾没人像她那样穿着。我们村人穿着黑色和蓝色的粗布土布（蓝士林，绿士林，花士林，黑士林，红士林）布料做的衣服。年轻妇女裤脚比年纪大的窄一点，老年人是宽裤脚。有钱的人穿香云纱裤。揭阳榕城镇、潮州城人会穿花布衣裳、花布裤。刁医生上身白底蓝花小褂，丝质裙子是暗色格款，里面还有衬裙，脚上穿一双有褡裢扣眼微微发淡蓝色光的凉鞋。

那一带的青年女子、小媳妇多半剪短发或是留辫子，出嫁生孩子当母亲后或有一两个舍不得剪的也留着辫子，成为大妈以后基本上梳发髻，形制有点像龟壳，称龟髻或者龟棕。龟棕打在头顶，先把长长的头发梳好，再把头发捆在脑勺后面，用发簪插在发髻上固定，起加固和点缀的作用，头发归拢盘起好像一个乌龟壳铺在后脑壳上，龟髻头尖、尾宽呈椭圆形，朝头的前部靠上，宽头朝后向下，越老发髻越大，富裕人家的女人发髻上插银簪，发髻上的银簪闪闪发光。

　　每天，天蒙蒙亮，我奶奶就起床整理头发，龟棕左右要对准摆正尖头，龟棕若摆不正就很难看，她花两个钟头才能做完这复杂的头饰，做好龟髻，她一定得找小儿子也就是我父亲发问：阿奴，看阿妈的龟棕摆正没有？小儿子说正了她才放心，要说歪了她就立刻拆开重做。每天都得看她后脑勺的发髻正不正，有一天小儿子被她问到不耐烦，告诉她说龟棕歪了。她当即重新花上两个钟头梳发髻。刁医生有不一样发型，她的长发随意披着，头发一部分别在耳后，一部分在肩上散落。我爷爷去过城里，知道这发型就叫作"披肩发"。

　　刁医生身材不高，上下比例却很匀称。微胖脸上有高鼻梁，精致的鼻头看起来自信十足，一种高高在上的倨傲神采，对薄眼皮长形杏仁眼的韵致起破坏作用，也有助于壮大她的严肃冷漠。她戴的那块手表据我爷爷说是"英纳格"的，大家羡慕得很，她说只不过是看时间，不为了看时间要这表干什么。她的鼻子替代嘴巴"哼"了一声，表达出坦荡的不屑：你们什么世面都没见过。

　　她的年龄难以判断。人们可以根据喜欢和讨厌的程度给她不同的年龄。有人问她，有三十岁吧，她不给答案只给白眼。

　　饱含特色的刁医生竟然年纪轻轻的就没了丈夫。传闻她丈夫是国民党军队的军官，又有一说他去了台湾，还说他毕业于"四万大学"，话说得隐隐约约，能确定的只有"生死不明"。

有胆大的人曾就她丈夫的问题发问，她从不接这话头。想来也是，假如这位比她们高不了多少的刁医生方方面面都比她们强，嫁得好，会看病，丈夫又还健全，那多不人道。我妈妈说到这一桥段，也不忘表达她话里有话的看法："没丈夫也好，说话做事不必请示，比不能上桌子吃饭的潮汕女人强多啦。"

刁医生和人讲话时嘴角往下撇，眼睛不看对方，虚眯眼睛、皱着眉，神情是没有对象的高傲，似乎她面前的人不过是人体解剖图上的骨头架。她戴上听诊器，什么都敢问，她的声音很轻，大家听起来振聋发聩：初潮是多少岁？月经量？听不懂吗，问你是哪一年来的月经？你上一次做子宫检查是什么时候？停经多久啦？她不停地发号施令：张开口，除去上衣，除去内裤。女人被她剥成橄榄核桃般，大花内裤跟犯人一般缩成一团。她边说话边用手来摸，还用仪器插入病人的隐秘部位，这阵势令女人们诚惶诚恐，不知所措。

有的妇女当场就被刁医生吓垮掉，被怠慢、责备引起的不适超过病痛本身，她们拿起布包直接就往家里走。也有人讪讪地说，你看我得了什么病。她用手背把眼镜往鼻梁上推，继续治疗，她用闪亮的仪器往病人腹部用力压，再猛地一抽，迅速尖锐的痛使这些女人感觉快死过去。有人喊痛，她喊安静，还不容置疑地说道：近期要避孕，禁止性交半个月。她说这话时毫无表情。

刁医生听说自己被她们在背后骂到体无完肤，她笑起来：背后的骂我当空气，当面骂的，这礼物我不要，请拿回。她看惯病人常有的毛病，她露出"你们的心理我了如指掌"的神态：生病的人身子轻脾气大。

她依旧自带涂了彩釉的瓷杯，盖着杯盖，她不和大家一起喝茶。她依旧不用正眼看人，依旧露出在他人看来是张狂的表情，依旧走路不看人，她看脚底的路。

她更不和村子人一般见识。村里的女人笑起来都会用手掩着嘴，她说唾沫在手上会染病，村里人"饭前不洗手、早起不刷牙"的习惯也受到她的猛烈批评。她甚至向村主任建议砍伐竹子，说竹"茂盛"会招蛇。

看见女人们在拔脸部的汗毛，她马上说道，脸上和腋下毛发的存在为了汗液排出和减少摩擦，是"自然规律"。她说"自然规律"的时候不笑。听的人差点窒息。这是自古沿用的美容法。女人们学着她用那种腔调：这是"自然规律"。她们继续用棉线拔掉脸上和腋下的毛。她对此保持继续的嘲笑态度。

在她眼里，她们只是谁家的老婆，她叫不出她们的名字，她没有意识到要取悦于她们。她身上的冰冷气息令人不快，她们不久便无法无视她这种冷漠。

刁医生不受女人的欢迎，男人们却被她吸引，与这些意志消沉的女人相比，他们因为她帮忙看病感到得了便宜。遇上鱼刺卡到喉咙、久睡凉席导致筋骨受寒背部僵硬急病，刁医生火急火燎赶过来，从不会对他们袖手旁观。她的针灸让他们起死回生。

她会治前列腺炎等疑难杂症，男人们由于刁医生多了新话题，他们打趣说：阿刁医生，你同我多喝几杯茶，我这前列腺炎即刻会好。有人被她观察到"包皮过长"。她说，包皮没割，藏污纳垢，但你这年纪做手术太迟了。男人起哄，拿包皮打趣：快检查一下我的过长吗。话说得好腥。刁医生从未被男人骂过，男人对她毕恭毕敬。她来了照样要煮两个鸡蛋加冰糖，请她喝和番客一样待遇的头道茶。选茶上更加不敢怠慢，用最受番客青睐的乌龙茶，尤其是凤凰单枞茶。除了这些应有的礼数，有的人还会瞒过老婆拿出专门从澄海买来送番客的林檎果给她。

我爷爷也是她的支持者，他对她产生了盲目的敬佩之情。我爷爷本来就是一个容易兴奋的人。说起她，我爷爷用手往后捋着稀疏的头发，不声不响地转起略带灰色的眼珠。

除非遇上哪家生孩子或者小孩发烧或者是某人睡凉席引起的脊椎僵硬等急诊，夜里刁医生很少外出。夜里出诊总是刁医生一个人。刁医生走路，左右臂膀有点晃，低着头时晃得更厉害，像只小船两边摆动。

我爷爷住在村庄东头。为了发子孙，他特意在院子四周栽种竹子，风吹过来竹叶沙沙响，路面是结结实实的青石板，在雨天，雨点滴落在竹叶上和青石板路面发出淅沥的声音，从卧室小窗往外可以看到屋檐滴下的水。墙角有大大小小盆栽，花盆上的山水图朴雅秀润，远山近水疏密得当，虚实相宜。

掌灯时分，四周格外宁静，我爷爷一家知道医生要来，还要在家吃饭。

我爷爷痔疮破裂流血，他觉得是大事，禁不住我爷爷恳请，刁医生来家出诊。

我爷爷把她让进自己的内屋，这是他和我奶奶的卧室兼茶室，一张镶金边雕花凤纹平头案桌靠墙而立，下面是同款镶金边雕花三牙八仙茶桌。茶室的左右侧是厨房和两个儿子的卧室，对面是饭厅和小杂物房，房子通向庭院有一处回廊。主卧里摆了一张万字纹罗汉床（也叫如意床）和两把南官帽椅。如意床是我奶奶的嫁妆，平时外人不允许享用，她弟弟来了，才会被允许坐一坐，他用尝到美味佳肴的兴奋口气说起：姐姐让我坐如意床啦。

刁医生和我爷爷坐在茶桌的左右两边，茶船上茶具一应俱全，三个晶莹的小白瓷杯，细白泥制作的一个白瓷盖瓯，一把宜兴紫砂陶壶，还有瓦铛、棕垫、纸扇、竹夹。此时茶盘上三个小白瓷杯，有两个杯子斟满茶。他们两人像至交那样面对面坐着。他们的脸离得相当近。

除了妻子，他还没有这么近距离看过任何其他女人的脸。

把脉后，刁医生说，把帘子拉上，脱掉裤子。这句话把我奶奶带到遭人冒犯、气急败坏的惊吓中，一阵悸动传遍全身。她的心胸受到冲击，心竟像被戳了一刀。

隔着珠帘，我奶奶如坐针毡，背部热得出奇，她倒吸一口冷气，她坚决认为：败祖辱宗啊，痨病、肝病还有花病都是说不出口、不吉利的病，痔疮也是丑死人的病。我爷爷竟然不觉得难为情。他拉开裤子，香云纱裤子的单扣眼一下就解开了。我爷爷的乐意从脑门都看得出来，他的愉悦感难以描述，从他的背部也能感受到我爷爷无声的笑。

刁医生把手摁在那里，好像那儿有宝藏，她说：先做人工复位，再大就要做手术了。酒精发出的清凉和刺激让我奶奶绝望，脑海里有一波又一波的眩晕袭来，她握紧双手，额头冒出汗珠，腋窝像被动物的利爪抓住直冒汗。

珠帘被揭开，幽暗中掺入灰白的光亮。我爷爷一动不动，趴在罗汉床上。听到动静，他俩都愕然抬头，这表明来人有些闯入的意味。我奶奶忍着气做了一碗粿条汤端上来。我爷爷发黄的脸上掠过一丝微笑，这微笑实际上属于刁医生，我奶奶意识到他在对她献媚。他听见拉窗帘时刺耳的响声，讲话突然停住了。

我爷爷飞快地闪现不安的尴尬，对我奶奶说，去吧，再煎几个樱桃粿，阿奴（指他们的儿子）的先生也有份，多准备几个。

刁医生细细观察粿条，上面浮着一层油。她开口说，不要多吃猪油，太油会堵塞血管，容易引起粥样动脉硬化。我奶奶回话里带讥讽，你姓刁，你嘴巴也刁。她很想跟医生说我帮你改一个姓。我奶奶贴紧头皮抹山茶油，头发乌黑发亮，刁医生又说了，贴着头皮抹油也会堵塞毛孔，影响毛发呼吸。头油会破坏菌群平衡，真菌入侵，使得酸性增强，引发炎症，导致脱发问题的出现。我奶奶的脸垮下来，我爷爷飞快地用赞许眼光看着刁医生。

我奶奶让耳朵贴近卧室，生怕遗漏里面的对话。炉火正旺。

三个字（一刻钟）过去，医生的手还在某部位，血从她戴着手套的手指上往下滴。我奶奶知道老公年轻时，跟女人说话便脸红，她很难想象在几十大岁时，他心甘情愿让另外的女人动手动脚，让女人的手触摸那部位。这治疗方法几乎让她蒙羞：不知羞耻的两个人。她携带上下祖宗三代一起感受耻辱，她的胃，她的胸，她的背部，全身一阵热一阵冷：她的脸被丢尽。

我奶奶坐在大灶口的小凳子上，机械地往炉灶里加茅草，把火烧得噼里啪啦，大火一直在燃烧。一道道火焰从炉灶里喷涌而出。恍惚中，她把炉灶中的火钳放在了脚边。锅里的水早干了，锅底发红，一股煳味闯出来。樱桃粿烧焦，成了一块块小煤炭。

那天是开学日，学生要给先生送樱桃粿，小儿子跑来拿，一脚踩到那火红的铁钳上，一声惨叫之后就是大哭，火钳烫着他，他的脚底立刻烫出蚯蚓一样长长的燎泡。从此，只要看到小儿子脚底后来结出的那个疤，我奶奶就感到心像被烈火灼烧一样地痛，有什么东西在猛烈跳动向外爆发，她愤怒的目光便会送给刁医生，这是后话。

我奶奶把原先准备给刁医生的一斗米换成了一斗谷子（10斤米市面上可换13斤谷子）。这么多谷子足够他们吃五天，她又抓了一把出来。她恨恨地想下次谷子也留着，只给你光币光洋（即伪币或者金圆券），伪币此时已经不值钱，一般人都不想收伪币。当时金圆券早上五元钱到了晚上就是一元钱。那时农历初三、初六、初九对墟日，粿条汤一碗二分铜板，豆干一斤三分铜板，十元可换大米十斤。收两元钱的话或者相当于收了四桶米，四桶米可换成六斤谷子。

我奶奶算盘打得很精。一通盘算后，又抓回几把谷子，想象下次医生只能得到一堆圆形铜板小币，她的心里才平复一些。

我爷爷原本是正派人，名声很好。为了自家的布店，时常去汕头市进货，也帮人带货，童叟无欺，他总是坐平头车入汕头。他把货物托运在班车天蓝色的铁皮上，之后骑改装过的单车拉货。平头车坐到汕头需要三元钱（当时叫三万元）。我爷爷进货那天黄昏，我奶奶每隔五分钟就望一下巷口，她没法平静下来。如果爷爷回来晚了，她没有睡意，也不知道饿。她只想和他坐在屋檐下喝着茶、讲古。夜间睡前的时间他们计算这天挣到的钱，讲平头车，城市的街道，服装饮食，等等。车没有头的，平头坐四十人，长方形卡车，有顶棚。上客落客是从司机右手面开门，车中间和后面不开门。有售票员售票，车内中间人行通道，通道左右两边座椅，一排四个座位，两边是各两个座位。平常这些话题能够引起我奶奶羡慕的眼光，可现在我奶奶的脸黄着，像潮州咸菜，之后，又因怒涨红的脸，像红樱粿，我奶奶哀叹：你们两个把日子搞得没办法再过下去了。

他们曾经有过苦日子。在大脊岭抗日时候东躲西藏的日子，在山里躲着看到火光时，她以为那时和丈夫已经过完命运配给的苦难，没想到艰难岁月是才开始。

刁医生上门为我爷爷治痔疮，我爷爷容光焕发。我奶奶绝望地清楚丈夫从治疗中得到安慰。每次看见刁医生，她感觉丈夫在允许外人要自己的命。听说十五天一个疗程，三天一次，做六个疗程后再看效果，这才第一个疗程，何时才到头。她说自己"生不如死"，我爷爷却对她受到的巨大煎熬视而不见甚至质疑，他没有流露出应该有的同情却流露出了疑惑不解的神情。我奶奶不再给他好脸色。我奶奶拉长、垮下的脸明确表示着异议。怎么才能圆满解决呢？我奶奶说刁医生来了，她就不露面，避免刺激。我爷爷说这样不好，说这是对"先生"不尊敬，不是待客之道。

慢慢地，我爷爷口中忍不住用对比口气谈论她：医生不打扮，不打扮也有档次，不打扮不穿香云纱宽裤子也很出众，不做发髻但也很有味道。结交上"有文化"的朋友，我爷爷平添出顾影自怜的骄傲，赞赏之意昭然若揭。

为了冲淡男女味，我爷爷说刁医生曾多次和他说的话题是结儿女亲家的事。

他说，我们没事，有什么事也是说儿女亲家的事。我爷爷有了站稳站直的感觉。

我奶奶说，有事，你变形了。

我爷爷打出光明磊落的"结儿女亲家"幌子，也不能解除我奶奶的戒心和恨意，在讲究干净和尊严的我奶奶看来，这是深重的欺骗。

这句话以前他们也常用，你给我滚，她冲他嚷，你滚。以前我爷爷嬉皮笑脸地回答，我滚，滚到你怀里。现在她感到这种话的丑恶，像一枚钉子拍打她的胸部。

我爷爷没有回答，听到"滚"，他点点头。他呷了一口茶，竟然在阴冷的表情里略带了笑意。显然在他们的关系中，我奶奶喜欢我爷爷更多得多，我爷爷受的气更少，这符合多情多累公式。

见她不乐意，我爷爷装出兴高采烈的口气胡乱讲故事讨好我奶奶：从前，一位苦恼的男人找医生看病，医生把脉后一本正经地说，你已经有很久没来月经了，我帮你开几服调经的药。他一个大男人来月经。他回去想想就发笑，笑了几次，他病好了。我爷爷在睡觉的时候手搭在我奶奶的肩膀，想把她搂过来，但我奶奶刻意冷淡，她故意把肩膀好像冻成"五十肩"，把眼睛闭得更紧。他把她叫醒，她就做出被吓坏的表情：像遇到贼，又像碰见失火，一副又害怕又疯癫的劲头。任我爷爷恳求，就是不理，她用僵硬的背部提醒着我爷爷亏欠她的委屈。

出诊时间多半在黄昏。治疗之前喝茶，我爷爷将从客家留隍镇山里取来的泉水贮铛，先用绞只炭"活火"煮到初沸，再投满满一壶岭头单枞茶，冲沸水，接着他又盖定，距离茶壶一寸之处，盘旋几圈均匀浇上沸水，接着斟茶，绞只炭火焰徐徐熄灭，木脂尽脱，"炭香"四处弥漫，融入茶香从窄小的窗户飘到走廊，从昏暗的走廊通往卧室，并不宽敞的卧室充满单枞茶的芳烈气味，我爷爷教刁医生小口细细呷茶。他为她普及茶道，烧水、烫杯、泡茶、续水……每一道程序都极为讲究，这就是工夫茶，说这是一种"雅趣"。她把涂彩釉的水杯放在一旁，轻轻地吸了一口气，这才端起了杯子。

我爷爷精心打扮，特意穿上黑色香云纱宽裤，迈着他那双内八字短腿，看上去像一个O形在转动。他眯着眼睛，一泡又一泡续着工夫茶。能和一位雅致有文化的人推杯换盏，一种异样的兴奋拽住他的心灵，我爷爷仿佛觉得生活是那么美好，那么激动人心，在这飘飘然的生活中，新奇的感受将他托起，他像在台风中被托起的一片树叶。

我奶奶恨不得把他挂在脸上"相见恨晚"的表情用刀子像刮掉墙上难看的石沙灰一样通通刮下来。在我奶奶看来，每次治疗，他们是在一起度过小半个夜晚，有可能做出不可预知的事。虽然我爷爷和我奶奶在性的问题上，依然表现得兴致勃勃。

我爷爷的态度很明白，刁医生是外人，更要对她"礼数周到"。把老婆排在第二位的态度，在我奶奶看来就是"两人合谋害她"。我奶奶心头有根刺和一根火柴。怨恨像鬼影在屋子游走，噬咬着她，她开始咒骂，她以前说不出口的粗言秽语像春季瀑布喷涌而出。她咬牙切齿拜托老爷诅咒"外乡鬼"。

一天夜里，无垠的天空只有几颗星星。我奶奶从悲伤演变来的愤怒爆发了。她把一个蚊帐玉石挂扣掰成两段，把她带来的小而精致的梳妆匣砸得粉碎。遭殃的还有碗和盘子，一个小瓷碗，上面是一幅复制黄公望所绘的《富春山居图》也摔碎了，鞠躬尽瘁的小块碎片落在红砖地面上。

我爷爷呆呆地盯着地上的碎片。他也不再去买新的，家里的盘子、碗越来越少。

夜漫长，寒意深重。有一方不安静，另一方在流泪。发生几次口角以后。我奶奶开始不喜欢我爷爷。他们分床睡。

我爷爷一句普通的话，必定会得到我奶奶不满的回敬：不要脸，不要碰我的手。

她尽一切可能对他冷嘲热讽：走远一点，像猪在吃食。

我爷爷面对我奶奶时阴沉着脸，同时暗藏着串通得来的甜蜜、陶醉。阴沉的声音加深她的怒气。

我奶奶喊叫时，我爷爷一般在当时并不接话，他早已经习惯了她葬礼上冰冷的口吻，脸一黑权当对话结束，但他隔三天竟回嘴道：你喝水的声音确实比猪的声音轻多了。接着我爷爷深吸一口气继续回复道：一张破嘴成天就知道诅咒。你不要我舒服，你不想要我健康。一听这稀罕的"健康"一词，我奶奶的头皮发紧，脑子像钻入了一条压迫神经的毒蛇。他竟把刁医生的话引经据典，奉为圭臬，我奶奶大骂：你就去跟刁医生一起"健康"吧。

我奶奶满肚子冒火，一件小事可以轻易引起她的无名大火。这年接着到来的事，是五雷轰顶的大事。

做清明的那天，天气很好。风吹过每一家的瓦屋顶和灰墙面，为制作弹棉花的斗而种下的被台风吹歪横卧在河面的彩虹树也是如此平静。村里人准备好"三牲"以及萝卜干、煎蛋等祭拜先人。在我爷爷清理完坟周围杂草烧香磕头时，他们十岁的大儿子爬上"虎过领"高达三米的坟包，坐在那里拔草玩，不小心从坟头摔下去，脚崴了，背驼了，久而久之背部脊骨压迫心脏，他时常呕吐，痛到无法呼吸，走路一瘸一拐。有一天早上，堂哥来背他上学，喊了几声，没回应，到床上一看，驼背儿子一动不动，已经死去了。他最后一口气像命运的刀子劈向我奶奶。她几次哭到晕死过去。后来她的耳朵里成天出现婴儿的哭声。我奶奶喊着：你害的，是你害死我儿子，你不走神，你的魂不被那个女人勾走，就不会不看护儿子，儿子就不会跳下来，我就不会这么惨。此时，她小儿子是个六岁的娃娃。她一把抱住他，在他耳边一遍又一遍地重复说：你这个倒霉的爹根本不配做人。尽管小儿子莫名其妙得到一刻不离开的拥抱，也感受到这拥抱中更多的是复杂恐惧而并非单纯的喜爱。

全村人都听见我奶奶撕心裂肺的哭声。一夜之间，她两鬓爬上了几缕灰白的头发，她发火时灰白的头发随着她的左右摇摆而摇摆，似乎白发更智慧，白发比黑发更了解主人苦难的心，忠实地陪我奶奶吐完人生的黑暗。这次我奶奶帮从未见过面的周家祖先追溯性地裁判：你们周姓没一个好人，个个都是肮脏的东西。她的眼泪流到双眼迷离模糊，也顾不上发髻正和歪了，她日益憔悴，腰弯得像棵头太大的向日葵。

当年我奶奶嫁到村里时很风光。他们称心合意，有过甜蜜的时光。那时她很享受庭院的幽深宁静，她闻见竹林清新的气息，雨顺着瓦垄屋檐流下来，滴落在竹叶上和青石板路上，小径经雨水冲刷过而更加平滑。

我奶奶以为生活将会一直这样，伴着风声在竹林中穿行，观赏荷塘里鹅和鸭的嬉戏。我爷爷在家，她感到幸福；他上汕头去进布匹，她感到幸福。他向她走来，她被他迷倒，一个觉得嫁对了，一个觉得娶对了。我爷爷常常逗她：独守一个晚上算什么，我都独守了半分钟了。他们给人的印象是恩恩爱爱得让人眼花缭乱。他们曾经相互如饥似渴，把床板踩断一块，都不好意思拿出去修理。如今他的魂被那个女人勾走，他在家里就像鹅在湖面上漂荡。

她无心打理那些以前觉得天经地义的事，不想绣花，不想拜老爷，不想拜老公，也不想切鹅草，逢年过节也不想做粿，她不再去碰茶杯。她常挂在嘴上的话：老不死变鬼，丧门神越变越坏。那女人，像一股飓风掀掉她的平静生活。

一旦过界，丈夫不再属于她。这天火神又降临，她发作，先哭泣后怒吼。到动手解气环节，她扬起手推开米缸，米缸像雷管爆炸，噼里啪啦爆裂成几大块无数小片，在满屋子滚动。

砸碎米缸含义很深，日子过不到一块了。情分已经消耗殆尽。我爷爷习惯用小银勺掏耳屎，喜欢捏起杯耳小口啜饮西米露，他喝完西米露再拿起筷子，缓慢而娴熟地分食一块香芋丸或者手打牛肉丸，他眯缝着眼，津津有味地对一小盏醋香的热茶慢品细呷，他诸多肌肉性记忆动作曾深得我奶奶的心，现在再看这些动作，她看一遍恶心一遍。

终于有一天，在一个屋檐下却备受折磨、忍无可忍的我奶奶对我爷爷提出：我死后不和你葬在一起。我奶奶的态度和石头一样坚硬。在我奶奶眼里，我爷爷已经和肮脏取得相同的资格待遇。我爷爷不能确定自己是否被彻底否定，他继续做一些伪装性质的心平气和来反对，所以，我爷爷发誓说自己和刁医生没什么，我奶奶自然对他的虚伪不满。等我爷爷意识到严重性，不安地道起歉来，我奶奶却意识到道歉坐实了他的"私情"，自己横竖是被摒弃的人，她连说三次决裂的话，表达她绵绵无绝期的仇恨。

宣布"死不同穴"后，她模糊的失落转为一种清晰的损失，清晰的损失再转为充沛的怒气。悲伤养肥了我奶奶的胆量，她超越早先的担心恐惧，变得斗志昂扬，她认为这两个狗男女一文不值。

自从我奶奶的大儿子从坟头跳下来摔死，一些传言开始在村里出现。我奶奶宣布"死不同穴"摧毁了众人的最后防线。村里几十位制作潮绣的绣娘聚在一起，边干活儿边闲聊，话题都是谈论刁医生带来的灾难。

——巴不得给男人看前列腺炎，一定要摸到那里。骚婆才会这样。在绣花作坊间，坐在最里头的梦婆子喊了起来。女人们跟着直吐舌头。

——见到男人就要观察？不是观察而是发情吧。阿秀手指捏着绣花针，把绣绷子将白纱布拉抻得一展平。她屡次听到男人怀着不变的敬意提及这位"先生"，早不满他明显对刁医生的维护。

——连感冒都治不好。用什么鬼西药，故意使坏。平常讲话少的萍姑娘也哼了一声，显出讥讽的神情。

——我给她看牙就是抬举她，我的牙没病，她竟敢说我口中很臭。村主任儿子未婚妻跨过人群，走到中间位置，她从小篮子里取出两把外观古旧的针插包，激动得抬起眉毛，脸上肌肉紧张变形。她说话直率无遮拦，对任何人都敢评头论足。她肯定刁医生的恶意就像肯定自己是村主任儿媳妇的身份一样。

——头皮过油，从而导致头屑问题滋生，腐蚀头皮，引发炎症，导致脱发问题的出现。我看得让她的头发脱发才好呢。几个女人叫喊了起来，有人鼓掌欢呼。

——没见过她把哪个人治好。病人迟早走向死亡。她们把她的罪恶一股脑地抖搂出来。

——庆父不死，鲁难未已。衰人带来衰事，这女人害人不浅。我奶奶是佛洋嫁过来的，她的爹爹带她走过南洋，她比村里人多听了几部古书古戏，她也借助她的悲愤，讲话有了威望。她意味深长地清了清嗓子，从古戏文里借用几句话，一副对自己估价很高的表情。

——她说竹林招蛇，砍掉一些竹子就是她的坏主意。村主任儿子未婚妻抛出竹子话题。

——砍伐竹子破坏了村子的风水，这外来女人给我们村带来厄运，人丁越来越不兴旺。

她顺手把针线箩筐甩了出去。篮子里的绣花线五彩缤纷散落开来。

——这外乡女人要勾掉我们丈夫的魂，还要他们绝后。还是我奶奶发现事情的端倪，她的分析引发切身的恐惧。

一说出来，这种想法就像血和水一样存在她们的脑子里。

有人亢奋起来。我们再也忍受不下去了。不忍了。

中秋节这天，快到中午时候，下过雨，榕树的小叶片纷纷往下落，发出轻轻的沙沙声，路面积水发着光，行人寥寥。池塘里，鹅在卖力地伸着长脖子吃草。天上布满了云。两三头猪哼哼唧唧挤作一团。

中午发生了一件事。

刁医生看完病，独自步入树冠营造的宽大的阴影中。她捋了捋头发，眼帘低垂。

一群女人从河边竹林冲了出来，像从凶恶的门神那里借了脸的妇女，她们猛兽一样的眼睛充满不可调和的怨恨，怒视着她，她们同时号叫：四只眼！她从眼镜后严厉地注视她们。叫了几声后，她们不喊不叫了，她们脸上泛起大战之前的沉默不语，她们排得很密，用人墙拦着她，她们攥紧了拳头……刁医生走左边就有一群人往左边挤，她到河堤右边，有一群人往更右边挤她，再有几厘米就是河流。她用双脚紧紧夹住地面的泥，用双手紧紧地抓住彩虹树浮在水面的枝蔓。突然，几个壮实的将她围住，接着就有更多的人来围她，她向另一条路退去，这伙人冲上来，几个人将她拦腰抱住，使她头部触地，用脚朝她的腹部、腿部和背部猛踢。有两个女人蹦跳起来，拿出剪刀，一把抓住她的头发，想剪掉她的头发：先解决你的头油导致脱发问题。

她差点掉到水里。她想来个急刹车，扭转傲慢表情，已经迟了。她叫不出她们的名字。面前全是她不熟悉的陌生人，这是她第一次正眼看这些目露凶光的女人。怀着对自己前程宿命般的预感，她猛地知道了她们要做什么，可能会做什么。她用尽全身力气挣脱她们，她快要滑向水里那一瞬间，她抓住那根平躺在河面的彩虹树枝丫，夺路而逃，全身透湿，跑回了家。那帮人没有追过来。

丈夫经常针对她的大条告诫的话猛地跃入脑海：不要美化乡村，人可以没有任何理由就作恶。

丈夫那场病让她成为寡妇。她看着他咽下最后一口气。她是医生。她治不好他的病。丈夫临死前叮嘱她：远离脆弱不自信的人，更要远离自以为是的人，你把人心往最坏处想没坏处，不要把人想得太好。她这才了解丈夫的深刻，她们想羞辱她是确定无疑的，她们想把她挤到哪里？如果不是抓住彩虹树漂在水上的根须，她准会跌入水中淹死。如果自己在她们眼皮底下淹死在河里，她们会怎样？她感到全身发冷。

中午天阴沉下来，起风，刁医生想到刚才的惊险一幕，整个人感到天旋地转，头痛得厉害。她服了一片安眠药，准备休息。

　　迷糊中，她听见有人敲门，拍门声很文明，节制，是不用解释的拍门声——是出诊的请求。

　　来的是三个男人。来人介绍说他们从离湖吉有三十华里的潮州城郊一个叫作吉乡的地方来，吉乡是潮州城郊一带最大的乡团，在旧社会时是小墟，街上只有十来个小小的铺面，有一渡口与潮安祺头村相连，一直用木船过渡相通。往返渡人，每次收费一个铜板，没有钱就给一只鸡蛋。

　　来人看她一脸倦意，知道她会拒绝。这不妨碍他们志在必得，三人一人一句。是自来熟的口气：

　　——老人家让我一定要把你请到啊。

　　——这是五斗米。我们把它放在这里，请你收下。

　　——我们先搭车，后过渡口。路程太远，渡口艄公夜里不摆渡，我们特意花了七十个铜板租船和艄公，岸上特地备好载人单车。

　　——这是我们特意准备的潮州城有名的老牌"荣诚"月饼，还带了茶配，有香甜软糯的绿豆饼、豆楫、明糖等，还有酥方仔、束砂、兰花根，我们把它们放在门槛里。

　　——听闻刁医生大名已久，家里老人说定要请到刁医生来。你来一趟帮还了老人心愿，病好不好是小事，我们也是尽孝啊！

　　尽管刁医生备受打击，她想拒绝，但来人的话像一堵墙，她能做的就是说服自己跟他们去一趟。上午头发差点被剪，不知出于什么考虑，她像本地人那样盘好发龟髻，没用针穿，只用根毛线扎好，她便跟着那几个人走到渡口，跨步上了河边草丛的船，她坐在船尾，船尾有竹篷挡雨。

天有些阴暗，她下意识地望了一眼彩虹树，太可怕了，一阵幻觉中，她看见那群女人还站在原地，手里拿着剪刀，盯着她。显然，她们都看见了船载着她，刁医生感到毛骨悚然。她害怕那些女人会一直等到自己回来。她只想艄公快用力把船开走。

几人各就各位，开始划船，船将水面压弯，水面被船桨划出一道道纹路，分开的流水又在前方重新充盈。微弱的阳光在河面晃动，泛起绸缎般起伏的光波，艄公摇动的桨把这些光点搅碎。大约半个小时后，村庄逐渐远去，岸边的房屋榕树时隐时现，后来只有茫茫的水面，村庄成为小黑点，天空有一丝凝重感，暴雨将要到来，船在中途停滞像迷路的眼睛。

变天很快，天色加深。雷声夹带闪电，划破天际。大风中零星的雨滴开始往下落，水面升起雾像耸立的墙体。

船在河的中心地带，转眼间天色已经变为黑墨，风力逐渐加大，风抓住船上的人，要吹破整条船。几分钟后，闪电刺在天空，雨水往下淋。

她突然意识到船上三个男人，连带艄公四个人，从开船到现在还没有说一句话。眼前这四个陌生人，一直是面无表情，在这段不明确的时间里，他们的沉默让人压抑。他们似乎在内心进行着某种阴谋的对话，她听见背后有某种不平静的动静，她看着水面沉默不语，她心里在做事。能见度太低。船好像停滞了下来，又像在原地打转，这使得人对时空的意识丧失了一半。她不安起来，笔直地挺立背部。她的脸煞白，在黑暗中闪着白光。她感到喉头发紧。她艰难地咽下一口唾沫。她脑子里只有一个念头——不能倒下去。她感觉到自己的思维有一种混乱的清晰。发髻被风吹散，龟髻松开，几缕头发被风吹得左右摇摆。真实与幻象分不清，水上的光带上虚幻的面目和骨架肢体。

天上乌云、浓雾分散又抱团，狂风暴雨没有停下来的迹象。雨点像弓箭的矢，密集地投向他们。她自顾自地想着，坐船是最可怕的，底下没依靠，如果出现袭击，你就知道什么是叫天不灵、叫地不应。中午那一幕持续让她心神不宁，女人们在彩虹树河边像一堵墙的场景让她胆战心惊，浑身发抖。害怕刺激了她某种想法。怎样可以避免落到那种可怕的地步？此时，她脸上出现清醒后的坚毅。

暴风雨模糊了视线。雨越下越大。就在那一刻船猛地动了起来，像一条扭来扭去的小鱼左右摆动。一个男人把香烟扔进了水里，那四个戴着斗笠、穿着雨衣的男人陆续走进船尾竹篷，刚才瞪着水面的眼睛转向刁医生。一句往日她丈夫打趣的话在此时重现：夜里就怕女人有魅力。她终于明白了这句话的意思。

他们其中一人走向刁医生，那双刚才搭在船橹上的手放到她的背部，脚碰着她的凉鞋，凉鞋有一种模糊的异样。安眠药的作用开始发作，她挣扎的意识慢慢在窒息：一个个影子朝她扑来。某个人正走近她。她浑身起鸡皮疙瘩，一时魂魄出窍，一种现实的恍惚和逼真同时罩住她。她感觉衣服一件又一件从身上飞走，许多幻象压向她，使她耳朵里响起嘈杂的声音。她的脑子轰隆作响。她害怕又清醒。真实和不真实在一起砸向她。她失去了知觉一般。船越发晃动。绝望中，她看见丈夫伸出双臂在黑暗里一步步走向她。她捂住自己的双眼。

暴风雨早已停止。破布状的几道晚霞痕迹将要被黑暗吞没。女人从一片乱蓬蓬的茅草丛中翻滚过去。她瘫倒在地上，像一片风吹饼。一片沉寂。她睁开眼，这里不是家里的床上，她躺在河边斜坡草地，紧靠一处茅草丛，她右手边是菜地，菜地间或有一两声青蛙叫，她身下的茅草带着小匕首一样地刺扎着她。她感到忍受了被刀扎一般的痛苦。没有了四个男人，也没有了船。水波缓慢地冲刷堤坝。岸边出奇的静。

女人艰难地转身，全身痛，她分不出哪一块更痛，身上看不到衣服，风在皮肤上飕飕地吹。她盯着几百米外的村庄。她的头是昏的，她小声哭泣。

脚筒村家家户户煤油灯火幽暗燃着，村庄待在灰色烟雾里，零零星星出现一两声狗叫。

吃过晚饭后，"拜月娘"的女人家带领孩子们来到河岸边，孩子在她们前面走着，或者更确切地说是跳着蹦着。她们安好香案，摆上供奉的祭品，祭拜老公的"三牲"（鸡、鹅、鸭、鱼肉任选三样），还有柚子、石榴、凤梨、林檎、红壳桃米粿、鼠壳果、芋头、菜粿、月饼、朥饼等供奉给月娘。孩子们开始"烧火窑"，拎着灯互相追逐。

　　河岸草地不如先前亮光，女人那双睁得大大的眼睛慢慢适应了。开始没有人注意到河边有一种异样的动静。女人在五百米远的草丛空地，她躺在那里像头白花花的母牛埋没在光亮中。

　　一个"烧火窑"的男孩停下来，就在火炉向下滑动的一瞬间，令人难以置信地照出一蜷缩的赤条条女人。脸部朝下，看不清脸，好像睡着了，从侧面看出是一个有曲线的微胖女人，上上下下没有穿衣服。小孩大叫起来，那声音不像从喉咙里冲出，好像发自胸腔和腹部：那……那……什么东西啊……不是人。

　　事情就是那样，女人被人看见了。更多"烧火窑"的孩子跑过来，火光聚合照在河岸上。草地上散落着鞋子和衣服。白底蓝花小褂、暗色格子裙，有褡裢扣眼微微发淡蓝色光的凉鞋，暗色格子裙带子在风中柔弱地飘起又落下。那个趴着的女人，两腿微微张开，脚趾朝天支棱着，湿漉漉的头发披在肩头。大家全惊呆了，都屏住呼吸。她像一具活过来的尸体动了一下。"她动了起来……还活着，啊，是个女的！"有人喊起来，这声音从张开的喉咙冲出来时，一群人并没有一个敢于走近。

　　他们又往火窑里扔了一些盐，火光再次冒出来。那女人双手遮住面孔，她警觉的双眼却透过指缝窥视着光源，仿佛一切危险均来自那道亮光。被发现时的尖叫，似乎没有惊吓着那女人。这白花花的人迅速爬起。她的手抓着上衣裙子，另外一只手摸着鞋，那些衣服像被晒在竹竿上的衣服一般挂上她的身体，接着那女人跑动起来，与其说惊慌出逃，夺路而去，不如说有条不紊，先是疾步小跑，然后就拼命奔跑，像是参加有准备的赛跑，速度之快，令人意外。眨眼间，她在人们疑惑的视线中消失了，像白底蓝花手帕在眼前晃过。不只是那个女人在跑，有一些风在跟着她跑。她的肩膀微微上耸，身子左右摇晃，像是耍不好杂技的人走钢丝。

小火炉窑光逐渐褪去。这群人眨眨眼，怀疑起自己的眼睛。好一会儿，才有缓过神来的一两个人大胆想要走上前。

地面如此的宁静、肃静。天已经完全黑下来。浓雾像黑云一样笼罩整个村庄。长满了杂草的池塘边，刚才杂沓而来的脚步声渐渐消失。

他们不死心，退回到原地再看。围观的人，你看我，我看你。睁大眼睛，衬衫裙子不见了，凉鞋不见了，那个光溜溜的人不见了。有人叹气：该不是鬼吧。是啊，是女鬼，月娘没来，来了个女鬼。

谁都不会忘记他们见到的这一幕。

一个影子像幽灵般穿过竹林。一排竹篱笆掩映着她的身影，在青石板地走来，发出急切的清脆脚步声。

刁医生上次被脱光衣服，还是和丈夫结婚那天。想到自己的身体被扔在乱草当中，毫无遮拦、孤零零地躺在地上，不禁一阵辛酸，从未有过的寒冷笼罩了她。

有两条路到我家，捷径是绕过水塘东边一条路，再从庭院后门小竹林进去。那一片小竹林，两个半圆形成一个圆形拱门。她对路很熟，像一个影子飞快穿过竹林进到里层屋子。

那天晚上有雨，我奶奶睡得早，听起来雨在远处，躺在床上生出厚厚的安稳，她闭上眼睛，她像是睡着了，屋檐的水滴声正把她送入梦境。一阵敲敲停停的敲门声传到我奶奶耳朵里，敲门声先重后轻。敲门声似乎有暗号的功能。我奶奶后来说，我不觉得很奇怪，刁医生平时也会在傍晚来敲门。门伴随着低低的哭泣声被打开。

刁医生内心有一块石头砰砰砸向五脏六腑。她擤着鼻涕：我出事情了。我的胸很痛。透过小窗看着远处的河水，声音似乎不是从正门进来，而是从某个角落飘进来。

我爷爷安慰她：什么事慢慢说，慢慢说。

她抽抽搭搭地说：船上……船上安静……四个人……他们几个人……

她又说：……

她断断续续说：……我不想回忆了。听起来，她牙齿吓得咯咯作响，无法排解自己的心情。她瘦长的双臂紧抱在胸前，两只手不停地摩擦着肋骨，好像自言自语。

我奶奶看不到我爷爷脸上是悲伤还是愤怒。我爷爷听上去满脸理解和同情，他叹了口气说：我一直叫你出诊时叫上我……

夜很深，但是我爷爷仍在说：他们的口音、样貌还记得吗？

我爷爷在这一带算是走南闯北的，还是多点见识：不能放过他们。你不说，线索就消失得无影无踪。不惩罚坏人，没有天理了。

她哽咽着：记得有什么用？丈夫早就是个死鬼。

我爷爷又说：那你准备怎么办？

她哭哭啼啼说下去：我不能再在这里待下去了，我现在是来向你辞行的。

家里一只猫似乎也能听懂，开始烦躁不安，这时叫了一声，随后发出低声。

我爷爷喃喃地说：那你还是躲一躲吧，我会去看你的。

我爷爷想了想：我们永远不告诉任何人这一晚上你发生了什么事。

我奶奶听见她说从岸边跑到我爷爷的住处花了将近一个钟头。

刁医生停住不说了。我爷爷也没有说话，也许他正抓住她的手，也许他伸手去帮她抹眼泪——他俩一块儿坐在黑暗中。

我奶奶完全苏醒了，她听到耳朵像胳膊一样累了为止。憎恨的气泡被戳破。我奶奶获得失望的满意。

她几乎不相信这是真的。她在心里嘀咕，那天我们不过是警告、修理她，想吓吓她，想骂死她。我们无非想剪掉她的头发，剪掉这女人不祥的征兆，打掉她的傲慢，防止她带来更大的厄运。谁知道哪里来的这几个男人这么仗义，真动手了。

我奶奶的心思不在那几个人身上，不关心他们跑哪里去了。她只知道好事从天降落，有人帮助出了口恶气，她快要解脱了。

我奶奶且惊且喜。

她庆幸听到了该听到的，接着她去做该做的正确的事。运气和幸福似乎重新回到她身上。

一俟早上鸟儿的啁啾将村人叫醒，我奶奶迈着小脚走出家门，四处传播中秋夜所见所闻，快乐到内八字脚摇晃成外八字脚，走成八字麻花状。"刁医生中秋夜被四个男人搞了"的欢快消息迅速在一个村又一个村传开，也传到偏远的脚筒村。

经过对接，女鬼事件的模糊性变得格外清晰，人证物证对上号了，"白底蓝花小褂、暗色格子裙，有褶裥扣眼微微发淡蓝色光的凉鞋"，千真万确，草地上的女人就是体面高傲、大名鼎鼎的刁医生。脚筒村的人们痛定思痛，很后悔当时没靠近那个"鬼"，还让她跑掉了，他们不能原谅自己在现场目瞪口呆的表现：都怪我们喊出声，喊醒了她。当时合理的举动，此时却不能得到合理的解释：一群大活人为什么要怕一个大活人？湖吉村人也替她们惋惜：要是我们村里的人看见，凭那衣服鞋子就看得出来是谁了。没能亲眼看见她的裸体不甘心。只听看见的人说"光溜溜的女人跑了"不过瘾。

她们只好在追根溯源的求索道路上寻找快乐，她们开启首次个人史上的大脑推理功能：到底是什么人搞了刁医生？她花了多少时间来穿衣服？她光着身子的时间有多久？头发凌乱到什么程度？搞她的人是一个还是四个还是五个？刁医生不跑回自己的家，干吗去老周爷家？现在她在哪里？

有人推断说：她被侮辱，受不了了去诉苦，她不知隔墙有耳，失算啦，这才让自己的这件丑事被十里八乡晓得了。

快乐让她们的身子都直了很多。这几天，村里人对我奶奶特别友好。我奶奶的罗圈腿行动显得异常敏捷。她努力把故事说长一点、细一点，重复多次"刁医生自己说的"来报答这种友好。她们的手一次又一次捂着嘴巴在说笑。空气中在发酵着快乐。

口耳相传的故事在一周后最终形成此后流传几十年的统一版本：刁医生在中秋那天被一伙人劫走，小船上除了摇橹的，还有三个男人。刁医生开始对他们看都不看，抱着出诊箱盯着水面，船行驶到江中心，小船晃起来，有人开始按住她，船上四个人（有时说五个）一个一个强奸她，这些人将她扔上脚筒村岸边，把船开走。她在岸上草地昏睡过去，傍晚"拜月娘"的人们看到她全身赤裸，没有上衣，没有短裤，没有鞋袜，一点都没错，就像出生时那个样子。女人小孩看见她时只会喊叫，这时她清醒过来，抓上白底蓝花衣服套上身子飞快跑了。她跑了一个多小时，到老相好周爷那里哭诉找安慰。老相好想帮她报案找凶手，她不肯……她水珠一样的泪水慢慢地流到乳房又流到褶皱的肚皮上……人们猜测是江都村人干的事情，他们那儿的人最凶，他们的船又大又结实。民风彪悍野蛮的江都村人才做得出这种事……要不就是她丈夫的仇人干的……故事没在判断力上表现出色却在想象力上可圈可点。

刁医生遭人羞辱之后将自己锁在屋内。村里的人成群结队来到她的门口，两天过去了，没人见过刁医生，人们想透过她家窗户偷看，但窗帘紧紧地拉着，有人说到报警，刚起了报警的念头，刁医生走了出来。她平常高昂的头并没有朝胸前耷拉下去，她哭丧着脸，嘴巴紧紧抿着，神情像在梦游，但眼里却有夺到"锣鼓标"头标那般兴奋有光泽，她和以前一样，仿佛不认识大家。令人安慰的是她心烦意乱的神态，她们自有办法看出她体内细微缝隙充溢的羞辱。不管怎么说，好歹老天惩罚她，让她遭遇了谁都不可能受过的罪，这害人精再也抬不起头来。

半个月后，我爷爷说她回榕城了。过了一两年，这事还萦绕在人们的耳际，刁医生又在湖吉村出现，她带着类似使命感的眼神注视大家。消失了这么久，她的衣着打扮没变，举止和以前没有两样。她的冷漠态度依旧，表情更加严肃。女人们为减少尴尬，尽量和她避免眼光接触。事实上，大家从不在她面前谈论她，但在背后必定谈论她。

人们普遍觉得她好惨，好奇心强的人又不能确定她惨的程度，这真让人伤脑筋。不过对那些女人而言，总归也得到侥幸的安慰。

请她看病的人越来越多，是啊，只要能够顺手对人表示惋惜，他们的善意和好意也可以俯拾即是。

我的故事结束时，我说：很多年后，我奶奶和很多人的奶奶都死去了。刁医生也去世了。我把这事作为故乡的面目和恶之花朵展现给大家。我从小听说的刁医生被强奸之事便成为旧时候老家底色。事情过去几十年，她的屈辱艰辛求生被我老家的人们反复加以描述，恐怖顺着心底的河流走进每个人的心田。

夜色漆黑，老师早没了晚报、早报、日报的兴趣，他改用正史般语气对我说，很是震撼。一个医生，能治好当地人的病，但治不好当地人的思想。这故事比较深刻。这医生是从外面来的，恰恰是外来的，又比较时尚。我才会这么解读。

刁医生的遭遇引起我长久的关注和恐惧，我很清楚，她想来偏僻的地方治病救人，遇上无法想象的苦难，甚至不敢声张。我思考那些妇女和此事的因果关系，那些妇女何尝不是受害者，人性不确定的因素带来不确定的危险，在这场侮辱中，没有凶手，没有人受到真正的惩罚。人啊，生命的韧性太大了。

导师表扬我，你毕竟是一个念书的，你的认识和村里女人不同，你的讲述没有故弄玄虚，也没有假惺惺的人文关怀。你说得也比较从容。

导师看了我们一眼，他的手向空中画了一道弧形，有点文不对题地说，故乡就是祖先流浪的最后一地。

接着开始讲故事的是女同学希静，高鼻梁，长得矜持冷静，不见得有多貌美，不见得多有才华，但别具一格。她的出众在两个方面——她做潮汕地区茶文化的研究，又发表过高质量唐宋文学论文。听她说，她曾同一群男士就茶话题发生争论，与一位工科男唇枪舌剑。这位和她拌嘴争斗最激烈的男生一年后成为她丈夫。她宣布二十七岁左右读博、三十三岁之前评上副教授，这话给我们几个以硕士为最高目标的人一系列压力。

有次师生聚餐，她说我很适合做确定聚餐地点的踩点高手：你去打探一下饭店优劣。听这话我心里不受用，那时，我正想向写作和学问进军，我向往着在某种具有见证意义的职业中一展才华，当一名诗人，或者古代文学研究专家，或者脚踏两船、三船的复合型学者作家。她明确对我问鼎文坛、学界的野心给予"一票否决"的透彻否定，弦外之音，我擅长打杂，不是搞学问的料。其实我也觉得自己一如既往的差劲，她的话更坚定了我的自卑心理。

老师说，希静，暑假有个"敦煌金瓶梅研究"学术会议，你和我去。希静说，可以去。但她不表露过度感谢。她知道老师需要美丽的跟班锦上添花，拎包撑场面。老师也不敢过分"用"她，她乐意毕业前有当论文第二作者的机会。

我和希静聊天用潮州话，她的潮州话带着揭阳榕城口音，这在金山中学毕业的人也是少见，她解释说，我几岁时由我奶奶带大，没法改变口音。她神情有点漫不经心。

她开始讲她的故事。

我在潮州长大。我是你故事主人公的孙女。

我的故事前一部分和谢女士的故事情节几乎重合，结尾剧透一下，被强奸是我奶奶的"苦肉计"，当时不这样做的话，那些乡村女人不会放过她，她们想吃掉她或者将她活埋。希静语气安然。

　　用现在的话来讲，我奶奶是全科医生，西医最早是在明末传入中国的。解放前，我奶奶是著名中西医结合高手、医家张锡纯的弟子，我奶奶用中西医结合手法，但西医那一套，全部颠覆了村里人原来所认知的那一套。村里女人愚昧，五行缺醋便集体喝醋，村庄里充斥着看不见的敌人和噩梦，村里女人觉得因为我奶奶的加入，让她们的丈夫有被抢走的危险，一种被背叛的假想和愤慨，让她们的心肠塞进大铁块、大石头。她建议砍些竹子，村庄染上不幸的"不发男丁"诅咒，她们对我奶奶更加厌恶，恫疑虚猲，进而想公然羞辱剪掉她的头发。当她意识到她们难以平息的焦虑之火，只好主动充当救火员，自己上来搞件大事。

　　知道我们没反应过来，希静盯着食指和拇指夹着的青烟袅袅的香烟，继续用平淡的语调说：在船上，她灵光一闪，想出"最坏中最好"的办法，那天中午，她跟船到潮州城郊帮人看病，到了傍晚，我奶奶叮嘱船在脚筒村岸口停泊，说自己要去看个朋友。她快要上草坡时，那船在朦胧夜色中离开了。

　　那天是中秋节，她知道脚筒村女人必定会来河岸边"拜月娘"，孩子们也会来"烧火塔"，等到有人看见她，她便在第一时间逃跑，她去找她的一个病人也是她的崇拜者透露被"奸污"情形。脚筒村的人还从没找她看过病，她选定脚筒村，不至于当场被熟人认出来，况且，被素未谋面的人看见裸体也不过是概念而已。更何况中秋节"拜月娘"习俗讲究"女不上山，男不拜月"。被女人看见不过就是等于自己看自己嘛。

　　希静将她那双奇异的杏仁眼从眼前移向模糊的远处：我奶奶做了惊天动地的事，假装被那几个男人侮辱，然后故意在岸上暴露自己。唉，她对自己粗鲁得近乎过分。

　　希静用拇指、食指扶了扶眼镜，又折叠好一张柔纸，细细地擦揉眼镜片。她仰着头，眼睛似乎没有看任何人，她抿了抿嘴：万幸的是我奶奶回避后重新回到乡里行医，生意更好，她总算得到人们的敬重。

　　好几分钟，我们都不作声。可想而知，我们简直是听到希区柯克电影那般，对我们来说绝对是拍案惊奇。

　　希静用优越的冷漠声音打破黑暗中的沉默，她下了不容置疑的结论：我奶奶表面上得益于某次别出心裁的事件，其实令她得救的是勇气。她说话时一股"你们的心思我一眼就能看出来"的神态。我琢磨：仅仅这种表情也会惹人发怒。

　　我们都没说话。

　　接着希静同理心十足地说：是无法逾越的差别，让我奶奶陷入困境。人屈服于善或者恶都比你想象的更复杂。谁都乐意看见一个沮丧的女医生，好在那时没有相机这类东西，这种想法得益于没有手机的年代。像现在随时有手机拍照，我奶奶可能就不敢用这办法。

　　我们还是说不出任何一句话。

　　希静压低声音说道：拍下来就像是生了根，永远呆呆地在原地啰。

她又笑了笑：现在我的父母还在那里医院工作，多亏了我奶奶打下的好基础。

希静的鼻子很乐意帮助嘴巴进行发言，表达世界就是那样的意思，她的脸上毫无波澜：多么艰辛的人生。

老师听到希静的补充故事，惊愕程度不亚于我们几个学生：你奶奶本来是要改造别人，后来被当地人改造了。最后，为了能融入当地人，必须自污，本质上这是差异性带来的威胁，她最后获得缺陷型的胜利。这故事用于小说细节也很不错，想象力很好啊。导师搞起了评论。

希静对爷爷毕业的"四万大学"也进行解释，原来，村里人听错了，把"师范大学"听成"四万大学"。

对我家乡几十年前的"罗生门"。我再次给出补偿性的拾遗：毕竟是刁医生，有榕城人的好脑子。想村民之所想，做村民不敢做。祖父去世时，我奶奶甚至没有帮他点燃脚跟的蜡烛。怨气一直没放下。

我奶奶死的时候仍然坚持和我爷爷分别葬在不同的山头，原因是刁医生后来又回来了，我爷爷的痔疮也是一再发作。随着时间的推移，我奶奶明白痔疮将治愈不了的伤痛就如同不离身的双腿会伴随她终生。这是她无法补缀的伤痛。

我奶奶弥留之际，她的喉咙发出呼呼的响声，躺着一动不动，耳边听到竹林的风声，有几声动物的叫声，树枝折断的声音，突然她微笑起来，手指向门那边，对着儿子说，你看，那是你爹爹呢，你看他还和年轻时一样的俊呢……你看你爹爹他多英俊、多强壮……说完这句她闭上了眼睛。

二十年后，他们被儿子合葬在一起。几位亲人先在我奶奶坟前烧香，通过"抛胜杯"来问她愿不愿意迁移，愿不愿意与我爷爷合葬在一起。"杯"形状是十厘米长的长方形光滑的树头模样。风水先生口头密念，向空中抛去抛三片"杯"。如果出现两片同一面便是"胜杯"表示同意，如果三片全朝地或全朝天是"败杯"表示不愿意。两次"抛胜杯"的结果是我奶奶愿意迁坟也愿意合葬。事情如愿以偿，皆大欢喜。

我父亲再次请风水先生夺地，将父母亲安葬在靠某某乡二百米处一个荒山上，他和亲人跪拜着重新为去世多年的父母合葬立碑，忙了一整天，把父母的坟墓"搞得漂漂亮亮"（我父亲语）。这一体现后代意志的合葬，使后代轻松，扫墓方便。

有一年，我去潮汕招生，便到爷爷的院子住了一天。老姑的儿子一直帮着打理修葺祖屋，视野开阔，芬芳静谧，庭院栽满竹子花木，竹子和树木之间悬浮着雾霭，在空气中时隐时现。

夜晚，茶烟袅袅上升，空气中氤氲着茶的香气。我脑海没由来地跳出希静讲故事时飘忽的眼神，一个念头不合时宜地浮现：这一切是否真的发生过，希静所说的也可以是仁慈的必要的假话或谎话。为了名誉，也许。就像我们会慢慢忘记，以至最后搞不清基本事实，我想时间再久一些，我也会记不清我奶奶和我爷爷到底谁活得更长。毕竟，遥远的往事无足轻重。

猴子回来了

你们和老许一样叫我阿黄好了。

我是老许很多年前从广东带到江西的猴子。老许和江西当地女人唐七结婚后，我成为他们家庭的一员。我不姓黄，我们猴不喜搞这些冠名带姓的事，无聊。我还有小名，是许妻起的，她把我叫作"英俊"，在她对老许长相突出表示中意时就喊我"英俊"，老许用广东话叫我。我先是讲广东话，后来我学会了江西话。

酷热的夏季，大清早，唐七和平时一样切出整齐、细小的猪草、鹅草，往正方形的槽里扔进两把细米糠搅拌。

她拍拍我的脑袋并用内劲按了一下说，猴子跟我走。口气比平常多了一种要办大事的郑重，我没推脱。我伸了伸脖子，太阳光直射我的眼，在阳光刺激之下，我醒透了。我喃喃几句，迈开步子往外走。

在路边小豆浆摊点，我吃了肉丝面条。唐七一副食不甘味的样子，连那碟辣椒酱都没有动一下。她吃了两口，就放下筷子，交钱时说，零头不要找了。

我和她一直往前走，当正午的阳光出现在头顶上方，树的光影在身后时，我们终于从斜坡出来，走上黄泥土路，黄土路上阒无一人。

此时，我和老许的老婆唐七来到达张家岭。我不知道走了多少里路，十里路？十二里路？二十五里路？照着我们猴感，远近距离都处于混沌无差别状态。

半路上，我就猜到，她和我走这么远的路，如果是找人，只会是她。

果然是来找小晏子。

美人哟！小晏。

我又看见她那张绵羊一样乖巧、顺溜的脸。自她搬走，我们已经很久没见过面。

虽然父母不赞成唐七和老许的"天仙配"，唐七的女伴们却很羡慕，毕竟女孩子的眼睛是雪亮的；爱恋过她的男青年对她侧目相视，毕竟他们是泥做的。但唐七婚后直言不讳的幸福感言，又引起她们嘴上不说、心里不服的嫉妒，之后，她们疏于来往、各忙各的，慢慢地，她就剩下小晏这一个女朋友。唐七不失落，她和老许在结婚后跳进蜜罐子，而且她也觉得小晏一个顶万个，从前姐妹们轻易不说出的完整性嫉妒算不了什么。

小晏住的房子，是勘探队工厂修配间边的耳房，有红屋顶，高度比一般房屋更高，看着很静。屋子两边有四十五度正方形的角向两侧延伸，百米之外有延绵的杉树，挺拔的墨绿色，朝天收拢的绿色手臂，很好认。

　　唐七好尴尬。她特意浆过的衣服已经湿透，胸前清晰映出乳房的椭圆形状，嘴角有泡沫，她把皱巴巴的暗粗布长裤拉直拉平后才拍门，门碰到门框上的声音很大，她转而叩门，她胆小，轻轻地用力按着推门，发出最小的声音。她怕敲门声会吓倒小晏这个年轻女子。

　　事实上门开得很快，似乎有人正在门里面等着。门背后放了一点菖蒲草。这时应该是端午前后，我们来得太突然。

　　我们突然出现在小晏面前，她完全没有准备，我们确信她将会有的惊喜表情并没出现。门被打开时她也没发出欢声呼叫。只有一点勉强、假装挤出来的欢迎低语。小晏是惊讶不是惊喜，她的语气像是约好过，她说，你来了。

　　小晏的眼光在我们两个身上迅速地移动，好像我们是几十只花蝴蝶，处在一个没回过神的漫长预热过程。唐七手里提着布袋子，陈旧扁平、皱巴巴的，她的脚还在门外，门槛挡在前面，我在接过唐七的布袋时，正跨过门槛，不小心碰着门槛，打了一个趔趄，差点摔倒，爬起时，我显得笨手笨脚，在全新的、又好看的小晏面前跌倒，我感到有失面子，我的猴心也很细，怕丢人，我心里暗暗想要在吃饭时好好表现，进行补救。我在脑子里迅速搜索，竭力想贡献新的有趣的争面子的话，唐七也许想奉献心中的哀愁幽怨，小晏的注意点在哪里我还不清楚。几人默默动心思。

　　我和唐七进到屋内，才看见小晏丈夫小赵也在房间里，他只看了一眼我们又继续着刚才被打断的谈话，内容涉及他们又恨又气的某件关乎他们生死的什么事情。他的嘴角有两道皱纹，下巴紧绷像一坨正在等待打针的紧张肌肉。他像是要出门，就打了一个敷衍的招呼，眼神游离。他想起什么，又扭回头，对唐七说，老许哥好着呢吧？小赵问话时口气太正式，除去假，还有过于正式而对人不尊重的傲慢，口气好像不太瞧得起人。唐七连忙点点头表示他很好。他跟小晏说，那个，嗯，我去一趟县城，马上要去坐车。去县城处理完就回……他嘴角努向唐七，小声对小晏耳语说，她回去时，给点什么她带走，她很可能是来借钱的，等走的时候拿点钱给唐姐……小赵以为她是来借钱的，当时农村人接近、结交地质勘探队的人没例外的，大目标是为借钱而来、小目标是图几个馒头。

　　这耳语被唐七听见，她弯下腰装作系鞋带，掩饰她听见这话引起的难堪。她在和老大的尴尬做抗争，我很想帮助她，我想喊：她不是来借钱的……我又不敢越俎代庖。气场不对，我想观察一会儿再说话。小晏说，那正好你来，他有点急事要去一趟县里，先喝一杯水吧。小晏这样说，但并没有去倒水，她又说，我做点什么你吃吧。唐七说，我不饿。看样子，想得到他们从前的信任待遇是没可能了，期盼得到他们平常心的对待也难。她已经把要长谈的需要，暗暗收回。

　　小晏丈夫没顾上跟这远方来的老表多说什么。他拿起一个背包、军水壶准备出去。突然他像想起什么又回过头。他解释说，唐姐，近期我们手头也紧，等会叫小晏拿点钱给你带回去……唐七一副蒙在鼓里的神情，她感到被人小看的羞辱，出于窘迫和自我保护，唐七小心翼翼又急切地解释，她逐字逐句再次重复说，我没什么事，我就是来看看你们，就是带一点自己做的果品给小晏吃。唐七坚持谦卑表白自己没别的事，就是来看看他们。我知道她其实喜欢小晏一人留在家里，她好单独跟她说话，但显然小晏本来想跟小赵一起到县里去"解决难题"。

唐七几乎要掉泪，她在挣扎。生怕他们不相信她来访的单纯动机。我看她为了他们能够相信她"别无企图"，简直想撂下带来的苦楮粑就离开来证明动机清白，"只为了带点土特产来看看小晏"，她这句话好像奏效了。听着唐七这番跟跟跄跄的想法表白，小晏也就没再多想。

小赵松了口气。唐七拍拍布袋子，装作专门带苦楮粑给小晏的样子。

说完小赵就离开了，嘴里嘟哝着：好好的事情，怎么会遇上这种人……明明定好的还有变化……

我看出唐七的失望，她压抑着沉闷的心思，我不知道她指望的是什么。如果是来看她那个忘年小女友，又怎么不跟老许说一声，又怎么选择一条那么阴森的森林的路？

这是这天倒数第二个结果。我将用倒叙写法告诉你们。

必须用记叙文笔法交代这趟来张家岭的艰难旅途。

　　一条通向森林的从未走过的道路向我们打开，是一条我从没走过的山路，延伸到无边的人猴之初、太虚之处，很难见到人影，我认出来，这是他们家大女儿作文上常出现的"岁月的密林"。这片林子具有沉重的性格，若要归属星座，则像是天蝎座。林子外面是格外耀眼的阳光，走进里面，尽是浓厚神秘且拔地倚天的高大树木，生长在其中的马尾松、苦槠、枫香、柳杉、小叶栎、檫木、胡枝子、刺槐、紫穗槐、池杉、乌桕、柳、苦楝、梧桐、泡桐于远处形成一种阴暗错落有致的一堵堵高墙挡住视线。在高高的树林间，阳光如楔子，横着插入浓厚的阴影中。

　　说是路，不如说这是森林；说是森林，又不如说这是森林的一个侧面、小部分、小分支。众多树上各具情态的树叶，在没有风时也会发出抖动、低沉的声音。走入森林，我被这条路吸引住。比起唐七的行走，我就是在上天入地的状态，腾云驾雾的感觉；在羊肠小道我也能飞奔自如。

　　刚入林子，和我脸上挂着欣喜探索不同，她满脸孤寂和落寞，还有不想拿出来讲的心事。在望不到边际的绿林之中，只背一个布包裹，她显得渺小、柔弱。这条深林之路，很少有人走过，她选这条路，偷偷把我带出来，想必是有避开村人的想法，她在用荒野把自己和外界隔开。她从前出来溜达，老许也会跟着来，这次老许没有一起来，这是他们两人十几年的雌雄同体状态第一次发生结构性改变。娇小玲珑的唐七心里有气，气到排斥老许，往外冒出的气使她瘦下来。我领悟到，唐七和我出来的这事必须对老许保密。

今天唐七没戴栀子花，她佩戴的发卡有流苏。在村里，没有栀子花，一个女人是不会出门的。往常她家的栀子花树最大、花最多，每天，唐七摘下整一篮子带露水的栀子花，女人们在她家树下等着，每人都可以得到一朵，大姑娘、小姑娘欢天喜地。那时，她会挑出那朵很大重瓣的留给小晏。

唐七的表情是少有的严肃，不如往常柔和。森林里的潮湿使得她的睫毛蒙上雾水，她的脸比夜色还暗。我只好把逗唐七的心思收回，我也找不到合适的话来安慰她。

路上的花草，半年内都无人踩踏过。树底部有蘑菇、野花迎风微微摇动，平时这些花草蘑菇，她能分辨，叫得出名字，分得出有毒无毒。此时她看都不看一眼。她满脸布满乌云，若有所思。

我的感觉是她先是失去嗅觉，或者说她主动关闭嗅觉功能，有时，她的脚不像在走路，而是像块树边的木桩纹丝不动站在那里。在雾一样的树林，她有时站在一棵树旁边，绕上一圈，最后还回到原点，接着又换一棵树绕一圈，在这两个圈圈之间走动，我怀疑她要找到某棵树来诉苦。

我眯着眼睛望向树丛里的碎光点，人类老是喊我"老孙快走快走"，我果真快步飞跑起来，再往后看，我便不见了她。水珠不一会儿就流入我的耳朵褶皱里，我闻着松树的气息，顺着树叶上的无声雨，脚下阴森而带斑点的路，嗖地一下闯出一条蛇，蜿蜒爬行。

我停下来东张西望等着唐七，这是我们猴的善意，我跑得太快或者是坐下来打盹，对她有失恭敬。终于见到她用小碎步跑来，还在喘着粗气，我在一株灌木上荡秋千、扮鬼脸摇晃，她倚在旁边，她活在自己的世界里。

突然，她问我说，现在几点？这是她常问老许的话，我有一种被重视的兴奋，我想说十二点又想说十一点，我说几点都是鹦鹉学舌，我不能说真话：时间在我面前就是一盘盐煮豌豆，任我挑……幸好这时树上吱呀一声，一条树枝从顶上掉落下来，泥水溅满了脸。

我琢磨她带着绝望落寞的表情，她显得忧心忡忡，不过细看她身上还是存着火种。似乎存有一丝等待和盼望，像抓紧找草药治病的人，又像找到了救命方。她的想法呢？我一思考，上帝就笑了，你笑也阻拦不了我胡扯的步伐，我有想象力，爱幻想爱写作，我还想进入文学史，成为一个有文学抱负的新一代美猴王。除去爱好文学，爬树是我天生的爱好。我喜欢四面都是树，成为我攀爬的秋千。

我比人类优越之处在于我有凝固时间、穿行树林的能力，时间在我面前不过是一盘盐煮豌豆，任我挑……你看出了，身为猴，我运用人类语言有点不伦不类，有点像某个并不著名半桶水的广州诗人，抄写几个单词组合成"英文诗"，我美猴山那本英文字典一直有心帮他搞填充色块的游戏，成全他当上"被身边人忽视的大师"。你看我，当真像写小说一样天马行空呢，我和人类一样，说半天也是废话，我接着再说还是废话。

2

　　我具体是什么时候来的江西，不知道。笼统说就是好多好多年前。时间在我这里是混沌一团，我依旧分不清时间。说不清是什么时候，老许把我从广东带到江西，我没想到，以后还会是他把我赶回广东。

　　老许那时年轻，我对他一无所知，为什么那么年轻就叫老许我不清楚，为什么逃荒我也不清楚，听说他是孤儿，他那有着怒目金刚脾气暴躁的爹娘早早就被老天爷收到塔底下。我也一样，我从不知道我父母在哪棵树上吊着，也不知道我父母将在哪棵树上死去。

　　他说，大浦太穷，吃不上饭，讨不上老婆。

　　当时，他常到山边一户人家去，那家人有个独生女，我印象不深，他们没让我进门去。有一天，我看见老许阴沉着脸走出来，脚步如灌注了铅水，有个女孩冲上来，往他手里放了一个杯子。她好像哭过。

　　几天后，老许蹲下来，表情无奈但坚决，抚摸着我的猴头说，猴头，我们要去很远的地方，这里不能再待了。他带我流浪，演猴戏。

我是猴，一路上，每到一处都很惹眼。人们对我说话都是大叫大嚷说，未成年的猴子，快穿衣戴帽，转圈，打滚……他们把吃剩的香蕉皮、瓜子壳扔给我：干吗不上花果山，猴把戏挣不了几个钱！

虽然我是善解人意的猴子，我得到的可是人类彻底的不理解。

为了吃饭，老许帮人采过煤，他戴着一顶鸭舌帽，两腿夹着铁铲，脚发出汗臭、麻袋和煤车的味道。老许也上山采中药，换钱买米。

后来，老许长叹口气说，我们上鱼米之乡江西去，他说，那里有以制作陶瓷著名的景德镇。我对干瓷器活有兴趣。

我表示支持，做一件和自己的兴趣结合在一起的事情当然好，我说，兴趣是最好的老师。可是到江西后，老许开的是烟酒店。人类多半喜欢说一套做一套吧。

无论怎么说，我和他带着希望，开始走向江西逃荒之行。

进入江西不久，他准备坐船先到都昌港，在半途一家客店，一个新近发生在都昌港的事情被说得沸沸扬扬，这使得老许对都昌码头带上恐怖印象。传闻一个在外地做手艺的年轻人坐船回家乡，睡一觉，天亮时到达都昌码头，他很兴奋，在船停泊的瞬间，他探出头想看看几年不见的家乡美景，不料两艘船正在交会，正巧相遇碰在了一起，紧紧靠拢，夹拢，可夹板不偏不倚就那么夹住年轻人的颈脖子，这人探出的头，断了。他的头掉到了水里。

都昌港码头！他被这故事吓坏了，再也不敢坐船，转而改变主意，坐上一辆开往山里的车，从婺源坐车去景德镇。坐长途车，我最怕汽油味，上了车，我忍不住反胃，吃过的东西在肚子里翻腾，恶心吐到一身又湿又臭。

老许心慌到一夜没睡，第二天，他醒来睁开眼睛一看，才发现长途车已经开过景德镇，只好和司机商量，到达都昌林深港后下车，补票后身无分文，下车一看，见此地山林茂密，也行，就在这里生活吧。

还是玩把戏挣钱糊口。遇上野蛮的人对我喊，猴子，接着……他们扔给我一块又一块黑黢黢的石头，我躲闪不及，他们就张开嘴哈哈大笑，没人理会这给一只愁眉苦脸的猴子多大精神耗损。我向老许抱怨"遇人不淑啊"，老许也只能皱起眉头，老许不太会说话，那时他还有和年纪相称的忧郁腼腆。

此后好多天，这里的人都能看到，一个流浪的外乡人带着一只猴子，做一点把戏，他们没看出非凡威武的老许和我都在挨饿。他牵着我，晚间回到住处，在山边的山地上犁地开荒，在一边是水面的砂石间隙中种菜，补贴家用。

老许肚子饿得发疯。好几顿没吃饭，闻着人家飘出的香气或者是腥味，反而要吐。他来到河边。他喝了一口水，捂着肚子，饿到胃痛。

　　一群姑娘在洗衣服。老许看见了她。他先是看到一群姑娘的背影。就凭背影和头上扎的头巾的不同，他一眼注意到唐七。与其他女伴用黄巾包着脸不一样，她用淡蓝色的长宽方巾，在下巴颈和胸之间打着一个像花朵的结。她们在泉水边洗衣服，唐七把袖子卷到胳膊肘，露出白皙的手臂，她在水中站着，清澈的水从她白皙的脚上缓缓流过，双脚好像迈在阳光里面。她用洗衣棒敲打石头阶梯板面，衣服被她揉成扭丝麦芽糖状。她拿起装衣服的篮子挎在手臂上，准备爬上来，突然觉得失重。她的皮肤看起来那么光滑。一个白净的女子从河里拾级而上。老许瞬间动弹不了，他无法不看着她。老许的手比他的脑子更快一步，更有行动力，他的手伸过去，一把抓住了她的洗衣篮，老许说，小心，这里有水，很滑，我来帮你提。见唐七犹豫，老许上前又说，我来帮你提。她瞥见一个高大飘忽的身影，抬起头，正好看见他的面孔。唐七知道这种长相，永远不可能在村里其他男青年的脸上出现。她点了点头，很难分清是下意识还是仅仅是见到人的礼貌。

　　老许长相英俊，五官分明，是广东人那不鸣则已、一鸣惊人的出众英俊。他及时送上了诱人的笑容。他在笑的时候，脸上的汗珠顺流下来。

　　唐七的头发散落在肩上，他看到一张俊美的脸庞。女孩也看到一个脸部迷人又五官和谐、有魅力的男人，他有匀称的瘦高身材。按他们人类的说法，从未见面的两人对视了一眼，就触动了心灵的深处，他们深深地喜欢上彼此，双方都把对方的形象摄入心魂。

唐七对他说，你这只猴子，很英俊。她借助夸猴子说出自己对老许的感觉。老许帮着唐七把一篮子衣服拎到了她家院子前面。他拍拍自己的手，做出一副要走却欲言又止的样子，他靠近唐七的耳朵，唐七下意识地捂着自己的耳朵，他对她耳朵说了一句话——我中意你——唐七没听懂。

老许接连几天都去帮唐七拎一篮子衣服。他抱着守株待兔之心在小河边等唐七。有时她衣服少，并不需要他来帮忙拎，老许还是上前搭讪，这次用江西话。她不知去哪里摘了几个金樱子，唐七说，金樱子一定要在地下磨掉这些刺，金樱子是一种中药，很甜。她教他用脚在地上磨掉表皮的刺，扒开里面的籽，给他吃。

唐七的感情很快从朦胧的同情发展为公开的爱恋。有一天她说，到我家吃口饭。老许说，我只喝口水。在你父母面前，我再饿都不能说饿。唐七问，这是为什么，是爱面子吗？老许说，不是，是尊严。唐七听到"尊严"两个字，心里佩服极了，她感觉自己所遇到的是一个以前从没有见过的人，在他们村里没人这样和她说话。她喜欢听他这样讲话。她看着他的胸口，不敢往下滑，他有很好看的面部轮廓。老许自嘲说，我就算是穷途末路的乞丐也有尊严，我还有挨饿的天分呢。他用"算是"以退为进，调侃着挽回自己的面子。

　　自从见到年轻的老许，唐七接下来几天寝食难安。老许饭也吃不下，唐七饭也吃不下。老许天天来河边，他的目光就再也不想离开唐七。接下去几天，他比洗衣的姑娘们更早到达河边，坐在石头台阶上扮河神。其他几个女子一下子认出了他，像约好一样，一哄而起跑到对面河边去洗，只留下唐七。

　　他接二连三为自己提篮子以后，唐七问他，你是不是喜欢某个人呀？老许说，我不确定你的想法，我不是喜欢，是万分喜欢。唐七说，我现在还不能和你谈恋爱，你不是我们省的人，更不是我们都昌县的人。老许说，那没事，我有的是时间，等你就行，你哪天想谈了就找我。你不想谈的话，那我就在这边等着。我会一直等。再过了几天，老许说，我不想谈恋爱，我只想赶紧结婚。唐七听了这话心里甜滋滋的。他的脸庞明亮夺目，头发闪着耀眼的光泽。唐七坚信他有志气，和他一起，生活可以被他创造得非常美好。

　　他们两个不厌其烦地说这几句话，像在回味青橄榄。唐七满眼都是老许活泼、逗趣、体贴的样子。她现在看村里周边的男青年都显得沉闷、了无生气，不值得瞧第二眼，她再也听不进村里男青年廉价的赞美。

　　看着老许天天跑去河边守株待兔，不演猴戏，不开荒，我提醒他说，这样下去我们要喝西北风，还将要喝东流水啊。老许嘟嘟囔囔地说，过几天再说。

　　他俩几天不见就会神不守舍。美中不足的是唐七的父母不像她一样欣赏老许。

　　唐七鼓起勇气跟父母说自己想跟老许。她说，他这个人很完美，比我周围的人都英俊，村里的男子相比之下黯然失色，了无情趣。女儿开口后，父亲一口否决，毫不隐瞒自己完全不看好这个外乡人的鄙视。他大声说，我怀疑他不过就是一个流浪汉。唐七说，现在是穷一些，但他比来提亲的其他人都要聪明。父亲反驳说，他聪明，聪明的人把你卖了，你都不知道，聪明的人卖了你，你还帮他数钱呢。唐七生气说，我就要跟着他。唐七没头没脑地又说了一句，我不管那么多。父亲叹气说，跟这样的人，到时吃亏的是你，那时就晚了，长痛不如短痛……老唐不许老许走进自家院子。

　　又一天，老许一起来就上洗衣的小河边等着，在石头上坐着等。不料一群洗衣姑娘一个也没到，左等右等，唐七还是没有到。

　　老许不死心，四处走了一圈才知道，原来这一阵子，他们那个村庄的人要去和邻村的人械斗。

　　他们村一直和邻县的另外一个村处于敌对状态。两个村像两个古老的国家用武力解决敌意，两村之间几百年来都不通婚。每个村都有一个隐形的组织，没修水库之前，灌溉水源不足，池塘水堰蓄水有限，伏天抗旱就像打仗一样。翻车车水，港沟打坝截流、分水，不分昼夜。也有农田离水源较远的，邻村也有偷懒闲汉，半夜去挖上坝放水，或偷放别家农田里的水。到了天亮，村人追查起来，扯天骂地，两边村民绝不会放过任何一个冲突机会对打。为了水田的沟渠，为了争水源，他们互相藐视、敌视。大家互不买账，遇到就大打出手。一般是小摩擦，可能某个人被打得鼻青脸肿，这边村人不服，然后陈年旧账一起算，于是开打，每几年就要大打一次。有的"战士"刚生了孩子，当头一棒，一命呜呼，村里也有管到底的习惯，有点像古代打仗时对待烈士的待遇。

这次"战事"吃紧，老唐他们村处于弱势一方，兵源不足，唐七父母都要上"战场"。留着唐七要在家里做饭，洗衣服也在家里。

老许并没有退缩。他勇敢地来到女孩唐七的家。他说，你爸爸说我是什么？唐七还没开口，老许先笑着说，他肯定是说我癞蛤蟆。老许笑着说，不想吃天鹅肉的癞蛤蟆，不是好的癞蛤蟆，你让我去见见你父亲。

老唐心里窝着一股火，他开门见山冲他喊，你是来提亲吗？老许本来不是，但见老唐这样问，也只好点点头。

你拿什么来提亲？老许说，我有一只猴子。老唐说，猴子有啥用？老许说，猴子用得好的话可当两个人力，就是两头牛。猴子做家务时我可以去砍柴，我还可以去烧窑。

老唐用鼻子哼了一声说，你想得太好，瓷器活很难做，在我们这里，烧木炭也很辛苦，需要在山里过夜的，时刻都得盯着炭坑，一旦露火，就会烧成灰，而不是烧成木炭了。

　　老许又补了一句，我会画画，瓷器上的山水我自己来画。老唐更加不屑了，他说，谈何容易，那是画工的事。

　　老许还在说，我以前也是收谷子的。那时我一个人种三亩田，几乎一天都闲不着，我经常正月初一都还上山砍柴。

　　他被认定穷，不折不扣的穷。父母对女儿唐七想和一个外地人结婚的想法全然不同意，他断定他有朝一日会祸害、殃及他们，她父亲把眉毛皱成两根狠狠的钉子，话也像铁一样硬：村里人像躲瘟疫一样的躲外人，如果我们同意你跟了他，选外地外省男人，他哪天说走就走了，上了什么地方你都找不到，把你一个人留在这里，在村里我们怎么做人？他为什么从广东来到江西，说不定他是逃避债务来的，这个猴子班头流浪汉。

　　女儿抿着嘴不吭声。见女儿眼睛里有一种内在的坚决，她母亲在叹息，不知道是同意还是同情。

　　老许知道唐七父母这天准备去和邻村械斗，在村子的人心里，参与械斗是神圣、重大的事。这里山林茂密，他们用的武器基本是以竹子为主的，双方都在增加人数，打得很激烈。

　　老许看过他们准备的武器，他心里有数。他出生长大都在山沟，流浪让他见识很多，他以为要在武器上动脑筋。

　　天色已晚，老唐做出送客的姿态。老许又说要看看老唐的武器，语气很坚定。老唐说没空，老许说多给我半小时，我能让你们赢过敌人的村子。老唐没吭声，心想他在耍花招，想骗我给他我女儿，门都没有。老唐说，有什么你说，搞什么鬼名堂。老许说，我会制作锋利武器。老唐哈哈一笑说，长江没盖盖子，吹牛不犯法，你来。老许上前把几根竹子剖开，叫他们把尿桶的尿拎出来。他说，把牛尿和猪尿全倒在一起，马尿和人尿都要。老唐说。你这是什么花花肠子？不要兜圈，你到底要出什么主意？老许说，我要让你们有剑一样的东西。他把头部削好的尖锐的竹剑对准桶一把拢好并浸泡进去。

第二天，神奇的事出现了，老许把一根根竹剑从尿桶里拿出来，这些竹剑比锋利的刀剑还要坚硬。他取出一根，用力插进土里，没想到整根剑有一半都被刺进了硬土里。唐七尖叫起来。

第三天，这次械斗中，邻村参加械斗的人一个个被剑插入胸膛，被老唐等人打得哭爹喊娘。

几天后，他"发明"的独具特色的、硬质的、像剑一般锋利的竹剑在村里秘密推广。

他们村长期保存着失败的纪录。老许的到来使情况为之一变，他们在这次中型规模的械斗中取得胜利。

唐七父母惊愕之余，心情也变得复杂。他们对小唐七的努力劝说力度减弱。老许在他家得以站稳了脚跟。

老唐虽然不是那么乐意，也承认这家伙多少有点本事。一句话，他过关了，唐七父母允许他来家里坐坐。

就算他在这次械斗中有功劳，他们还是没同意让女儿嫁给他。老唐说，还需要时间来考验他。唐七的父母依旧用极不愉快的方式考验他。上山砍柴，下地种菜，下河摸鱼。老许目光炯炯地做着这些力气活，有时他还用智商对某种方式进行改造。

什么都没可能改变他们在一起生活的心意。老许一直对唐七打气说，你可以放心地信赖我，是你和我过得久，还是你父母和你更久啊。唐七觉得老许说的道理很高级，她也是这想法，但说不出这么通透的话。老许鼓励说，你跟我过，不是跟村里其他人过，好不好你才知道，其他人最多是瞎猜。唐七似懂非懂，但她接受这些话，就是喜欢他，非要跟他不可。

馒头是促成他俩婚姻最大的推手。

某个时期，林深港来了一伙吃国家粮、有工资拿的地质勘探队。他们的钻机需要有人抬钻杆，当地老表很穷，除了羡慕地质队人有个铁饭碗，有固定工资，有个军铁帽，然后就是馒头威力最大。天天有馒头吃的生活就是天堂，乡民们为了得到这份抬杠杆的工作，他们用各种办法争取得到这份美差事，村民讨好地质队的人，薄弱一点的就送上好吃的，一点年猪的肉，还有他们做的苦槠饼。有些女人就献出身体来换取馒头，据说地质队员用四个馒头可以睡上一个女人。食堂大师傅近水楼台，出手大方，他们往往用两个到四个馒头就可以睡到女老表，五个的话更是可以睡如花似玉的大姑娘。她们的丈夫在背后支持着，只要拿回来馒头，家里的三个孩子都笑起来，何乐而不为呢？本地妇女争先恐后做对丈夫正确有利的事，可不是吗，这群地质勘探员和野人一样，居无定所，人走了无影无踪。做无影无踪的事，你当有就有，你当无就无。

　　地质勘探队食堂的刘一松和熊老六为食堂馒头数量锐减指责对方，最后打起来了，大刘年轻些，用锅铲把大熊鼻子削下一块。他们互相告发说是对方多给馒头，多到用六个馒头睡一个女人，丧尽天良，坏了规矩，明明可以用两个馒头……

　　在这时，一份招机台搬钻杆临时工人的告示吸引了老表们，尤其让村里的女人们心动不已。唐七想通过劳动挣到馒头这种福利，吃干净的馒头，老许说，我有办法让你得到这份扛钻杆的工作。唐七一家都笑他痴人说梦，你又不是齐天大圣孙悟空。老许坚定地说，过几天你看。唐七还是把这话当一个笑话来看。大家也不信有好事情能轮到瘦弱的唐七身上。

　　几天后，被当地人视为"孙悟空"的勘探人员真的给唐七来了通知，让她去抬钻杆。说每天能补贴四个馒头和一块钱。

　　喜从天降啊，唐七父母第一次对这个只会带猴子演把戏的老许展开笑容，老唐拍了一下他肩膀表示，你小子还是有一点本事的。这天他们家还做了米粉肉。这是一年中第一次加餐。

　　老许趁机对老唐说，我要照顾唐七一生一世。不知怎么的，老唐听了这种话，总感觉哪里不对。那天他们结婚，父亲对女儿说，人是你自己找的，我们没办法，你好好过吧。他们得以冲破重重阻碍，结合在一起。

　　村里人对此的看法是矛盾的。村里女人也不喜欢她的莫名的独特优越感。她们问唐七，听说广东男人天天都要洗澡，还叫作冲凉。你胆子这么小，将来怕不怕他不要你？她从不回答，偶尔微笑一下。更多时候，她扭头走开。她扭动时带动着苗条的腰身，谁看了都会觉得这是被打理得很好的腰身，这般腰肢细软，多一点肉都没有，腰形像下弦月，又华润又美。

　　的确像他们所说的，老许天天都要洗澡，就是冲凉，的确是冲凉，他不用热水。女伴们又问，你天天做汤他吃吧。她听出了她们话里面的讽刺，也有引蛇出洞的谈话意图。尤其是诡计多端的四十多岁的女人，她们阴阳怪气地说，小心哦，广东男人可是不显老，到时候你可吃不消啊。她们说得一本正经。有时候唐七也会跑去问老许。老许总是说，不用理会，你还能捂上她们的嘴吗？唐七很以为然，想想也是，嘴巴长在他人嘴上，谁人背后不说人。

　　远方溪水潺潺，岩石缝隙中流淌，无名的鸟鸣声清脆悦耳，又在浓密的层林过滤下成为寂静之声。黑色高大的树，聚集在一起。空间有一种垂直感的坚定。

　　唐七一脸迷蒙。她哆嗦着，在竭力压制内心的焦躁。走这样的路，对人类来说是危险的。树和飞禽是这里的主人，唐七是过客。

　　唐七找我做伴，可能需要向导，我天然熟悉森林。我逐渐意识到这里更接近我母体纯粹的森林世界，也许我在出生前就和我父母在森林湖泊里生活。

　　树林阻塞只对于人类有效，我们猴子天然会采野果子，行走山林，我易如反掌，快速地在树丛中飞奔，脚步在枯叶、乱叶覆盖成毛毯的腐烂清香中发出摩擦声。我无须穿戴，习惯在丛林里巡游的生活；走进树林或隐没在树丛里，我如鱼得水。林间落下光，旁边的湿土上还留有一个巨大的模糊印记，有动物爪的痕迹，偶尔看到燕雀喂养它们的孩子，老鼠寻找着自己的宫殿的地洞。

　　我用大胆的速度，嗖地穿过青苔的路面，路上时常有干粪，沾满露水的青叶，弥漫腐烂又新鲜的树木气息，邀请风和它们一起，在森林地面建造河流，我有时捡起几株干枯的柴棍，褐色叶片，我呼吸空气里密密麻麻的养分，人类叫作负离子。闻到野草、树木、山泉无名的芬芳阵阵袭来。我啥都看得见，透明的空气，清脆透明的叶子，蜻蜓穿着薄薄的背心尽收眼底。医院为什么不让我当X光机！

　　我承认猿猴的家园给我本真的快乐，我在寂静中的喧哗声里大喊，我没有疲倦感，反而兴奋地在山里纵横。唐七走走停停，她的心我有些不懂。为了等她，我躺在某棵树上，看阳光从高空直射深处的闲暇。泥泞的模糊的山路蜿蜒向前，我踩着烈焰的泥，在零星散布叶子的草丛打滚。

唐七抓起我的耳朵，叹了一口气说，快到了。快到就好了，没等我回答，她又说出一句，怎么会那样，将怎么办才好……大块叶子遮着她的一半脸，她成了阴阳脸，有点滑稽。她轻声叹息，她说话很是低声细语，林子的寂静之声压不过她的清晰哀叹。

后来，她再不出声，她慢慢穿过那片厚厚的林子，她在过滤某种情绪。她的情绪，如同滚入大河的落日，越来越冷、越来越缥缈。

时间在流逝，在绿森森的地方走久了，另外一个人只会叹气，显得阴气加重，比一派灰色的死气好不到哪里去。寂静慢慢凝结成冰块，我屏着气呼吸。

人某些时候真不如我们猴类。一进入森林，我们就获得安慰，人类总想要共患难，总想要同呼吸，当他们的房屋遍布裂缝，他们还以为希望在前头，眼睛总在暗中找寻发亮之所。

她不搭我也不碰我，她牙咬得紧紧地，步履艰辛、苍老疲惫。我看见我用了他们说的慈悲的眼光在她身上掠过。

也许吧，她胸中装满坏心绪，我感觉她试图握住某种光，要去穿越到山那边，有点像地平线在试图穿越那座山。

4

唐七表情让我想到有什么事已经发生？

我们猴子不但有第六感，还能够通灵，和人类有连通器。猴觉告诉我，唐七的郁闷和那次月光够亮可能有关系。

我晚上有个习惯，在人类的鼾声响起之前，我会行使保卫的任务，巡视四周。

那次我是从后院门走进去的。

老许疏忽了我与他的不同，我不用穿鞋，我将软乎乎、毛茸茸的双手抱在胸口，蹑手蹑脚地溜进院子后面，而老许对我的行踪毫无感觉。突然我见他打开很少开的柴门，木门发出沉闷的吱呀声。

这一天月光巨大，我听到柴火棚有一阵窸窸窣窣的响声。在幻影中现出了老许瘦高又有一点机灵的身子，像一只猫。

家里有外人降临了，地点在后院柴火堆。见证人，除了我，我不确定唐七看没看见。我知道每天洗完脸，梳理头发以后，许妻唐七习惯站在窗前看月光，今晚，但愿只有我一只猴子在晒月光。我不希望她看见和我眼中一样的景象。

他们家坐落在一个郁闷的背阴地方，此时是初夏。蝉鸣声伴随一阵又一阵热气，有些闷人。老许穿好鞋将鞋带系得牢牢的，好让自己的脚走起路来着实有力，这时一个女子走了进去。当时，沉稳的柴垛是栖息的好场所。最上面的衣服是老许的，下面是草堆，他和草堆之间有一件女人衣服露出来，这件花衣服，我从没见穿在唐七身上，有呼吸声和呻吟声，这女人的声音，我不熟悉。在唐七和老许的屋子，这种声音常常听见。这女人声音有一种松树的气息，当月亮升起，月光透过高高的树干间，跌落到地上萌萌的影子。老许像一只蜜蜂，飞在密密的花丛中。两人嘴巴张着，老许和她两人都在倾斜搂抱着发出沉闷又模糊的欢声，也像喝醉了一般，发出低沉的透气声。

他和她甜蜜相拥，融为一体。我一时被镇住，盯着荆棘丛中的两个剪影——好像山和山林，看得我的牙齿打起寒战来，那女子的轮廓虽然不十分清楚，但能看出五官匀称，是哪家姑娘或者是哪家的媳妇？我的思路转到我所见过的村里的人，我记不起来这是哪个女子。

作为兽类，我当时只有轻叹。老许啊，老许，这是什么形象？你简直是从我的猴胸口踩过。唐七那么静、那么美，你还搞这人猴共诛之的事情。

老许，老许，你这是搞的哪一出？把我的猴心弄乱，唐七又美又贤惠，我说出来对不起老许，我不说，心里又愧对温柔的唐七。我跟老许紧密相连。我和唐七因为养育关系得以甜蜜相连。

我自己已经将他们视同家人，血浓于水。我选择了形式上同谋、内心里反戈的平衡法，既没点破老许，也没告诉唐七。但愿唐七对此一无所知。我往窗户看了一眼，我似乎看见唐七瑟瑟发抖，像风里的植物。

我能做的只有尽量不去多想那一幕，我告诉自己说，唐七应该没看到异常。关于柴火堆和女人，猴子我和唐七第二天都没说什么。

现在，我恍然大悟，我确定，很不幸，唐七当时和我看见了同一景象。想到月光下那一幕，我几乎有四分之三的把握，那次月光下的世界使那位充满活力的美人唐七变成了另外一个人。

白天，唐七的一如往常，但到晚上情况就变糟了，她眼里展现悲伤中的悲伤神情，她的喉咙好像被谁偷走，她的眼睛凹陷出一个低洼地带，她把头发垂下来盖住眼睛。

猴子我打算和她站在一边。我当时想，如果能确认月光构成的残酷景象，是这破烂事使得唐七不开心，我再遇到这种事情，绝不错过咬那个女人一口的机会。我暗下决心报答唐七长期接纳老许和我、把我视为家里一成员的恩情。我是一只有道德洁癖、且不允许自己有道德瑕疵的猴子。

如果下次柴火堆再出现那个让唐七流眼泪的女人，猴子我准会上前抓破她的脸。

奇怪的是，那女人再也没出现。我等了几天，那女人真的没出现，始终没再出现，到后来，我觉得整件事情不像真的。

那月光下什么事也没发生。

唐七躺在老许身边咕哝了一声，仿佛在做梦，又像是在哭泣，她的幻觉支离破碎，追着她，从她心头踩过。她睡不着，她听到老许响起的鼾声，她不敢问。但她不可能再睡下去，她用几乎听不见的声音悲叹说，到底还是我父亲说对了，他到哪天就变了心，要跟别人，就等着找机会说不要我……

她生病了，悲伤担忧啃噬着唐七，她消瘦，人细小了不止一圈。我想对她微笑，可我们猴子笑起来五官像拧成一股天津大麻花，弄巧成拙的笑容吓倒了她，她说，猴子滚开，不要成天扮鬼脸。

我变得更加乖巧，她对我的态度不似往日，仿佛我和老许有合谋，我要对来自于老许的某些事负责，且脱不了其中的干系。老许是瘦高的男人，不笑时是有些阴冷的表情的，他在床上却有着和柔弱长相相反的表情和力气。其实那几天，老许像有事情要跟唐七讲，好几次老许想说点什么，刚开口说，七妹，你来听我说……但每次，唐七都借故离开，后来唐七干脆说邻村有人欠自家几担米和钱，叫他去催要。

唐七守着秘密，丈夫一天天在外去进货、收租。乌云压在老许老婆唐七脸上。但她始终不说什么，小心维持着虚幻的平静。

唐七日益消瘦，她无法找村人讲，来张家岭的前一晚，在丈夫睡着后，她躺在丈夫的臂膀上哭，静静的眼泪，被打鼾的丈夫当作梦里的微风细雨。

猴子曰：人的智商堪忧，尤其是苦痛中的女人。我又不好用大棒吆喝，我的猴式建议，用那天的月光埋葬不堪的那一幕，扫地一样，用大力气在大范围进行清洁，汲取我们猴子多到溢出的勇气。

5

美啊！小晏。

小晏的漂亮如清水芙蓉，不会咄咄逼人，是让大部分人可以先亲近起来的雅致美好。

她五官的每一个器官，像五个跑步者并列第一，美得出奇，又宛若天成。

小晏从广东来江西探亲，地质勘探队流动性大，没有稳定的居住点，分散租住在农民家，她在地质勘探队的都昌林深港矿区点一个小村庄程南泊住，初次过北方生活，艰苦又奇怪，她好像来到另一个世界，她住的房间就像小土地庙，房东家厨房灶后隔开斗大的位子，放个床铺后还不到一米空余就出门口了（床铺仅两块木板）。房子四面以外墙为地基，就用青砖砌起来的，里面所有房间全用木板当墙隔开，房间也有地板，因地面是人工打紧的泥土（泥巴地），会潮湿，建房时就需要升高地面，再制作木地板。

房东三餐饭烧的柴都是半湿不干的树叶，前面门外吹进的风，烧柴黑烟全灌进后面小晏家，每天乌云压顶，她真想哭，一方水土养一方人，习俗、生活、环境一时难以习惯，要买点青菜、鸡蛋都得挨家挨户去问，像讨饭似的；天冷，当地农民的生活也很苦、很穷，真是靠山吃山，满山遍野都是树，她想回家又没钱，欲哭无泪！洗衣服就得用老表的木棒砸破冰面，手冻得又红又痛，吃的干饭，辣椒加干菜，以咸菜为主——地里的菜都冻烂了，取暖只能把烧柴火的炭渣铲出来烤火。

不久，地质勘探队员工作分编，小晏丈夫小赵一人被分到大港机台搞编录，小晏作为家属随行。林深港这地方是深山老林，门口就是山，地多，种红薯、南瓜、荞麦、辣椒、荞头、芥菜，蔬菜都少，（白菜、菠菜）山地不好种，闲时妇女会上山采苦珠（野树种子）回来加工做粉条，冷天可当饭可当菜。房东有几个孩子，大女儿十多岁没上学，整天放牛。那时家家都穷，都没钱，有钱也买不到东西，没市场，只有供销社之类，周围就一个店。

农民都很朴实、善良、热情，在林深港，农村小孩都喜欢带着小晏的孩子贝贝，经常把自家农产品野板栗、炒薯片、炒豆等给她装在口袋里。

他们那家房东大女儿去放牛时，把小晏的孩子贝贝带着去玩，她抱贝贝坐牛背上，扶着她，怕她坐不稳。初生牛犊不怕虎，贝贝很开心，小晏却害怕看牛的眼睛，那么大，牛瞪着大大的眼睛，又长又黑又密的睫毛眨巴眨巴的。

林深港只是个地名，其实是鄱阳湖的一条小支流，宽不过十米，深却过数尺。附近都是大山，农村房子建地都属丘陵地带，每次下雨山洪特大，不远处有一大水库，水库下来有一很宽又很长的河流，河底都是大大小小的石卵子，不下雨时水清澈见底，往常的日子，水牛在港沟里吃草，在水潭里打滚戏水。

河面上架的独木桥，不到一米宽，没有栏杆。没有山洪时水就不深。冬天山风很大，水结成冰，水池面的冰有四五十厘米厚！暴雨来时上游的水库排洪，水量太大，流出的水往下游冲过来，小河水位暴涨，冲垮两岸的农田也淹没两岸的农田，甚至房屋直接奔入鄱阳湖。山洪暴发的时候，浑黄的激流滚滚而下；山洪过后，那条流入水库的河，因为水面很宽，急流汹涌。夏天有的年份也发洪水，谷物半熟，一旦倒伏，就会减收减产，农民最是头疼。每年洪水都要吞噬几个孩子。

没修水库之前，四五月份一下大雨，洪水汹涌，一垄的好禾苗浸泡在水里。天晴了，水退了，禾苗又爬了起来，飒飒地向上生长。

有一次，正值星期天，小晏的女儿贝贝跟父亲去商店，路上经过这条小木桥，小赵走在前面，小孩走他后面，各顾各地走着。天气冷，贝贝穿的是老表裁缝做的长棉衣，估计贝贝是将急流看成了桥，一脚踩空就掉水里去了，她的大长棉衣没扣紧，就像两翅膀打开漂于水面，小赵听到扑通一声，顿时感到不对，转过头看，贝贝已经被急流冲走十几米远，这下要命，他连登山鞋都来不及脱，就跳水里去拖小孩。孩子的棉袄灌满了水，冷得小嘴唇变黑，又没有多余衣物可穿，小晏只好将她包在棉被里，勘探队机台老机长找来木炭生火烤干衣服。

6

当年，江西都昌有海带，这在广东人小晏看来很新奇。海带是草样，散作一大堆放地上，随手抓来打秤，买几斤就装一篮子（那时店铺里卖东西没有备袋装物品，客人买任何东西，得自己备布袋或者竹篮），浸泡涨开，网住晾晒，柔软滑腻的海带，晒起来像一件一件的黑色布条子，留着慢慢吃。

快到过年，村里人家家户户都到店里买海带，小晏小时候虽然住汕头市，但她没听过、见过这玩意儿，连海带的名字都不知道，她看到外面竹竿上都晒着这非布料的东西，很纳闷，她心想，到底做啥用？是药吗？什么时候需要的？这草不是草，布非布，能吃？怎么吃？

　　这一天她扑到床沿边，对正坐在那儿想洗脚的小赵连珠炮似的说，你知道今天我看到什么了吗？你知道这是什么？她把一个篮子举起来。小赵说，这不就是海带吗。小晏说，啊，这里人这东西也吃啊？小赵漫不经心地说，哦，海带，用来炖猪肉的。小晏说，那你怎么没告诉我。小赵很奇怪说，你问了吗，我怎么知道你不了解海带。小晏很不快，语气有点急地说，如果你能关心我，早就介绍了。小赵不以为意地说，这边和老家不同的东西多着呢，海带是海里的，你住在沿海没见过海带，还怪谁？天下还有免费的东西，那山上还有呢，在这里啊，就是免费捡柴火也没人管呢。

　　他说话时嘴里塞满了馒头。小晏一看，就想指出他这个恶习，但她知道无论怎么讲，他都将她的话总当作耳边风，听多了，还会说她啰唆。

　　一时间，看着周边荒凉，山沟沟依无所依，小晏心里一阵悲伤。这生活真没法过，她喊起来说，你说话时，嘴里不要老塞着东西。果然小赵听了脸就黑了，虽没说"啰唆"，但嘴巴闭紧不再说话，耷拉着头想了一下，脚也不洗，一声不吭拉开门出去了。

　　第二天是大寒，小晏早起生火炉子，双手麻木，生痛感像水滴还沾着手。她嘴角冒着白沫，给自己倒了一碗开水喝。她发愁地看着上下飞动的鸟群，还有艰难爬升的太阳，这生活真让她发愁哦，大卡车隔三岔五要搬着单位四处跑动，她从潮汕来做小赵的妻子，他就带女儿出去一次，还差点将孩子淹死。有时想起真的苦，小晏忍不住说了一句，是欠他的债，来修行了。

想着牛的大眼睛，她依然很害怕，今天，她不想房东女儿带贝贝骑牛，她有些怕，万一牛飞跑起来，后果不堪设想。她想将孩子带到山上玩，想起丈夫那句话，免费的东西，山上有的是，她想去捡一捡，也想去散散心。她抱起女儿说，我们去山上去捡柴，随便砍都没人管，不犯法，我们只是捡点干柴。

山上柴火，可以随便捡。她还是很开心。她先抱着孩子，用几个茅草垫在地上，让孩子独自在那里躺着。她仔细观察了一番，前面有一块很大的腐烂的木头，枝丫已经晒干，这种柴火烧起来火力最猛。这里只有几重茅草遮拦。她用心捡着柴火，很少抬起头来。不知道过了多久，某处传来一点动静，她突然意识到什么不对，往山下一看，一只山猪一摇一摆朝着山顶走来，小晏吓得惊叫起来，她发出一声恐怖的尖叫声，闭上了眼睛。好像被惊醒一样，那头山猪直接往上走，目测离她们五百米左右，她双脚瑟瑟发抖，捡好的柴火也不要了，赶紧回头，往刚才放孩子的地方看了一下，四周的空气瞬间凝固：孩子不见了。她脚都软了下来，魂也飞了！前面！一个低着头往前面跑的一个男人身影，抱着她的孩子，全速奔跑。她追上去大声喊，出了事啦！他们同时都像仇人一样扑向对方，像被敌人追赶一样，更加快速度往前跑，他紧紧地抱住她女儿不放手。她好像看到他露出凶神恶煞的眼睛。她跟跟跄跄地跑，一边跑一边大喊……救命救人啊……抢人了……

　　她的嗓子在发抖，声音像草包的豆子在嗓子眼里一粒一粒地抖出来，没有一个完整的句子，她感觉完了，怎么办？坏人抢人啊！小晏已经可以听见山猪的喘气声，她朝坏人走近，想抢过他手中的孩子。那个人头都不回，他用手挥一挥示意她继续跟着他。

　　她突然倒在地上，那人这时竟然直接将她翻倒在地，然后对准她的屁股用力一踢，将她像货物一样往山下一推，老许大声喊，快抱着头，往山下滚。人开始滚动，她像一个水桶一样滚了起来，不知过了多长时间，她以为自己昏了过去，浑身哆嗦。

　　那人抱着孩子，往山下狂跑起来。

　　这时，那人将她拉起来，贝贝叫着妈妈。

　　贝贝完好无损，小晏才知道如果……那么……后果太可怕。她还没从惊吓中恢复过来。

　　老许大喊，你怎么这么傻，如果不是我来得及时，你们全没了。快点检查一下身上有没有问题吧。

　　老许像看傻瓜一样看小晏，小晏像看疯子一样看老许。

　　老许说，谁都知道大港有野猪出没，你看过谁带孩子到山上来，还放在一边！小晏才知道人家是救了她们的恩人。

　　老许说，野猪是群居动物，有时，一两头大野猪带着两三头甚至七八头小野猪半夜跑到山脚下的旱地或水田里寻找食物。

　　小晏普通话不好，只是静静地听。老许嘴巴上下飞奔，他走过来塞给她一个菜团子，说这是粘米做的。

老许说，当然啦，做妈妈的人，没有担心会出什么事，自然会做出这样大条的事。

这时小晏用广东话问他，你是广东人吗？你的尾音可以听出来。

遇上老乡，这让老许很兴奋，话越发多了起来，他说，如果能捕到一头大野猪，那是村里隆重的丰收！行走在山路林间，獐子兔鹿蛇猴也时能见到。豪猪毛是山里女人梳头分路用具，改天我让我爱人送你一只。

这次虚惊一场，让老许得到两个老乡。原来，她没担心过的事，在他人眼里是危险。在危险迫在眉睫的时候，老许因为扛着一捆柴火刚好从那里经过。勇敢的他挺身而出，这千载难逢属于缘分的事情确实不多。

小赵听到害怕地说，除了山猪吃人，还有狼、老虎都会几口吃掉一个人，你们两个不够塞牙缝。

唐七成为勘探队的"灵活就业人员"的第一天就认识了小晏，她的录取还得益于小赵在机台搞编录工作，为了招收唐七，小赵还请机台机长吃了一顿狗肉。

两位好看女人本互相没有不服，一下子成为走进彼此内心的朋友。第二天，唐七带来麦芽糖给小晏和贝贝吃，当地人一般在半夜制作麦芽糖，乳白色的麦芽糖，胶着的状态放在白瓷碗里，在凛冽的清晨出现，像节日一样耀眼。贝贝记了几十年。

　　唐七现在攀上了地质队员的家属，成为小晏无话不说的好姐妹朋友，她自己感觉到一种高攀，一种被重视的优越感，她珍视这种友谊。逐渐地她教会小晏做农家菜，让她融入当地的生活。

　　唐七感到小晏是最能理解自己的人，理解她高级细腻的情感，唐七采山茶籽，榨山茶油给小晏抹头发，还教她用蓝布制作头饰。小晏给她带潮州的钩针、绣花、工夫茶、煤油炉子，在唐七看来这些物品都是奇迹。

　　她们互相到对方的家里拜访，一个月至少四五次一起吃饭，吃松子、吃莴笋……十分标致的两个女人一起串门、买东西，猪肉、鸡蛋都是紧缺品。

　　小晏从小怕黑，她怕延伸的黑色通道，望不到边的某种影子声响。小晏怕黑，唐七便来陪伴睡觉。

　　她们亲如姊妹，唐七对小晏的关照，有一部分因为她是丈夫老家那边的人，她也喜爱小晏简洁灵动的气息，她问：你做了几次米酒，甜味够不够？

　　她们去山里面转悠，往袋里放玉米，路上吃。唐七帮小晏做米酒、皮蛋。她告诉小晏，甜米酒，甜米酒，酒曲子不能放多；做皮蛋的时候手烧着了，指甲都会向反边翘过来。

　　小晏当时学唱歌、练嗓子，她从广东带来几本歌曲簿是稀奇物。小晏带着唐七唱歌。

　　唐七带小晏到熟知的、没有危险的小山找野果子吃。小山上都有楮树，上面的果实叫苦楮栗，有坚硬的外表，将硬皮剥开捣碎，用石磨磨成核仁粉，然后用纱布过滤成淀粉，就叫苦楮粉，苦楮粉和米粉制作出豆辑。苦楮树叶比樟树叶要厚，叶子像锯齿状，是常绿阔叶林，秋天时才会结苦楮栗。她们捡着些苦楮栗丢去火里烤，烤到硬皮爆裂时，一阵带着清苦的类似梅花的香气，在山村的雪地弥漫开来。

她们开心啊！为了取乐也为了取暖，在阳光和雪地里，一路推推搡搡，雪地里发出嘎吱嘎吱的声音，并留下一串串弯弯曲曲的脚印。

小晏初来江西时，和小赵的日子过得还算正常，他常打趣她念戛然而止念不准音调，中国念成肿国。但现在，按我们猴类说法，话不投机就投石头。

洪水结束后，他们一直以来单纯的甜蜜生活发生一点变化，他们的幸福再也不像原来那样完美。如今更多时间，小晏一看见他做事就心生烦恼，怨气很多。为了小孩差点被洪水冲走，小晏深感后怕，也生出对丈夫的不满，一想起就来几句数落丈夫粗心的抱怨。小赵不服说，我怎么会知道你要去那里。

每隔一段时间，小晏便会就这个问题和他拌嘴。小赵也从不服气，既不认错也不安慰，还抛出话来堵，你一句过来我一句挡过去，无休无止，属于鸡同鸭讲的性质，最后总归于鸡和蛋的纠结。

小赵说，贝贝卷到洪水里，那我不是救起来了吗？小晏顶过去说，你差点将女儿淹死，你还在说这样的风凉话。

小赵继续说，贝贝被你带山上，差点被山猪叼走，你还好意思说。如果不是老许相助，你和小孩都不够山猪塞牙缝。

小晏本来就痛恨他不懂关心人，她怨气更大地说，这些注意事项你早就应该说，而不是胡说一些，山下有海带，山上有山珍，宝贝可以捡，连柴火都要自己去捡，我算倒了八辈子霉，被你骗到这样的山旮旯里……每次她都以哭来结束他们的争吵。生活如此艰难，又没有钱可以买票回广东，只好开荒。

这样的时候，小晏往往去找唐七诉苦，诉苦之余，就学习制作江西土特产。就在这一过程，小晏学会了制作霉豆腐、酒糟、红薯干。

唐七对她丈夫的小老乡特别喜爱，除了乖顺，这个小老乡还很能理解她的情绪，会欣赏她，将她视为知己。

有一次小晏说，你和她们不同。她悄声说，我刚来这里最不习惯的是什么？你猜猜。

是下雪太冷？

不是不是，我会生炉子，这很好解决。

是吃不惯辣椒？

不是不是，辣椒我现在习惯了。

那是什么？

我最怕晚上出去。

小晏没说完，唐七笑了，是怕蛇吗？

不是，我是怕人。

怕什么人？唐七摸不着头脑。

怕女人。

啊，还是怕女人，哪一个，老的小的？

都怕，你们这里的人，不分年龄大小，夏天夜晚乘凉时，女人都把衣服解开，露着前胸，似乎已经司空见惯。你知道我为什么习惯和你在一起？除了老许的缘故，还有就是我发现只有你不这样做。

唐七此后更是顾影自怜，她和在地质勘探队工作的人沾亲带故，走在路上都会流露出高人一等的表情，且更加注重仪表。

勘探队流动性很大，没有多久他们就搬走了，去到坐车都要一个小时的村庄张家岭。

小晏是随队搬迁离开程南泊搬到了张家岭，离开那天，她端了满满的一盆油给唐七，说要给她讨个好意头。不愿分开的两人抱在一起，哭的声音好大好大。她们互相感受到对方的可爱，此生难得。

小晏搬走了，唐七的失落好大。

7

　　小晏的表情出乎预料。才几个月不曾见面，唐七已经意识到往日的亲密不见了。

　　唐七感到双眼发酸，牙齿发酸，她拿出带来的苦槠饼也发酸。小晏子捏住鼻子，唐七红了脸。

　　在比自己年龄小的女友面前，年长那方习惯把脆弱和担忧先隐藏起来，似乎表现自己的担忧，就是给另一方徒添麻烦。

　　小晏的心在另外的事情上，她像变了一个人。我总算听清楚了，她有一种很新的烦恼。

　　事情是这样的，本来他们一直努力的户口马上就能办好，却在前一天，他们被通知说一个莫名怀敌意的同事破坏他们转进户口。因突发这事情，小赵不服这口气，他赶往县里有关机构去争取。有经验的人教他们说，户口调查人员来的时候你们要装病，要强势一些，这次如果输了，很难再有机会转进户口了。

　　小晏此时心烦意乱，只希望能和唐七去往什么地方，只要能转移户口积压在喉咙的忧虑，哪里都可以。

　　小晏建议说，我们去买鸡蛋，现在买鸡蛋容易。总算和旧日连通起来，那时唐七陪着小晏一家一户去问"有没有鸡蛋卖"，小晏说起一个农场在附近，唐七说，好，那我们去。我们去转转，买到鸡蛋，再看看能不能买到猪肉。她还安慰小晏说，说不定我们买好了，小赵也带回了好消息。

唐七拿起扫把，和以前小晏住在程南泊一样帮她扫净房间，连外面也扫干净，直到一丝灰尘也不见时，她才停下来。她整理了小晏的小厨房，拿走了相纸、画框、笔筒等杂物，将被小赵弄得凌乱的瓶瓶罐罐重新归置好。唐七又把制作米酒、红薯饼等诀窍再次教给小晏，特别交代做酒糟的关键点是"放酒曲时，糯米要凉透，不能漏风"。她们正要去买鸡蛋时，唐七又想起来还没有教会小晏刮痧，又转了回去，她边刮边说，往外刮，力气要均匀，出痧就好。

她们沿着山脊走上去，到达顶部再下到最深的山沟学校，学校后面有一所小农机厂，是一家制造机械零件的小厂。

唐七一直难掩失望倦态。户口成了一个"不解之谜"，以前无拘无束的两个人拉着手时有点僵，都在惦记要不要把手收回来；也没说什么话。唐七原先想见面就抱住小晏，哭个痛快，再把那事说出来的想法，只好再等恰当的氛围。

在农机厂操场，她们发现有猪肉摊，很多人在等猪肉，要排队，要对卖肉的说好话，才能买到平价猪肉，不过这次，买到猪肉的暖意没能够融化积在小晏心头的冰块，她表现出有所顾虑的喜悦，唐七捕捉到小晏的脸色由阴转晴了点，似乎有笑意。

她像不经意地说，老许啊，他这个人……小晏回答说，许哥，好久不见许哥，好着呢吧？唐七又说，哦，许哥，他有点……

小晏说，许哥会来接你吗？小晏依旧被户口那件事压迫着，没有一句话是愿意等到答案就换了话题。

太阳下山了，她们将以前在一起时所做的事情，都一一做了一遍，再也想不出新的事情来做。

唐七开口说，老许变了。

我敏锐地捕捉到小晏至少今天是没有聊天的欲望，她甚至没听进去就说，变了，为什么，哦，变胖了吗？是你学会做汤了吧。户口搞好以后，我也要买些海带做汤。她心情低落，又想到户口没落实。

不是。唐七说。

小晏又说，你是煲了些什么汤？这话听起来言不由衷。

不是。唐七说，他……唐七几乎在挣扎，喃喃低语，不是……

唐七又张口说，老许……就在这时，小晏听见丈夫的脚步声，冲过去开门。小晏丈夫进来，一脸黑云笼罩。

小晏一看丈夫黑云密布的脸，用哭腔脱口而出，没希望了吗？

唐七有些尴尬，小赵说，没见上人。他不想多说，神情更像是有外人在不愿多说。

　　唐七开口说，我还是回去吧。小晏没有叫她留下。

　　唐七说，你陪我走几步，我告诉你一点事。此时车快到眼前了，小晏说，还有座位，还有座位，那就坐这一班车吧。小晏打开钱包迅速掏出钱，找司机买了一张车票。

　　唐七看着车，又回过头，小晏在车开动时，听见她细细的声音似有似无，老许，老许，外面，外面，外面有人了。小晏随口答，什么有人了？唐七说，老许在外面有人了。她的声音像针尖掉进凉了半天的米汤，悄无声息。

　　唐七一脚跨上车台阶，人还在说，老许，老许外面有人了……车开了，她一只手抓住了门把，手肘好像挤着门，有点想让车慢一点开的意思。

　　小晏大声说，还是回去吧，下次再找时间说话。这句话被车子带走了。唐七看着小晏像要哭出来的样子，小晏以为她这是离开的伤感，直点头。

　　你回吧。唐七忍着，没有抬高嗓门，但是说得一字一顿，像是决裂又像是宣誓，她抓住了我的——如果我那毛毛的手算手的话，那她抓得并不紧，车门在身后哐当一声关上。她叹了一口气，抓住司机说，到前面一个村路口让我下车。

　　车开动。唐七从车窗一侧盯着小晏，她满怀绝望，有一丝抹去哀伤的惨笑。

　　小晏跟车跑了两步，看着车启动，就急急忙忙往家里赶回。

　　实况是，唐七一上车就昏了过去，圆润的脸颧骨凸起，脸颊嘴角之间细纹密布，黯淡无神。

　　她稳稳地坐着，像放在桌面的半身石膏像一样，一动不动。她选择在程南泊下车，程南泊下车还得经过一处小树林边再从河上的小木桥到河对面的我们村。她选的路典型的舍近求远。那里有一条河流，河里面有很多鹅卵石，水浅的时候呈现了一派显而易见的水落石出的静谧景象。

　　程南泊到了。我拍拍那位司机，用江西都昌话喊，我们下车。司机打开车门，我们下了车。在河边沙地，唐七蹲在那里似乎睡着，很久才醒过来，眼神可怕。

　　为什么是在程南泊下车，我心生奇怪，程南泊离我们的家，还有很长一段距离，也许是人类所说的一里路、两里路，也许是八九里路，反正眼前却是只能望到那边的灯火，我们走的是林子另一侧的路。天已经黑了，她还要带我走进更黑黢黢的森林吗？我看着她铁青的脸也不好问，我一步一步跟着她。我再也无心吊双杠打秋千了。

8

　　暮色降临，林子依旧肃静恢宏。天空的星星正滑入一片筋疲力尽的树叶。远处河水上的光亮打破了周围的黑暗，有一种无法名状的东西在飘。

我们穿过树林抵达河边滩地，路面坑坑洼洼，到处有散落的大大小小的石头。

我和她在旧渡口站了一会儿，她抱着自己的两个胳膊，仿佛这两个胳膊是她全部的家当。她的脚像是装上复杂机器设备，机械地往前迈着，像极了新手学走路，眼睛直瞪瞪地看着我，神色绝望。

我听见一种不熟悉的声音，远处的水像冒烟一样向河面滚来，洪水！在黑黢黢的时间，翻滚的江水在河里膨胀，洪水狰狞凶恶，漫无节奏的波浪，汹涌的波浪。小河变成了浩荡江河。原先的砂石道路变成了水道。满眼看过去，都是浪花飞溅的水世界。头上一两点清凉的水，天空开始下雨。原先布满鹅卵石的河面已经变成了沸腾的漩涡状的、白色洪水的合唱。

唐七的眼光从我身上离开，神情也没出现该有的慌张，她茫然地向前面的湖水望去。夜色辽阔恐怖，洪水在横跨江河桥梁。江面有几只黑色的鸟，她忽然伸着手，好像前方是能抓得住的幻觉。

我水性好，能够游过这条宽只有一百米左右的河，唐七并没有我这本事，我将她牵到狭长的木桥上，她一脸平静，麻木地跟在我后面。

水波迅速翻滚。以往高出河面很多的木头小桥，已经被水面漫过，从上游飘过来的水草、树枝形成的小黑点，像黑色闪电一样，在激流中一闪而过。桥柱并不稳固，一波又一波的巨浪猛打着桥体，走在桥上很晃很不舒服，我干脆游过去也过了游水的瘾，再等唐七。

我太大意啦！一失猴足成千古恨。

我一个猛扎跃入水中。我一边蹬水一边挥动两臂，拍打浑浊的洪水，舒畅美妙的程度和我在森林感觉不相上下。

随着波浪的节奏，我使尽全力往前游，加快划水，冲向木桥。游了五十米后我又本能地回头看一下。

这一回头，让我看到异常的情景。唐七停止了动作。她的脚停住了。她看见汹涌的洪水，一大片浑浊的洪水，木桥成了一片水域，朦朦胧胧地出现一片深颜色木桥路。她是看见了什么危险，还是体力不支？她有一点摇晃，我立马往回游。

突然她拼命地挥动手，好像对我无声地大喊大叫，有一种挣扎着不让我向前的示意，她看准水面，她脸部的五官好像都紧紧地封闭，又像是拧成一堆。她的布袋子里好像有一块沉甸甸的石头，她抱住布袋，闭起眼睛，向着滔滔河水，纵身一跃。

她突然跳了下去。看得出她用尽了力气，她娇小的身子一下子得到增加几倍的力气，沉入水中，再也没有冒出一下。似乎有一种她祈求的力量，将她往河底或者深处拽。

这撕裂了我的猴心，喊了起来，唐七！我的声音就像刚才那道闪电，一下子在寂静黑暗中消失了，没有人回答，只有滔天水声哗啦哗啦地响。

她的头已经成为一团白雾，青白色的雾气，像一团移动的雾块，无止境地翻动，再也看不到她的衣服或者一缕头发。只那么一瞬间她就和飞速经过的急流融为一体，加入深深的水之下的暗流中。我注视着水面，专注着水面，接着我跳了下去。

当时，我的心脏，我的猴子心脏跳出我胸口，要从我的嘴巴跳出来。

太快了，发生的事就像闪电划过一样。水面已经看不见唐七的影子。急流团，打着漩涡的水，我在她跳水的地方，往四周游了一遍又一遍，水面上的波纹一圈圈散开，另外又一圈涌上来，气泡破裂又填充不断地回旋。

唐七的身影消失在这一片呼天喊地的浑浊洪水里。她再也没有冒出头来，她已经在我的视野之外。她可能在落水处被急流往任何方向冲走，我只好朝四周打转转，拼命游。我猛地在河里游了几次以后，只听到两耳呼啸的河水声，再也看不见其他……全是水。我一边关注着水面，看有没有头或者衣服冒出来，只有水，大团大团的水在我面前飞奔过去。流水中有树叶残枝。闪电在地平线上像银色的蜥蜴四处窜动，轰隆的雷声在山间回响。

夜色更黑了。

我只好上到岸边，左等右等，等不到唐七。村庄里忽然有嘈杂的犬吠声，不可捉摸地飘扬过来，旋即消失。

洪水犹如远处的音乐，一只水鸟在远离水面的高处盘旋，飞过阴郁没有光泽的水面。

我闭上眼看见了那只鸡——一只公鸡——后面追着一只黑色的胖狗，奔跑着像滚动的煤球，我的猴肚忽然一阵饿意袭来。

我听见一个声音在哭。一个童声飘了进我的耳朵，又顺便飘进我的胃里，那是唐七的小儿子，她最喜欢的小儿子。

村庄离得不远。四周夜色的饱和浓度再次增加。

我提着猴子柔弱的心，壮起猴子不肥的胆，那个小儿喜欢对我喊，踉踉跄跄扑上我的模样袭上心头。我很想他。

.9

这里很怪。天一黑便开始起风，起风以后的天空，一副无所畏惧的黑，通向无比幽深的地方，平时，他们点着灯，烧水做饭。

这扇柴门虽有钥匙，钥匙孔似乎总被东西堵塞。

我推开门，家里一盏煤油灯的灯芯拉得老长、塌下，没点燃也没有光彩，抹了油的玻璃罩透出一层淡光。灶台上有冷的粥，爬满污迹。

从里屋深处透出来的暗淡光线，我都能分辨出，他们说过多少次这些瓶瓶罐罐的位置，我也能知道它们的作用，不打开盖子，我也知道这是用来吃面，那是用来装盐的。

我推开门进去。我知道煤油灯光在橘黄色时，先是安排给小儿子洗澡，接着吃饭，再下去弄好明天烧的柴火。他们在灶上的锅里放满水，煮好，再端出，用木头勺子舀进一个木盆里。我早把这都看在眼里，但以前每次到这环节，他们就将我推开，我始终没有得到过练习这项技巧的机会。有一次家里制作酒糟，他们女儿茅草越放越多，炉膛里的火呈黄色，她小小的脸映照着火光，我也感觉到温暖，我迅速地再抓起一把，被唐七看见，却让我挨了她第一次打。好像是唐七不让我做这些事情，记得她说过怕我"成事不足，败事有余"。我一直很不服，"人能做的猴子也能做得七七八八"，这话是老许夸我时讲给人家听的。矛盾啊矛盾，人！

这下，我的实践机会不期而至。是的，机会留给有准备的猴子，我要用事实证明，达尔文没说对，人类和我们猴类何其相似，谁进化成为谁还不一定呢。他们能做的我都能做。

天色不早。谁让他们告诉我不要让我沾这些事情，我决定背着他们把事情做好。

不就是照葫芦画瓢嘛，谁不会？我兴致勃勃，做起力所能及的事。我只需要把木桶从床底下拉出来，在大锅里加满水，往炉膛里烧些柴火。

我舀好一瓢又一瓢水，往炉膛塞进一大堆柴火。和他们一样，拿起火柴往火柴盒子侧面用力一擦，火柴头的小红点往褐色面上擦去，火星摇曳，我投向炉灶，火光热烈呼应，映照着火与火，一片黄澄澄的光，瞬间传遍整个炉膛，火焰都在舞蹈，接着我按照唐七每天都会做的那样，来到床底下，伸出手，拉出大而深的木盆，从床底双手抬出，不能把木盆拖出来，唐七说那样会弄坏木盆。她常说，磨坏了木盆的底怎么办？我很得意记牢了唐七的话，现在还能够有条不紊地照着去做。

我把深而宽的盆摆在中央。

铁锅里沸腾起来火热的水珠、水泡，此起彼伏沸腾、上升，我一勺一勺地舀出来，此时锅底红色的水珠，犹如划过芭蕉叶一样消失在锅底，红彤彤的。

我一把抱住那个在床上睡得沉沉一动不动的娃娃。把这个平时又叫又嚷的软乎乎的孩子放到木盆里，水的高度位置和唐七他们做的丝毫都没有两样。

我和他们做的是一模一样，只是那孩子，他并不像平常那样笑着欢快地蹦跶，竟然还闹还哭，撕心裂肺地哭，我更加用力将他压下去泡在水里，只听到小肉孩子惨叫一声、大声一叫就一动不动倒在木盆里，这才不动不闹。

我照唐七所做的在木盆里把这孩子的手脚在水中搓搓，又把他拎起来，在水中起起落落几次，他不像平时欢天喜地欢呼。只是软软一坨，水在跳舞，水花蹦得老高。

这纯属我偷偷学艺。以前他们不教我做一些精细的活计，说猴子智商虽达到人脑的百分之几，但毕竟是动物。猴子不调皮，也只能教一些粗活，猴子听到心里有点不服，我还能做更多的事，老许老是叫我"别动"，我早就不满。这次算是过瘾帮了他一把。

老许突然站在我面前。

老许怒睁着两眼。

老许举起一把刀要劈了我。

我逃出之前看了一眼，那个一动不动歪倒在澡盆中红色的儿子被抱着放在地上的草席上，不是像往常那样放在床上。我并不想走，但我看出老许目露凶光，我从老远望去，老许家的灯光亮着，还没看见许妻和儿子。

老许在号啕大哭。洪水大水都听得见，他紧绷着脸。

我记得往年夏季，老许会带我到河边走动，听他说，有死人就会有放爆竹，他们举着死人的衣服是在收魂，还喊着这人名字。在晚风中，村里的风跟乌云纠缠在一起，瞬间没了影子，云团向群山的黑黢黢的影子堆得又高又大。我回头时，景象就是这样。连我也有些害怕。

10

人若有足够惦记，便能与他人在梦里相通，和人类不同，我想梦哪一段，我惦记谁，我的脑开关就能让我回到准确的猴年马月。

我对唐七、老许和小晏有切肤的挂念。一周以后我做了平生第二个发烫的猴梦，几近消弭时空的燠热。

梦里得知，我回到森林后的人世。

那天，老许起来发现不见唐七，立即四周找寻，叫喊几声也不见回应，他决定上亲戚家寻唐七。大儿子被他送到父母家，留着女儿带小儿子。下午吃完晚饭，女儿想去和同村小孩玩游戏、捉迷藏。开头，弟弟睁着眼睛就是不睡，她使劲摇晃起来，力气太大，将弟弟整个人从摇篮里摇飞了出来。她急得一身汗，又将弟弟抱回去，耐着心学着唐七唱着歌摇晃。好一会儿才将弟弟哄睡着。

女儿先是和几个伙伴玩石子、跳房子，天黑了，又和几个女孩躲猫猫。玩到最后一局时，她想方设法提高躲藏难度，以至于躲得太隐秘，藏到对方小伙伴找到精疲力竭，也没能找到她，那几个女孩径自回了家。直到深夜，她还躲在藏身处没出来。

在她躲得天衣无缝的时候，猴子回到家中，尽足猴心在做家务。

五天后，村人在下游的宋滩村找到了唐七的尸体。一张丧失生命的脸孔。老许悲痛欲绝。

老许让女儿坐车去张家岭。小赵、小晏来到唐七葬礼才知道，他们的小儿子刚被埋葬。这是那年村里头一场中年人的葬礼。老许走路时左肩有点晃，左腿尖偶尔会碰触到的自己右小腿腹部，一路趔趄。周围的亲戚们在争相说着唐七有多善良、美好，似乎那位死人在他们中间听着他们的道白。

老许说了一句话，就再没开口："小儿子被猴子烧了一盆开水烫死了。"

什么？死了？我只记得他的大刀向我劈来，叫我滚，我逃了，他是要我的命。

老许说完这话，几乎晕厥，他沉浸于哀痛之中，再也不说一句话，一直流泪。那个妻子，那个一见他就用生命和他相伴的女人，到底遇到了什么事情？怎么没留一句话就走了呢？

老许耳朵听不见小晏和她丈夫或低声或大声的话。他抱着头，惶恐的表情，逼着他俩把要告诉他的实况收回了肚子。任小晏说什么他也听不进去。有时像疯掉了似的只说一句话，自言自语，老婆怎么走了怎么死的？我也不太记得清楚。太久了。

老许像是呆滞了一般，走路时，他的腿似乎是从最深重的泥潭里拔出。他用手指去摸自己的腰，汗水从额头涔涔而下。

老许几天不吃，不说，不睡。由于过度悲伤，他陷入暂时性失忆当中，他一下子失去了语言的输出与接收功能。

小赵和小晏走到河边，洪水过后的水面，是细小缓和的流水，雾霾、大小鹅卵石头，河滩已经恢复了往日的状态。河滩上还滞留着一节半节的树干树枝，腐烂的草。人太脆弱，纯洁的、轻盈的灵魂在唐七沉重的身子中呈现斑斓的摇晃，还不如洪水过后依然留存在地面的一个小小鹅卵石，还能继续留在河床。

眼前一道道细小流水，缓慢地在鹅卵石中突围，绕过石头，造成多条黑斑闪亮的水波，向四面八方散去，波纹一圈又一圈，是平静地往前扩散微风细雨的柔波。

谁也看不出这里曾经洪水肆虐，滔天浑浊的波浪，能将人一口吞并。洪水退去之后只剩下荒芜，还有留下的石头。老许很久无法入眠，他表情里有一种接近鬼神的意味。

小晏夫妇始终没找到和老许交谈的机会。几天后，小赵接到地质勘探队通知说又要搬家，到新的矿区。小晏惦记自己的半瓶糯米酒，小赵惦记一张从广东带过来的棉被。他们穷，什么都留着舍不得丢，包括老家番客给的一盒饼干中的小袋干燥剂。小赵说，说明书是英文，等找到大学生来翻译，这不也就等于免费学英文了吗，哈哈。他们还计划找个裁缝做几件衣服，再找地方弹棉花，翻弹一床旧棉花被。

11

　　小晏和女儿再次得知老许的事，是在几十年后。

　　吃饭时，老赵（早已成功老化变形升级）故作神奇地说，好奇怪的事情啊，你们说我见着谁了……他手敲了敲桌面，又摸着鼻子，见缝插针般迅速挖了一下鼻孔，兴奋得不能抑制，倒像是他从哪里听到十分有趣的开场白。她们见惯了他这无厘头的兴奋。小晏一直讨厌他每当吃饭时，就爱讲话、爱骂人、爱把饭含在口里讲话等毛病。小晏忍着厌烦说，你一到吃饭时间，就喜欢讲话，也不问有没有人想听。

　　他永远抓不到事物的要点，对于他随随便便就能下结论、做定义（且结论和事实风马牛不相及）的风格，她们早已经从忍耐走向厌恶。她们从不认为他能够提供有价值的谈资。这种偏见和科学一样接近真实。比如，他会一本正经传播不可外传的伪真理：拔一根白头发就会长两根等。

　　见没人搭理，他大声说，我见到老许啦。他那锅铲子在空锅里面划过的难听声音再一次扬起来。

　　尽管她们多年没有老许的消息，听到老赵用一贯高级别兴奋语调提及他时，她们也还是没有走进他饱满的高亢空间。小晏和贝贝忍不住指责他，几乎是异口同声地说，你真是二百五，如此悲苦的事，你却露出一副神采奕奕的模样。

他瞪着小眯缝眼，急不可待地要说出他的所见所闻。他胳膊一挥，张开短而粗的五指，自言自语并且率先大笑，他单方决定白送给她们笑话。

无法解释清楚老赵这人，从外表看，他满脸的皮肤一直在努力地加深，颜色变成没有调和过、似乎每天都在暴晒之中的纯黑。岁月流逝，他依旧没有更多皱纹，似乎他不客气地用机枪扫射并击退岁月进攻的皱巴巴的横竖纹。支配他个性的"不思考又敢于胡说八道"主要特色仍然没消失，反而在发扬光大。小晏和女儿两个从不怀疑他过剩的愚蠢，且这愚蠢还在扩张，说着不经大脑的话。

他不是首次激动到喉咙管道堵塞发出奇怪的、几乎每个字都处于高音的、像母鸭的声音，他已经熟练运营他人听起来烦躁无比的噪音几十年了。无论他强调多有趣，都没人会接他的话茬。无厘头老赵就会哈哈大笑说今天又上当了……又上当了……哈哈哈哈……老赵若不蠢到底，他放不过自己。他本着先笑为敬的原则，开始了内容空洞、漫无边际的哈哈大笑。

你们说我看见谁了，太不可思议了……这是老赵的原话。他发出只有自己重视的大呼小叫。

你们不听可惜了。他重复了几次，老赵还在为话题没得到重视而鸣不平。他几乎声嘶力竭。

他按莫名的惊叹逻辑，开始了一头热的倾诉。

他说，我和老许这次谈了很多啊，所有的旧事原来都不是那么一回事。

说了又有什么用，唐七走了那么多年了。女儿贝贝还是搭了一句腔。

时代不同，林深港变了样。那片地先是平整，后来盖楼招商，森林砍了，沿街都是酒店、饭店、娱乐场。

老赵到都昌找磷矿，又来到林深港。那天似有感应，他在长龙一般的摊位中发现老许，老许在主要街道上开了一家小店。老许显得比往常矮小、孱弱，他年轻瘦高的身材，如今变得僵直、瘦骨嶙峋，并有些驼背。

老赵说，老许穿着衬衣，还打了一条看样子是名牌的领带，像是福建石狮的货色，金丝边眼镜很吸引人。

老赵在老许的店里交买烟钱，老许伸出干瘪、萎缩的手，收好钞票，找回了硬币。两人站在店里说着不着边际的话，他们心里都约好似的回避对方的眼光。老许从商店旯旮里摸出个打火机，点燃一根香烟，说，抽我的烟吧。

老许锁好钱柜，关上店门，推推眼镜说道，到我家坐坐，喝两杯。

摆好饭菜以后，老许又张开口，好像回忆什么，终于再次问起那件事。我总想她，那年，大水……到底怎么回事？

老许说道，几十年过掉了，我还想不通……好好的人，怎么就没了……

老赵把两个惊讶和一个疑问一起抛出来：我还想问你呢。你到底干出了什么事？她怎么一个人和猴子走到我家，你不知道吗？她到我家以后，当天是坐车回的。

老许听话时，手要放到耳朵边，要把对方的话，收到耳朵边加工一番才能听得见。

老许更疑惑了，他说，为什么那天唐七上你家去？还带上猴子？还不让我知道……

到底是洪水冲走，还是自己不小心……这句话几乎两人同时在说。

我还想问你啊，好好的她怎么就跳了洪水呢？当时阿黄也一起来的。

老许一脸震惊，追着问，阿黄那天的表现是……那天猴子也是很晚才回来，我那天一早起来，就不见了她和猴子。

阿黄那天说得很少，它好像有一点惧怕唐七。老赵说。

老许一边想，一边陷入了沉默，好久他才缓缓地开口说，她那天去你家都做了什么？

他又补充说，阿黄被我用刀赶跑了。

他又有新疑问，是不是走迷路了？

她搭的是班车，班车会走迷路吗？老赵回答说。

老许心里头感到这事有点扑朔迷离。老许问道，她们在张家岭做了什么，说了什么？

老赵说，不就是一贯做的那些事，做酒糟啊，做红薯片啊，买鸡蛋这些事。她说了什么？没有说什么，怎么了，我那天去镇上跑户口了，我们单位有个人搞鬼，诬告说小晏身体健康，不需要户口，我赶去县里做了一个申辩。

他讲述的每一个细节都在噬咬着老许的心。

老许吸了一口烟后又问，为什么当时不说这些给我听？

老赵在心里骂他。他皱着眉头吐出一口烟。接话说道，当时你的耳朵就像是关闭了，说什么都听不见。我们分队那时要搬家，我又惦记我的棉被……这几十年我们搬了几十个地方……

突然老赵抬了抬眉眼，眉毛眼睛之间的皱纹成了一团，像真皮帽檐一样耷拉下来，他想起什么了，他大声说，真是匪夷所思啊，我倒是很奇怪，她说你……变了……

老许"哦"了一句，说道，她这话是什么意思？我们从没吵过架。有时我坐在窗前，听到外面的动静，觉得她又回来了。老许有些语无伦次。

听见老许秀起恩爱，触发了老赵的深层记忆。老赵迷惑不解地望着他，突然若有所思地说，我当天听小晏说，唐七姐说你变了，还在上车后说了句，你外面有人了。嗯，她先说你变了，后来说，你外面有人，我们家小晏和我当时也没多想，但我记得这话，唉……我们理解的是你变胖了，外面有新朋友……不过刚才我有一种别的想法，老许哥，你那时没别的事吧……

老许听到这些，一下子站了起来，他震惊了，张着的嘴凝固了一般，他的胸口冻结了。

感觉后脑勺被雷劈了，好久他才喃喃自语地说，说什么？她说……我在外面有人……

老许沉思着说，不会是她看到了什么，不该看到啊，不是那回事啊，会不会是她误会了啊？我原来想收完租给她讲讲我的故事啊。

老许神情黯然，他陷入追忆：我年轻的时候和邻村一个同姓女孩互相喜欢，她说我敞开胸襟有说不清的男人味，我喜欢她的小家碧玉。我们私自口头订婚，我把她当"未婚妻"，说好等我有彩礼钱时，就找媒人去提亲。我跟"未婚妻"偷偷相好了半年，还没攒够彩礼钱，就被女孩父母知道了，那女孩父母当我是一文不名的帅小伙，自然是不能理解女儿的心，他们用棍棒回应我们的打算。他们先说两个许姓是不允许结婚的，父母劝告女儿说我像流浪汉一样，说流浪汉捡到谁都是捡到宝。许妹还是决意嫁给我。她父母又说我以后会是个小偷……我也没法展现实力，我只有一只猴子，唉，这该死的猴子，害我丢掉一个儿子……后来，女孩的父母搞了花招，把一次小感冒夸大利用到极致……说她病得要死了……要到亲戚家治病……就是变相隔离我们，硬生生分开了我们，说从此不让我和她有一点交集。人家父母还向我下跪，求我离开广东……

我只好带着猴子来到了江西。

　　我那个可怜的未婚妻一直放不下我，那年，她要跟她父母一起去新疆生活，听说上那儿养马、种棉花都能有好生活。路过江西转车时，这女子跟父母强烈要求，专门来九江和我见一面再去新疆，我们两人也知道此生再不会见面了。我和她见了，这在我这里算是有情有义。那事发生时，我没来得及跟唐七解释，我本来准备第二天同她说。为什么没说，是我一开口，她就用别的话支开，那几天，她还叫我去外地收租，我急急地外出收租，出去了一周，回来那天很晚了，就准备第二天讲给她听。对，当晚我告诉过她，有件事明天找个时间，我和你好好聊聊，可能她听成了别的，她一定是误会了，以为我要跟别人一起了吧。第二天，她带着猴子不知道上哪儿去了……

　　老许又说，如果不是收租忙，早一点说出来，这还是个事情吗？值得痛苦吗？这不是白死吗？

　　原来那一次老许亲热的对象是个更绝望、更苦的女人。榆木脑袋的老赵脱口而出说道，难说，以唐七的性格，你认为她愿意看到你那以前的未婚妻和你亲热……老许哑口无言，他反思说，我只是有情有义，没想到还没向她解释，她一定是看见了……老许捶拍着自己的头部，拍得啪啪响。老赵从没有听过能把头拍出这样清脆的响声。

　　老许说完后全身战栗。他的心翻滚着，哭得两眼肿胀。老赵怕他失常。老许像喝多了，他抬头逼视着对面空无一人的空间，两只手死死地抓住什么。他突然大哭大叫捶打自己的头说，我早知道是这样，我什么都不要知道，就让我和以前那样，什么都不知道更好，我知道了，现在我知道了，我才是凶手……呜呜呜，哦，不不不，我才是……老赵费了很大力气，才把老许的手从头顶拉开。

绝望击不倒他，真相却让他痛苦到绝望。老许饱含眼泪，我也不轻松，我就一直忍着，抽了一个晚上的烟。老赵结束他的不可思议话题。

此后三年，老赵继续在林深港周边一带搞磷肥矿抽样编录工作。陆续知道了唐七和老许儿女的事情。他们的女儿长得有模有样，并不像唐七那样忧郁脆弱，她的性格开朗、活泼，女儿多半随父亲，有福气一些。她嫁给了公社书记的拐子儿子，某个春天的夜里，她在外地开会时和一个外省人出了轨，开始公社书记的拐子儿子并不知道，还一直在用他老爹的权力给老婆一次次争取到外地学习活动的机会。当事情人尽皆知时，拐子丈夫又能有多大能耐，打也打不赢，追也追不上。他一拐一拐地追着，身子上下起伏，说话声音也是一起一伏，想起有些滑稽。他这人生起气来，就像起伏的没志气的浪花，一会儿高升，下一秒熄灭。他挨自家女人的绿，刚知道这事时，他还对男女婚姻角色怀有正统的情感。他把裤头提高，用细碎不稳的步子，激动地一跛一跛穿过没有一丝风的厅堂，接着穿过夜晚。当拐子举起自己的手，幅度远远大于正常人应有的高低起伏，显得滑稽（除了他自己感受不到这种夸张滑稽），他想用手增加指责犯了红杏出墙错误的老婆的力度。他老婆表现得特别沉静，甚至带一种诚恳说，有的事是不可抗拒的。他停住了手的下一步暴力，收回他的野蛮，改为文明地哭泣。你跟我讲清楚。女人把事情过程、来龙去脉、心路历程，挑了一些重点加以说明。说完了，他们同时问对方说，你准备怎么办？他们又几乎同时回答，我能有什么办法？他也找不出像样的反驳和惩罚，最后也就是一想，那事情觉得是个事才是事，觉得不是就啥事都没有，当年几个馒头就给地质队员睡一觉的意义不就是嗷嗷待哺的孩子受益，是一回事啦！让老婆见多识广也好，人就是要不断地适应嘛，她跟其他人搞，也没不要我，我也有份搞就行。拐子进一步分析，这不过是生活的波浪，不值得研究，波浪也没五官，不值得盯着研究、琢磨，赔上一生的执着更傻，拐子得出自己的快乐真理：小波浪、小折腾会让生活没那么乏味。

　　思想一变，拐子夜里加班做梦，照样有笑意。每天，太阳快晒到房间一米以内时，闹钟响起，响声将他从一个才刚刚开始的美梦中叫醒，他好困。他要在半小时内做好早餐，伺候儿子上学。他弄了一个自行车，心不在焉，任凭家务把他包围、占领。

　　林深港的旧习俗依然完整留传，夏天女人们还保持着乘凉敞开胸怀露出奶的传统。夜里，还能听见做麦芽的流汗声，煤油灯灯芯兀自燃烧，灯座大肚形状玻璃胆，有着拉满弓的射手的胳膊光滑肌肉表面的质感，寂静中一些老鼠爬墙而过，雨水注入细缝深处，直到停止不动。

他们大儿子长得高瘦，喜欢吃油面、米粉肉，由于小时候长过冻疮，此后每年他都会长疥疮和冻疮。考上大学后，他用成绩第一名的自信及潜在救世主姿态和高中时喜欢但没考上大学的女同学谈恋爱，也睡了人家，还与她分到江西。工作几个月后，他后悔了，考研究生去了北京。后来找了一个同学结婚，听说是某企业高管的女儿。现在他家吃着越南东涛鸡爪，喝着依云矿泉水，酒保、球童、入口即化的巧克力、百分之百的可可粉，这些词汇自然出入于他和孩子的口中，生活完全和都昌当地人不一样。只有对野猕猴桃例外，他全家都认为，新西兰奇异果不如林深港山上的猕猴桃味道好。

12

黄昏的光影和当年的阴暗毫无二致。小晏母女在说话。小晏变成了一位老人，只有某些时候的一笑，还带着小小女儿的羞涩和灵动。

小晏怀着不可饶恕的心思说，老许在外面有人了，几十年后我才懂，唐七她有多悲哀。那时我就是一个小女孩，内心并不懂她的痛，一句安慰也没有。我间接害了她，本来我可以救她。她本能地寻找一些安慰时，如果我让她多待一个晚上，也许她心情便有缓冲，就不会去死。

贝贝宽她妈妈的心，她说，也不怪你，你完全没意识到什么事情呢。

参与这次谈话时，小晏女儿已经人到中年，经历五次恋爱、离婚几年。她依靠不清晰的回忆让两人变得伤感：我倒是能感受到她的尴尬和特殊哀愁，好像某种老朋友的权利被剥夺。她至少走了六小时，山上的森林有野猪、野狼。她冒险去找知己，她衣衫上被划了一道一道深深浅浅的印子，鞋子被蹭脏了。她一进门，小心翼翼地放下布袋，妈妈你掩了一下鼻子，她可能也没有预想到会是那样的情形。

小晏说，对啊，我为她开门，她那双眼睛好像刚哭过。你那时几岁？三岁也能记事啊？那天她陪我买鸡蛋、做酒糟，我的心不在这上面……

她说出那句话后，我还催她去坐末班车……

贝贝问，如果不坐车，你会掏句暖语给她吗？

小晏告诉她的女儿说，我那时不懂。我还没有感受过这类伤害，我可能说不出什么安慰话。她一定有话说，她挣扎过，她忍了一天，她有多绝望。那天我一身的烦恼。还巴不得她快点走，好和老赵商量办法。

贝贝说，当天有没有留她吃饭呢？有没有留电话呢？

小晏说，那个年代没电话。

　　轮到女儿来安慰她，贝贝轻声说，也许不是自杀，是不小心掉落洪水中，我那时不也掉过到洪水里吗？开始我盯着水在看，好像宝藏就在水底，我看见了水里的召唤，桥在移动。妈妈，是真的，眼睛盯久了，觉得桥在逐渐放大也在漂移，在巨浪的冲击下颠簸不已。桥像是伸向河中的，一条长的发黄的手臂。我踩入水里，是在躲闪着这些迎面而来的急流……

　　贝贝用自己的经验说，或许有别的可能。她想减少妈妈的内疚。

　　小晏自顾自地说，我的体悟来得太迟。当时有个安抚的手势也好，我却把门把窗都关上，我难受的是她在充满渴望和没得到一句安慰的情况下死去的。你说的情况不可能，她回去时选择在树林边缘那村子，而不是她自家的村子下车，这就是有心。

　　小晏女儿说，可怜的人，老实的人，勤劳的人。

　　小晏陷入无限内疚，她自责说，朦胧中是记得她说了一句，变了，外面有人，当时也没反应过来，我心里被户口填满。

　　猴子我真想补上一句，她不只是两次想开口说，是从早到晚无数次想说，老许外面有人了。

　　天空向大地敞开胸怀，但神的力量似乎没有。猴心慈悲，我终于没说出口，也不想加深她们的痛。坦白地说，说我猴心不古我不服，我担心我这些猴话，在人类中我很难找到无限少数的理想读者，我向自以为是的诗人大师学习，大师忽而英文，忽而泰语，忽而追求香港女诗人，极尽博眼球之能事……

当小晏和贝贝在感慨交谈时，老许在做什么？温和的微风从窗户吹进来，空气中充满桃树的安静味道。在老许的店里，除了偶尔听见他自己打喷嚏的爆破声，在大老远还听见邝美云的歌声。他反反复复播放这支粤语歌曲，看来这支歌深得老许喜爱。老许以前宠幸一只猴子，宠幸唐七，现在宠幸一支歌曲。也是啊，粤语歌曲由于入声字的参与，情感很及物。

> 情于我心　半生作弄人
> 谁知两心　欠缘分
> 留下了心事　总少不免
> 谁又会甘心去忍
> 曾经怨他　怨他爱别人
> 仍深爱他　变遗憾
> 留下了心事　追忆的脸
> ……

在秋天，当心情好时，老许会踏着山中金黄色的节拍走走路，似乎每一步都能发出像麦粒一样沙沙的声响。

上午十一点

　　黄昏时，我家房子成为山的剪影一部分，后来直接沦为夜晚的一部分。榕树长一点的枝条拍在河水上，一种少女在玉米地嬉戏的妩媚感油然而生。万物在变化中糅合着难以名状的宁静。不为任何花朵提供开放载体的榕树却能够散发出清新的阴凉和香味，村里能抵挡火辣太阳的就是大叶榕树。童年和少年像鱼在水里，我们瘦小的身子在河里面。身体的寒意刺激着我们，伙伴们就像一个又一个的棋子跳入了棋盘。风刮过来，大家在岸和水面之间跃入、扑腾、下沉又浮出来，循环往复的快乐经久不衰。在榕树下的小河里，少年们玩得不亦乐乎，发出了暴风雨般的笑。

　　傍晚，天空仍旧很热。我在离河岸很近的小角落默默地拍水，不想弄出大声响。弟弟把自己做成挡住水的堤坝，花大量的时间在挡水，由此获得强烈的喜悦。他压根不想见到我这位哥哥，不想和我同时在流水中感受同一种脱离牵制约束带来的自在享受。小河的缓缓流动赋予我们一种超越身体的思想上的稀缺快乐。弟弟把我看成一个累赘，他从不和我一起钓鱼摸虾，他不理会这对我的身心产生的不愉快影响。虽然弟弟知道我需要他带一些光明来弥补我漫无边际的黑洞。在家里他端着高出别人一个头的架势，毫不掩饰对我的嫌弃，他甚至对准我的耳朵再三表明这种厌恶。

　　我和弟弟没有太多密切的关系，我们没有兄弟情谊。父母每天不忘给我不打折扣的指责。弟弟比我小两岁，他在家里挨打受骂少我两倍，也不属于父母集中全家力量扶持的贵人。爷爷奶奶给的零花钱里面有他一份也同样有我一份，他也因此受到打击，这不妨碍他在家中用别的办法张扬他给自己特别的优越感。弟弟拿起一把我用过的梳子——我不记得我到底有没有用过这把脏兮兮的梳子——他说，这上面的头发你看不见吗？都是你留下的，你用过就不晓得洗一洗吗？谁看见你的梳子会愿意跟你交往啊，脏得要命！

　　我的存在对弟弟而言就已经是一种伤害，就像穷人和富人，不平等才是他们相处的基础。弟弟单方宣布（越过父母的意见）他不是我的手足。在我和他之间，我用沉默来破坏这种区分。我的沉闷冷静不轻易发作的性格，使他暗暗地感觉到我占优势的气场。弟弟不接受我的沉默，他总想要打碎沉默。他在外人面前揭破，说他是如何厌恶我。家里来了同学，弟弟要我自动走开消失，最好站出来说我跟他没有关系，我是我母亲捡来的。否则怎么我全家眼睛都是好的就我一个看不见呢。他随意打断别人的叙述，在他眼里别人是没有话语权的。他恶狠狠对着我：阳光将这一片大地照耀得发亮发光，发紫发烫，你知道吗？你知道苍茫的意境吗？你知道天堂的颜色吗？

　　弟弟不喜欢填表中家庭成员一栏，尤其不想写上我。他希望他自己的出生像一个未解之谜，或者是莫名其妙的两个其他人的私生子，在村头臭水沟被我们发神经的父亲捡到了。他说起这些无中生有的事，煞有介事地：不然的话，我和你们哪能有这么大的差异？

现在他上了大学，我也来到广州读了盲人学校。弟弟不想我也有在广州上学的荣耀，拿到通知书，他立即做好角色的转化。我在读盲人学校的同时，还在附近的按摩店打一份工。我挣到薪水并没有能改善我和弟弟的关系。弟弟想逃离这个家庭，妈妈想弟弟以优异的成绩成为家族的骄傲，指望他在大学开始令人刮目相看的奋斗，进而获得世俗意义上的成功。没想到他全盘接受了纨绔子弟的人生信条，游戏人生让他得到琳琅满目的恶劣评价。

有一天，一些动静从他的房间传过来。我偷偷地发现他在房间里，先是练习一种拉丁舞的动作，接着对着小镜子表演抽烟吐烟圈。他瞥见我的样子，深感冒犯。他对我进行更大的限制，吃饭都不让我和他在同一时间、同一个饭桌。

弟弟最沮丧的就是他的长相。他的瓜子脸一看就是被糟蹋过的，我却长得越来越向城里人靠近。上大学后弟弟的长相江河日下，远离他对自己容貌的基本要求。他对长相又抱有认真的期待，他需要别人以设想的长相而不是现实中事实的长相来对待他。他有一颗长得龙头一样的人头，八字眼，八字眉，八字嘴，他的身材像极了旧时的柴火。村里一些小孩往往见到他便大哭起来。他对此反应是：村里的人连同他们的孩子都是没有眼光的。谁唾弃弟弟就是谁的错。

　　我常想跟一个迎面而来的什么人说话。虽然不知道他是谁、在哪里，我确信有这么一个人，也始终找不到这样的人。村里老人家说我谦逊老实，我的内心却天马行空。我和天生的盲人又有不同，我曾经看见过，也曾经知道阳光的颜色、蓝天的蓝色。我说理想是出去旅游，一个盲人出去旅游能做什么。我说透透空气，空气对弱视力的人也有意义，我分得清楚空气中的波长——别人是分不清楚的，我不用力气就能区分出来。我的想法包含着矛盾的意思，只有我理解其中不矛盾之处。

　　妈妈生日那天，爸爸给妈妈的礼物没有到来。如果怀上我算礼物的话，当时的妈妈是高兴的，不像现在说我"你是来讨债的"。

　　我能在按摩店得到一份薪水的事实，也没有能够改变母亲对我的歧视。她因我而对生活不满，在家里随意发飙，且永远是他人的错误。她指责我，说我像父亲。我很不平，不是你先选择爸爸在先的吗？妈妈不回复，直接将悲催上升到人生的高度和广度等问题上去。

　　在妈妈眼里，我一直有变废为宝的义务。妈妈希望我做一个算命打卦的先生，成为一个离人群比较远的人，起码是四邻八舍的奇人，沾一点神秘的东西将改变我瞎了眼而给她带来的晦气。我知道妈妈为我的出生对命运感觉到灰心丧气。有次我答应成为一个算命先生，她第一次露出苦笑。生活忽然有了生机，弟弟考上大学以及我潜在的可能做算命师的前景似让妈妈的精神得以复原，至少有了暂时性的复原。悲惨的巨浪曾经一次又一次地滚动着袭击了这位外乡来的女人，但那种深渊中的幻影始终在鼓励着她。她设想自己是一个神秘的算命先生的母亲，妈妈乐意拥有的特殊感更上了一层楼。我和弟弟能在某些方面有异象。在我们的村庄，独一无二的儿子算是对她人生的弥补，妈妈或许又会迎来一生中的好时光。她坐上家里唯一一把圆靠背的椅子上，感觉圆圆的靠背像一个结结实实的胳膊将她搂住了。那几天，她身上丢失的善良与热情像又被谁帮她捡了回来一样。她开始关心邻居，过度热情地打招呼，甚至把在造假化妆厂偷偷拿回来的伪劣化妆品送给他们的女儿，说女人十八岁就要开始保护自己的皮肤。发现我是低视力后，妈妈很少抱我。小时候，妈妈给我喂饭的方式很让我厌烦。她吃过嚼碎以后再喂给我，每次我都推开她送过来的二手食物。那时候妈妈会搂着我，到处走动，哄我吃，当我是宝。当时妈妈还不知道我已经是一个盲人。我大了一些，学着帮家人做家务。我帮爷爷倒中药时，先是对不准碗口，让中药洒了一地，端到他面前时又抖了两抖。爷爷的裤子出现一大片湿斑，慢慢地，爷爷发现桌上的脏乱跟我总脱不了关系。开始他还不相信，大声呵斥，你是盲了吗？呵斥了十几天，大家都相信了我原本就是一个盲人。我哭了好久，在痛哭以后，我睡了长长的一次午觉，醒来的时候觉得自己的头有平时两倍的重量。

　　与此有关系的是桂林舅舅于勒的到来。舅舅结婚十年还没有生男孩，舅舅想要我当他的儿子。舅舅说，没有自己的儿子，老了谁煮饭给你吃啊，你到女儿家不也就是一个外人来访。舅舅年轻的时候让妈妈感到害怕，他给我妈妈的印象就是他对自己用尽了恶语的咒骂。他讨厌妹妹，并且写在日记上。现在舅舅亲切地喊妈妈为"甜妹"，劝说妹妹把儿子过继给他。"都是一家人啊"，他带来好多桂林特产。妈妈对他提及旧事，"哥哥，你以前和现在，不像是一个人做的事情"。舅舅理直气壮地解释，"又不是当着面骂，你装作不知道就行了"。妈妈没有把我送出去。舅舅走的时候又恢复了当初第一眼给我的感觉，冷酷，势利。妈妈后来发现我真的是盲人，忽然觉得有火焰在脑子里流动。她把我重重地扔在地上，尖叫起来，好像我是一条蛇在她面前扭动：为什么不跟你舅舅去桂林？

我的父母在一间小店认识，妈妈是一个小商店卖东西的店员。她能够欣赏黄昏的光线中金子流过山坡一样的景色，远方的景色是她的向往。爸爸在那一天炎热的大太阳底下钻出来，小跑着，他手里拿着一个矿泉水瓶，对妈妈说："有没有和这瓶同样的矿泉水？"

"你把瓶子留下，我明天帮你找。"

他俩对视，他们有话说，说不完的话。于是他俩就有了明天，有了更多的明天，有了振奋人心的明天。我妈觉得他对自己好，我爸爸觉得她愿意和自己说话，比周围人好看。从那以后爸爸开始帮妈妈送早餐，他的军营里经常有加餐。很多战友都知道了他帮女朋友打饭，用占便宜的办法讨好女朋友。

　　四个小杯子随意地放在精致小盘上面，我妈妈问我爸爸："你那个水杯是哪里的？"爸爸说："这些都是我们老家的小茶盅，好吧，以后带你到我们家喝茶。"我爸爸的广东籍贯也是妈妈看上他的隐形原因，我妈妈从爸爸那里得知，广州东站的火车开往全国各地，他们决定专门去东站谈恋爱。广州东站不是熙熙攘攘的，东站前面有一片长方形小树林很安静，从西口出来以后就可以到对面的宜家去看北欧的家具。爸爸买两杯奶茶，有一点想装样子，像抽烟的人抽烟时的那种自我陶醉。

　　妈妈喜欢被爸爸粗糙的手抚摸，又痛又真切，像饥荒的人喝到大碗鸡汤。几天后妈妈离开商店，把一堆衣服放进拉杆箱，拉走，准备嫁到广东了。她的嘴角显得稚气十足。

　　父母在结婚前差点分手。爸爸为妈妈拍的一张好看的照片被爸爸忘在不知道什么地方，妈妈痛恨爸爸连照片都管不住。冷战了十天后，妈妈还是想和爸爸和好，妈妈对自己说，把这样一个男人从眼前抹掉，就像黑沉沉的天气中，把雨水辨别出来一样难。她去敲开爸爸的宿舍门，爸爸把门开到一半时，准备迎接着女友敌意的目光。没想到她说："我的身份证落在你这里。"我爸爸表现出一种懒散，这种懒散好像刺激了她。她转向窗户，脸的侧面藏起了她的目光，她好像看着远处继续说："我也不知道怎么身份证落在你这里。"爸爸没有恢复清醒，他穿好袜子准备动手来找一找这个身份证。这时妈妈的目光早已离开了屋子，对着远处的山，好像一个画家准备写生。她面向窗户的后脑勺让人感觉好像是给爸爸注射了一种兴奋剂：她准备和我坐下来喝一杯酒。这种感觉爸爸还没有说出来，突然妈妈笑了出来说："我的身份证在你这里，这得怪你。"她笑了起来，爸爸也笑了起来。

女朋友时期的妈妈亲吻真实又纯洁。妈妈要说服自己不把贞洁看得无比重要是比较困难的。发生关系到底是心灵相交开始还是身体交好开始，她不确定自己对此有固定的定义。她明白自己对永恒性的关系的说法是排斥的。热恋时，在某天下午，妈妈急切地要抛掉她的贞洁身份，像她看中他的贞洁身份一样强烈。在某个有强烈热度的黄昏，他们的毫无经验更加吸引了对方。爸爸说妈妈像是他自己生出来的。他了解她，爱他生出来的这个女人。他们躺在凉席上，互相对对方浮想联翩。当时还没有人建筑高的楼房，抬眼只要看到树的影子，心就有了归属的地方。没有需要抑制的邪念，他们互相成为对方的水域，也互相成为对方的小鱼。他们尽心尽力地，一方是另外一方的宇宙，都是对方城里的每条街道。整个房子的每个角落，凡是楼梯能达到的，凡是尘埃能达到的，身体也是所向披靡。妈妈和爸爸都同时感觉到搂抱之好，亲吻之好，互相渗入之好。

淡淡的光唤起了人对某种滋味的回忆。

妈妈说，父亲是一个有爱却没有耐烦的丈夫。妈妈懂得大自然的美好，知道眼前和远方有一些梦幻般的存在。一开始，妈妈的外乡人背景和她的梦幻神情包括她那种南方腔调的口音，似

乎使她在乡村媳妇中显得高人一等，那个是某某带来的女人。本
地女人往往这样称呼这个桂林女人，好像她是一个千里迢迢赶过
来的有使命感一样的女人。她和她们绣着花，同样绣着花时，妈
妈会站起来看看五月份的原野。看看雨天的空心菜制造的绿油油
的大地。更多村里的女人对她的优越地位是不服的。我妈妈的五
官坐落在五官最佳比例处，我们村里的人却没有人赞美过她的长
相。时间久了，爸爸对妈妈的喜爱慢慢地也受到村里的普遍观念
影响。

　　漏洞终于被发现了，我舅舅来到村里，那些女人很开心：
"她的弟弟像个要饭的。"这是妈妈特殊地位崩溃的开始。妈妈
爱好田野也爱阅读，再也不能成为父亲把妈妈当作宝贝一直捧在
怀里的理由。他开始不和妈妈分享对山林的热爱，不一起散步：
"散步做什么，给人家笑话，不如去买菜呢。"他发泄压制已久
的失望情绪。他开始在家里偷偷地训斥妈妈的各种不是，包括她
还不会潮汕话，他把自己的桂林之行当作绝望之旅来看待，这对
妈妈是双重或者三重的打击。爸爸开始当着他兄弟的面，后来当
着自己父母的面，都敢大声训斥她。有时他附带理直气壮地打我
们兄弟，把我们痛打到棍子裂开。爸爸把自己关在屋子里，目的
就是不让我妈妈和我们几个进去，每次都要爷爷过来发上很大的
脾气才不情愿地开了门。打击多了，妈妈开始讨厌这个男人，
她只想看到命运一次一次地砍掉这个男人的手和脚以及他的整个
身子。

爸爸殴打妈妈、出轨、失去正常意识等这些互为因果，没有人留意到先后，三件事情几乎同时在我爸爸身上出现。失去意识是爸爸第一次死去。父亲第一次死是死在无意识之后，还是死在自己清醒之前，这个问题在我内心纠结很久。我五岁那年，爸爸在一次手榴弹训练时，由于太紧张，在投手榴弹时脱手，手榴弹引信出现异常，提前引爆，爸爸受了轻伤，退伍回乡养病了，也领了相应的补贴，这让他有了生活保障。退伍多年以后的一天，爸爸骑着摩托车到山上取泉水，不小心摔了，他耷拉着脑袋被两个同乡送回家。两人对爷爷奶奶说是在山脚下发现了昏迷的他，鼻孔嘴巴都在流血。爸爸是从山上摔落到山谷底部，创伤很深，可能损害了他脑子里的记忆神经，他自己无法复述这件事的来龙去脉。在我印象里，他从此变了，从前的爸爸不见了，他无视我们，也无视自己。

好在爸爸至少有三分之二时间是清醒的。有一年年底，家里人忙着做粿，烧香拜老爷，实在忙不过来，就让他去镇上买张饭桌。这天傍晚，爸爸回来了，一脸兴奋，买来了三四张大小方桌和两张床。爸爸很得意："那女老板说这床质量好，要我买下。"妈妈发火了："女老板说屎尿好吃，你也吃？"爸爸的回答更快："我愿意，我愿意。"妈妈的脸黑了："她算老几啊，要你去死你也去啊？"爸爸扑了上来："就是死都愿意，她把我拉上床了。"

我从爸爸几次矛盾的讲述中勉强还原他的外遇。那天爸爸来到家具店，看见老板娘，丰腴，面部肤质细腻，爸爸整个人一下子松弛下来。女老板拉扯了他一下，爸爸怔住了。那天看家具的人就只有爸爸一个人，老板娘一个眼神，他就那么扑了上去。家里是不需要这么多桌子的，也没人让他买床。"你老实说，发生了什么？"每一天问父亲答案都是不同的，有时他含混不清，自相矛盾，使这件事彻底成了一个无头案子。"那个女人把我往身边拉，她把我往床上拉，她要我看床，我后来跑了，她跑了，我追上去。""她买了粿条给我吃，我第一次听到女人这样唱歌，她专门唱歌给我听，有一句歌词是，'哎呀我的小傻瓜，你就是欠我一顿打'。我默默地听，记住了她百灵鸟一般的声音，虽然不知道百灵鸟是胖还是瘦。"那一天整个村里都知道了，爸爸打妈妈时候说出来："那个女的，那个女的，她的皮肤好光洁哦，嫩嫩的。"这一句话刺痛了妈妈的心，妈妈咬住嘴唇，眼里第一次流露出一种仇恨神情。妈妈斥责他伤害自己，父亲只是不断地抠耳朵，有时候摸一下鼻子，再摸一下头，速度之快，令人咋舌。

我想一切都是爸爸脑子里那一块瘀血起了巨大的作用，那一块瘀血是一大团温情，阻隔了他对这件事的悲伤感觉，母亲说不知道自己前世做了什么孽。妈妈那时还不能深刻地了解到什么是命中注定、什么是逆来顺受，她不知足，对自己的悲伤有了高的要求，她一次次地昏倒，又一次一次地精神恍惚，她把自己像撕破的帆船条纹布一样扔在床上。有时又像胶袋一样的，把自己卷成一个不规则而又破烂的物体，一个林中迷路的人。从家里的几个厅走，回到原路又走出去，像一根根被风吹乱的杂草。

几天过去了，妈妈还没有从自己是最惨的人的这种情绪中走出来。妈妈把自己折磨到全家都不敢靠近她，她端碗时发出惊人的声响，我在那几天只好蹑手蹑脚地走路。

有时候爸爸心情好一些，他一边打着妈妈，一边说出似是而非的道理："你想要老公就要知道老公这种动物会带来动物应有的坏处，如果你只想老公这种动物的好处，就像我们种菜种瓜果，你想要青青的山脉、绿油油的菜地，但也会带来虫子以及蛇这种可怕的一面。"无须多讲，懂的人一对眼就懂。

爸爸的外遇出轨是张扬出来的，夸耀的成分更大。那个女人的出现，到底是有爸爸的吹嘘成分还是真有其事，他莫须有的恋情打击了妈妈。

爸爸越被人家追着问，他越来劲，干脆坐在沙发，笑着，抓起我的手臂，用力地晃着，头也摇晃着，表情像是吃土鸡腿。他张开嘴笑，天真无邪地大胆直视着我。我知道这个时候我要像一只抓到了食物的鸟一样将它衔住，我不是演给他看。这个时候我像一个精准掌握场面的冷静的旁观者，羞怯、担心的心消失了。我只需要看爸爸手指头的方向就知道我又要受皮肉之苦，他会找出我的不对并加以痛打。

那天不到十一点，太阳明亮，我在学校。第三节课下课准备上第四节课时，有人来到我们教室，牵着我和弟弟的手，叫我们回去。那人走得很快，我的腿不停地大力迈开向前都很难赶上他。回到家里见妈妈坐在家里一处角落里，她太安静了。爸爸躺在床上，用我们没有见过的厚厚的黄色布蒙住了头。他们叫我们跪下来，我和弟弟都跪下来。不知多久，一位六十多岁的邻居告诉我们说，你们的父亲去世了。我没有听懂。有一口棺材，棺材上面周围的布是红色的，中间是黄色的布，爸爸的头部鬓角那里摩擦棺材板的声音有点沉闷，又有一点清晰。寿衣是蓝色的，很新，爸爸穿着时髦的时候，就像一张狼皮披在羊身上，配上这种绸缎的衣服，有着一种他从来没有过的文化高贵的气质。爸爸不虚荣，但是也不够自信。他永远穿着连他自己也心不在焉的衣服，头发都不梳好就冲出去。我经常看着他的梳子上剩下的头发，那些头发有些被主人抛弃的不知所措，还在热情地粘在梳子的各处。

　　大伯和叔叔们的动作稳定又慌乱，几个人用十厘米长的钉子一个又一个对准孔眼敲打钉好了棺材。四周摆放了几十根蜡烛，他们往棺材里面放入爸爸的时候，动作持续而稳定，我看不见父亲的脸，也看不见大伯和叔叔的脸，他们仿佛有一种执着的冷漠。钉子敲打了很久，盖棺材的时候人们把我带出了那间屋子。我听见了声音，但更多像是我耳朵里自己找来的一种声音，疲惫又冗长。甚至起落有节奏，宁静仿佛还有一种安抚人的力量。那时我尚未感到悲伤，已经需要一种像我父亲粗糙的大手那种触摸按摩，对肌肉有一种实实在在的安慰。我似乎是第二次遇到这样明晃晃的太阳。我胸口感到一阵燥热，好像太阳是我穿过的第一件衣服，一件这样炽热的衣服。

我听见了他的左边额头擦过棺材箱盒横板的咔嚓吱吱声。每次响起木材的敲打声，我就会想到当时爸爸在我身边。他脸上回旋着一种呼吸，我幻想着他伸出手从棺材里来抱我。他死的时候好像还有另外一个死，有一种死没有死够的幻觉。我能明显地感觉到爸爸对于棺材的尺寸有一些不满，他厌恶地感觉到这个棺材两个板子不结实或者钉子不牢靠，火气到一定程度爸爸会跳起来。

我的一种思维不合时宜地升了上来，爸爸将举起来大手打我。他依旧搞得清楚是非对错，他把那只大手打到我脸上了，但是他的胳膊肘好像也有微弱的碰撞棺材板的声音。我爸爸死的那年冬天，地面上天天在刮风，听着风打着空气的耳光。

他的高个子像有着悲伤的白色，一缕头发丝还有被子的纱线部分，我能够立刻认出那是他枕边那条水红色毛巾的一条线。说起水红色，现在我一点都不了解，从小我就喜欢这样很透明，现在看起来毁灭审美的水红色。那时水红色就像一个微笑令我着迷，现在水红色像一个屈辱的审美画师，我不想知道自己为什么会有那样低俗的审美观。

他就是安安静静地睡在他的棺材里，他的全职工作就是平躺着，躺在一片黄色的软绵的厚厚的布下面。布匹看上去光滑、柔软，父亲躯干有着冷漠的气质，他的冷漠和他平常的暴躁脾气有一种奇怪的对比。人已经死去了，死了以后冰凉得还有一些柔软，村里人说这种柔软表明他心没有恐惧。他躺在租来的冰柜里，四周满是跳动火苗的蜡烛，一缕缕的淡淡蜡烛气味，做了一个仪式。父亲在乐声中走到了村口，人们跪在那里哭泣，活人只能跪着哭。

送葬的队伍从村子这边开始行进，他们选好了一条路线。两支乐队一支在棺材的前面，一支在棺材的后面，演奏的乐曲有两支——《世上只有妈妈好》《敢问路在何方》。前面乐队中的一个人撒着爆竹，每到一处就点一通，跟在后面是蓝衣服的女人。蓝衣服女人一直在哭，其他的近亲穿着白衣服，远亲穿着自己的便装，戴着白色的小花朵。到了一处空旷的地方，女人们围成一圈开始跪拜和哭泣，我的眼里一切在阴影中迤逦穿行。

这一趟之后有一辆车开过来，接下来就是殡仪馆的商业行为。在仪式要往山里火葬的时候，有人喊道有谁要跟着去，我说我要去。结果我是没有去，我不知道为什么人们没有允许我跟着过去。虽然我并不知道父亲要走到哪里去。开走的车和逐渐变远的模糊点，最后成了一个小圆点，只是消失。我眼前有一串像腰上所系的草绳那种颜色的光圈。

一种奇怪的声音响起来，那种声音好像具有可以看得见的舒适度。棺材是松木做的，松木有一种软性的硬。太阳光线似乎有了独立的思维和指向性。这种反复的光线有一种金属的干裂，不松手就是直接揣住你，啄住你的心。我打开自己一扇看不见的门，泪水就像洪水一样，但是并没有洪水的声音。我像一个坚守阵地的人，把阵地私自搬出去卖掉，解放了我关在内心已久的话语、敌人和泪水。我一遍一遍地喊着，解放了泪水，放风了泪水。家里其他人都有一种放松的感觉，我咬着牙，这需要做一点修饰。仿佛只有我一个人在走上坡的路，其他人已经飞快地从下坡的路上把自己彻底解放。有谁要跟着去的啊，有人例行公事地喊了一声。我说我想去。小孩子去做什么，没人理会我。我再坚持，爸爸可能要爬出来，举起木棒，向我劈来。

爸爸入殓时，妈妈为什么没有哭？妈妈是眼泪流干了还是她装不出来？如果父亲死在头被炸伤之后，如果说父亲那时已经失忆，那他所做的那件出轨的事，如何伤得了母亲的心？妈妈不是真的恨他。

妈妈产生一种悲伤到来的喜悦，绝望也带来更加深的满足。随着爸爸的死，他带给妈妈的伤害也被埋葬，妈妈是否如愿以偿了？妈妈总说自己的命不好，嫁错了人，连生孩子也懊悔。她从桂林来到了揭阳，妈妈讲的潮汕话还是像外国人讲的中国话。妈妈从绝望中找到一丝安慰，如果爸爸有过对自己不忠的事情，是不会这样毒打我们的。但愿妈妈能从坏事里获得不好中的好。

天空仿佛有一种信念，将我家的悲伤总和它的颜色联系在一起。

我记得祈祷的招魂仪式在某天中午举行，几个人在那里挥舞着手里的工具。这种仪式除了让我感觉到一种不能确信的滑稽效果，丝毫没有对我产生安慰。我同时感到了这是对爸爸的一种打扰。招魂仪式在黑暗中持续地进行，一个活人变为非人带来的震撼不适感逐渐消解。爷爷脸色苍白，他的影子也是脸色苍白。奶奶的影子苍白，她的脸色看起来相当糟糕。仪式中，我和弟弟还得到了红鸡蛋。

爸爸去世后一周左右，我做了一个梦。梦里爸爸睁开眼睛，他清晰地叫了一句妈妈的名字，还低声说了一句，没有家具店老板娘这个人。在梦里爸爸含情脉脉，除了皮肤上有一种红润的光泽，他显露出惯吃青菜的很年轻的脸。妈妈对我说："哦，是吗？你是当算命先生的料。"不知多少天后，我的梦有了续集，梦里我也是会害怕的，父亲对他自己的父亲说，爹爹，我回来了。

我眼睛看得见的时候，已经感觉妈妈的细纹开始爬到鬓角，时常有作文里写的那种忧伤。事实上她的身子已经有在下垂的感觉，骨头在收缩，她的牙缝开裂，出现大缝隙。妈妈已经提前过上老年生活。人的孤独是从老年开始的，年轻时喜爱膨胀的生活，喜欢大房子，我要住在小房子里，我希望在我可以看见的地方，家人随时都在眼前。我想住在城市的斑马线上，人多好，我不一定认识这些人，但我能看见他们是个人就行。

我也想念弟弟。遥远的那天早上，我和弟弟六点就起床，从村外搭公交车到汕头玩。我们成为当天第一个到小公园的人。为了来看爷爷记忆中的小火车。

天刚蒙蒙亮，一辆小火车高声鸣笛，在白雾中像炸开一样。当时爷爷可能才几岁，他兴奋无比，感觉此生最大的愿望就是做那个坐在前面的火车司机。他还记得火车司机紧紧盯着前方由铁轨组成的长长的路，火车一拐弯落入更深的城市的房屋中间去了，犹如太阳落入树林那头。他身上穿着蓝色的制服，戴着帽子还有手套，背着绿色的水壶。这一身打扮深深地印在爷爷年幼的记忆里。火车的声音显得深沉。没有人理会他，哪怕他这时喊救命，也不会有人跑过来，每个人都悠闲得很，像一望无际的陌生人，守着一望无际的麦田。爷爷坐在小公园里，脸缩在自己的大衣里面，他来到这里只是为了将腿伸直，在最后一个和煦的夜晚。

春 桃

后来春桃绝望了。一定会是这样。

没有人对春桃的生活和前途操心，看着那几个奔走在各村落的媒婆，或许有一天，她们会找到春桃：她会被媒婆卖到某个村。她们会把她塞给一个满嘴黄牙、口水直流的男人。想着姑姑和姑父猪狗不如的生活，春桃不寒而栗。

春桃匆匆忙忙下车。她人矮，踮起脚眺望远处姑姑的村庄。她小时候来过姑姑的村庄。有亲戚感觉踏实，走亲戚是她最喜欢的事（可惜这种事很少发生），肚子饿，有人给做好饭吃，吃了饭，不用洗碗，不用找机会回报或交换。

过年前后，村里有几场婚礼。哥哥会带着春桃两姊妹，四处去抢新娘扔在地上的糖果、红枣、花生等。

乡下有个习俗，新娘快到新郎家附近时，都会故意停下不走。新娘子的意思很明显，她等着新郎抱入门（为日后吵架占上风留证据，谁让你抱我进来）。新郎毫不介意新娘的"伏笔"，他们乐意上钩。他们张开双臂，有熊抱在胸口的，有像搂一捆柴火挟在腋下的，还有像背一袋米扛在肩上的，展现出多种多样的抱姿。

此时，被抱在新郎怀里的新娘抛出糖果、红枣、花生。本意是用来买句好话，抢到的人会说"早生贵子、百年好合"等好意头的话。春桃兄妹和其他小孩都想靠近新娘，为了占据有利位置去抢糖果等食物。他们打了起来，互不相让，放声对骂，往对方脸上吐唾沫，喊出难听的粗言秽语，抢起胳膊扭打起来。哭闹声乱成一片，有几人失去平衡，歪歪斜斜倒在地上打滚……幸好没人当真，新郎脸上挂着宽宏大量的笑，跌跌撞撞地把新娘抱进屋里。

姑姑郑天恩也是被姑丈昂生抱进门的，当时她还没瞎。

春桃坐在姑姑家饭桌边，饥肠辘辘。姑丈昂生牛一样的大眼睛瞪着她，春桃知道菜不能多吃。她看到一块肉，趁着姑丈没有盯着，把这块肉夹到嘴里，还没开始咀嚼。

昂生一把抓住她的手腕，吼叫着："你真能干哪，这么多人都没看见那块肉，就你看见了。"春桃泪水哗哗地流，她想吐出肉，但春桃饥饿的喉咙生出另外一张嘴又把肉抢回去。她吞下那块肉。

见春桃要吐，昂生直着脖子："舍不得吧，装模作样，你吐出来呀，在你家哪有这么大块的肉吃，肉被你独吞，我们只好吃咸菜。"

大家看着春桃，好像她是个怪物。春桃的眼泪一滴一滴在碗里汇合，她脸烫得要把眼泪烤干，她用碗遮住脸，昂生的手再次抓紧她的手,将碗从她脸部挪开:"还想躲着哭,有胆子就别躲。"

他不让她肆意地哭:"还哭,吃了肉你还委屈呢,消停一下吧,得了便宜还卖乖。这次吃掉盘里唯一一块肉,下次别将我们当作唐僧肉吃了啊!"

不好笑的怪话得到两个表姐的呼应。姊妹两人一齐望着父亲昂生,好像他真要去取经一样。

春桃下意识退了一步,离开饭桌。她不知道把手放在哪里好,手搭在墙面上,昂生尖叫起来:"咦,你的手那么脏,你不要把墙布搞脏了。"春桃皱起了眉头,默不出声,亏他说得出墙布,一看就是油漆油的墙。

昂生把春桃安排在楼下的破杂棚里住,棚里面空气阴冷,污浊沉闷。

春桃明白一个事实。她不属于父母家,更不属于姑丈姑姑家。

想起父亲对她的处置,她痛彻心扉。因为那件事,父亲不再对她有倾斜性的疼爱。很奇怪的是,父亲对她的惩罚性遣送,又意外地起到释放压力的作用。一个人意识到他人对自己不好,反而能放下诸如惦记、牵挂、亏欠、内疚、责任等感情衍生品。

姑妈郑天恩在婚后第五年,才变成盲人。

那天她放牛,她把牛绑在电线杆上。公路上开来一辆东风牌汽车,一路狂按喇叭。牛被惊吓,发疯地跑,电线杆被拉倒,正好砸到姑姑。她眼前全黑，无法看清四周，她的神经不知哪里受损。接下去的几天，她躺在一个姿势里，动弹不了。

郑天恩被送到医院，昂生出了一笔钱，他逢人便说："花到一无所有也不罢休。"医生说晶体要拆除，视网膜脱落，手术几万元，昂生一听，立即把她弄回家里。

村里的能人说："用大盆冷水泡过膝盖。"果真，流血不止的情况有所好转，血管收缩，血止住了。村里能人又说："快去找到几条小孩大便拉出的蛔虫，放在她眼睛球面游动，眼睛不停地眨动，揭开上面一层膜，能把翳障清除。"姑姑的视力越来越糟，蛔虫游走在眼球上，她彻底瞎了。她在家里的地位一落千丈。她吃饭抓不到碗，夹菜夹错地方，姑丈用大抽水烟斗打她膝盖。他说："我养一条狗还会叫，养你有什么用呢？我把米给狗吃，狗会摇摇尾巴，你会什么？"姑姑面无表情地躺在家里，对着天花板，褐色的脸盘涨得黑里带红。

姑丈说："你这个盲人，你为什么不去死？"他极度愤怒的大饼脸变成紫色。面对这种喊叫和疑问，姑姑脸上的表情若有所思。她不吭声，嗓子像一张划破的唱片，难以启动。

　　春桃爸爸炒花生不行，做生意也不行。他的竹篮子卖不出去，他做的瓦罐又斜头歪脑。

　　春桃母亲凤竹把父亲郑天赐叫作"丧门神"。她觉得自己嫁给他，这一生就是被一连串的阴谋给毁了。她恨丈夫，也恨女儿，还恨父母、哥哥。

　　这天，母亲让父亲看会儿正在炒的花生。自接手这事，父亲站在炒锅前，低头，专心又庄严，手里不停地炒动，花生在锅里扑腾。母亲数落他："多动症。"她抄起铲子划拉两下走开。见母亲出去，父亲松了一口气，他依旧拿锅铲炒动个不停，弄出咔嚓咔嚓的声响。一股焦味闯出来。他吩咐春桃："快点，快点帮我，把这里面坏了的花生吃掉。不，不，不是吃掉，是挑出来扔掉。"

　　他不顾锅里热度，把双手当作铲子，当作划船的桨，奋不顾身在花生里搅动，找出可能会被凤竹发现藏匿在锅里烧焦的花生。

　　父亲郑天赐害怕母亲是本能，母亲凤竹责难他出于本性。

　　在襁褓里春桃就听到母亲数落父亲："打鞭炮手脚不麻利，

打到一半就断了，一年都不吉利，帮人家抱小孩差点用香烟烫着了人家孩子。"

母亲一贯以指责他为己任，把发怒当事业，她对父亲的责骂具有抽象和形象双重意义上的杀伤力。母亲把毫无逻辑的事情，借着环环相扣的语气，效果惊人，一次足以震慑半年左右，父亲是两个广岛也不够母亲轰炸。一种无足轻重的麻烦，也能驱使母亲像装了发动机的弹簧一样跳起来。

母亲先从这一件事归纳总结，追溯到当初他各个时期所犯的同样错误，内容随时变化，出发点、落脚点都是控诉父亲"骗了她"。

父亲心不在焉是冒犯。父亲流利的对答被母亲看成是廉价的应付："我怎会嫁给你啊。"母亲在父亲郑天赐面前指手画脚，上蹿下跳："你提建议就是有借口的侮辱。"父亲站在原地，像伫立在那里的一个长方体，一动不动，又像被吹灭的蜡烛。

父亲赔着的笑意慢慢冷却，挂着很勉强的笑，像残雪趴在山头，像时刻要被风吹倒的衣服一样。他抬高下巴，眼睛眯起来。

母亲有让好事情转为坏事情的眼光和能力，她不深入到半夜时分不罢休。母亲准备采取什么行动？母亲想要什么？父母双方都不关心。父亲任凭母亲絮叨，指着鼻子骂他，也不回嘴，充耳不闻，好像挨骂像鼻孔要呼吸、烟囱会冒烟那么自然。母亲整张脸都变了形，嘴巴到下颌的后半部分，像刮坏的台风，她三十二颗牙齿像露出三十二个拳头，在口腔集体抗议。

　　父亲攥紧一团黑乎乎的抹布。春桃坐在父亲对面，"都是命"，父亲郑天赐这类埋怨，很能拉近春桃和他的关系，不知道出于什么心理，春桃喜欢听爸爸对妈妈表示不满的话。

　　春桃睡过去了。在梦中，春桃感觉自己软弱无力，却还挣扎着起来帮父亲在锅里挑出坏花生。

　　春桃母亲凤竹和大多数精致的潮汕女人不同，她从头到尾散发着简陋气息。

　　她对来相亲的媒婆直言不讳："我不会躲在厨房吃饭，也不会喝下茶盘的剩水。"媒婆见过她堂而皇之和男人一块儿坐在桌上吃饭，暗地里摇摇头。

　　媒婆帮凤竹介绍了一个广州的大专院校老师。那老师年过四十岁，还没有结过婚。他在广州待久了，不计较她"不懂礼节"，他们谈起了恋爱。老男人说她不温柔，凤竹认为自己和广州男人不可能有戏，她说："温柔有屁用。"老男人一听，觉得这女人真实，有戏。他们准备订婚，不知道为什么，春桃母亲（当时还是凤竹姑娘）在订婚宴席上对一句话听着不顺心，情绪急剧变化，就和男方家兄弟等人一对多人打了起来。婚事黄了。之后再也没听到过凤竹订婚的消息。

　　凤竹吃鱼很在行，吃濑尿虾就不行。在农村，这受到广泛诟病。后生们听到凤竹这么会吃鱼，一碗一碗地吃，鱼骨扔一地，转身就走。以节俭为美、以节俭至上的潮汕人，谁都怕大吃的女人。凤竹性格暴躁，人们认为是当村主任的父亲成全了她这坏脾气。

凤竹没有楚楚动人的时候。她脸大，使她完全没有出众的可能；她的头发像钢丝球的钢丝那么浓密和坚硬，脸上毫无表情，随时抓一顶帽子戴上，女泼皮一样，像济公。她对自己不闻不问："你们说我的问题，我早就知道了，你们还是跟在我后面学我说的呢。"她漫不经心地开着门，吃辣椒、白冰糖、糖栗子。

3

母亲对父亲的仇恨到底是什么呢？

春桃想问父亲："她为什么有理由、有资格这样无理取闹？"父亲郑天赐犯的错误就是去"找了她"，神婆说第九个对象能成。凤竹是那第九个。错误来自命运，神婆好比神谕不可更改。年轻时，郑天赐认真地相亲，认真地接受多次相亲带来的失败，认真地接受命运欺软怕硬的安排："一想到村里人纷纷结婚生子，我就像犯了不可弥补的错。"他喜欢孩子，他想在二十五岁生五个孩子。他在三十几岁找了第八个女人都不成功，神婆说第九个肯定成功。

神婆说完比着两个手加了他一百元。郑天赐一反常态向开饭馆的堂姐求助，一贯小气的堂姐，竟然有钱借给他。第二天郑天赐买了一只鸭子送给凤竹的妈妈，接着每天一只鸡或一只鸭。凤竹的妈妈吃下第一只鸭子，郑天赐就有权利同凤竹约会。吃了鸭子，近乎一种承诺。凤竹没看上郑天赐，能结婚和鸭子关系很大。郑天赐觉得自己罪有应得，谁让他一天一只鸭子送给未来的岳母娘。他不敢反驳说凤竹的妈妈为什么愿意一天一只鸭子、一天一只鸡吃下去。他不明白为什么连找八个女人都对他一致持否定态度呢？为什么他这样一种不高明的表达方式，竟然被凤竹的娘接受了呢？凤竹对郑天赐没好感，对自己母亲暧昧的态度，她持有单纯的矛盾和怨恨："我绝不嫁乡巴佬老男人。"

那天，凤竹想让村主任父亲去"死皮赖脸的郑天赐家"谈一谈。村主任答应他的宝贝女儿："好，爹爹亲自去谈。"村主任疼爱女儿，乐意为女儿撑腰。

凤竹的爹自从当上村主任，刻意和农活拉开距离。山村的桃花梨花绽放第一缕花香，风吹过来，农田明信片一样，人有了情志，田里有人插秧，凤竹的爹爹不知怎的来了劲头，手痒痒的，犁耙在犁地那种流线型吸引他："很久不做，手都生疏了，犁地也是一种享受。"他对凤竹说："我帮他们犁田，你看看当年爹爹也是好手一个。"他心情好，开始唱歌。牛没有听过人唱普通话的歌曲（以前牛听过潮汕话《爱拼才能赢》等歌曲，顺耳，牛听粤语歌曲也还行），普通话的歌声响起，牛听不懂，被吓到了，牛跑起来，且跑得飞快，拉着凤竹爹爹飞跑。狂跑了十多米，牛突然停了下来，整个铁犁耙往后倒，犁尖锐的部分撞击了他的腹部。他眼前一片漆黑，浑身沾满血——凤竹爹爹死在准女婿家附近的田里。

郑天赐对着一张一合虚弱呼吸的凤竹爹："我会一生一世照顾你女儿。"见满地血，凤竹吓到了，比同龄人迟来几年的月经一下就蹦了出来，她急着跑去了茅房，耽误看父亲最后一面。

凤竹母亲对女儿说："你爹临死前嘴巴一张一合，点头摇头都有，意思是叫你和天赐结婚。"凤竹觉得爹爹临死前变节。凤竹以为父亲郑天赐此行是去退亲，这变节来得突然无法对证，爹爹答应她一起去谈一谈的。回顾一路的细节，揣摩那不确定的点头和摇头。凤竹问："点头有几次，摇头有几次？"凤竹母亲断定丈夫临死前接受了这个女婿。姑姑郑天恩在现场，她什么都没说，不肯定也不否定，只是在安慰被初潮吓怕的凤竹。

在父亲村里，某人外出砍柴不小心砸到头，或者是采草药被蛇咬死，年纪轻轻就死于非命的，这种死人不可以进入村大门，不可以放在家里。他们认为冷尸属于鬼魂，村里人怕给自己带来晦气。冷尸只能放在村外的河边。如果放在河边，来看他的人也少了很多。当时只有把郑天赐当作女婿，凤竹爹爹的尸体，才能趁还有余热抬到郑天赐那村里，其安葬礼仪上才能提高一个级别。除了认郑天赐做丈夫，命运没有给凤竹更多选择余地。

没有村主任父亲郑天赐撑腰，凤竹和昂生兄妹俩只能端坐在命运如来佛的手心。适婚的男女和他俩疏远。人们对着兄妹俩从敬畏到观望到不屑一顾。

很久以后，凤竹和哥哥昂生两人和郑天赐以及郑天赐的妹妹郑天恩以换亲的形式成家。交换的两个家庭像平行四边形，怎么走都通。春桃姑父就是春桃母亲的哥哥。村主任父亲偏偏重女轻男，凤竹依仗父亲对自己的偏爱、偏心，没少让哥哥昂生吃苦头。哥哥不喜欢她这个妹妹，却常常被妹妹嘲弄。凤竹和昂生兄妹一见面必吵，凤竹说自己不怕没有男人，她答应换亲（她不说自己附加了条件就是将来哥哥要帮自己免费带孩子），就是牺牲自己成全哥哥："没有我，谁要你，又老又懒又凶，不是牺牲了我，你还在打光棍。"昂生心里知道妹妹说的是实话，但公开说实话就是伤害他。

4

人们说："春桃长得像奶奶，隔代遗传，一模一样。"

从记事起，春桃就听见母亲说："把她送出去。"春桃的长相和奶奶如出一辙，五官、牙齿排列一脉相承：豹眼地包天，牙齿有一个虎牙，等等，像是复制奶奶的模样。春桃性格却和妈妈凤竹接近。凤竹本人并不这样看，她挑出春桃有自己"万恶的母亲"的影子，凤竹把对母亲的恨转到春桃身上："你看你耳朵边一个坠子，你看你下颚的一个黑痣。"凤竹痛打春桃时高声喊："一天一只鸭子，你吃死去。"凤竹像个先知："我早知道，我来这个家，就是来还债的。"有时她化身为窦娥："下辈子就算眼睛蒙三层布，也不会嫁给你这样的人。"

春桃对父母的关系有一边倒倾向，她热切希望父亲郑天赐战胜母亲凤竹。春桃和母亲彼此有来自本能的厌恶。对父亲莫名的同情引发她对母亲觉醒式的不满。她莫名地厌恶母亲，莫名地喜欢父亲，她时常等着机会惹恼母亲。她看到母亲把锅拍得直响，恨不得锅铲摔断。春桃在内心祈祷，祈祷母亲像自燃的大火，完全失控才好。不一会儿，春桃就听到厨房里甩锅、甩铲子的声音，全家人怀着大小恐惧，像被拔去电源的收音机，无声无息。

父亲说："生不如死，生不如死。"其语气平淡，春桃没法分辨出他心里究竟后悔成分大于认命成分多少。他继续待在他沼泽一般的床上，父亲的反应是聋哑人摆脱嘈杂时的异样表情。父亲做的是一只鸡蛋摆脱孵出小鸡的努力，只想春桃听见这声叹息，不想让凤竹听见，也不想让凤竹知道春桃听见了。春桃不满父亲安静认命的淡定作风，她不满他给母亲作为一家之主的特权。

春桃流露出混乱的同情："爸爸，你对自己是铁石心肠。你主动追求母亲也不是罪过，干吗一辈子做牛做马？"

母亲要春桃帮找白头发，春桃看准她那几根倔强的白发，装作手一滑，直接齐齐剪下她生机勃勃的一大把黑发，看见母亲心疼的样子，春桃差点笑出声。春桃又给她一本正经地出主意说：
"既然头发这么少，要不给每一根头发起一个名字，像荷花呀，
月季花呀，蜡梅花呀。"

　　在母亲暴跳如雷的时候，春桃内心波澜不惊。她用无声的语
言战胜母亲，不放过任何治理母亲的机会。

　　春桃看着母亲："就你那张尊容，你能嫁给父亲就是对命
运磕头好了。"母亲有自己的逻辑："我是村主任的女儿。我谁
都看不上。"春桃回答说："谁不看重你的特权，就是要了你的
命。你把自己定位成受害者，用假设他人过错的伪痛苦来控制全
家。"母亲威胁说："有本事你不要在我面前晃。"春桃不怕
她："你除了拖拉没优点，你威胁不了我，你又胖又黑还是罗圈
腿，爸爸要你亏大了。"父亲五官端正，可惜，他英俊的线条像
是临时拼凑的。

　　春桃闹不清父亲是真的蠢，还是他用蠢来惩罚母亲。春桃
想：打理好狂妄的妻子，是很容易的。父亲惊慌失措，只能说明
他确实不解风情；父亲沉默不语，那说明他对母亲没有真正的仇
恨，只有认命的委屈。父亲说："你到底要我怎么说好？好了就
算我说错了。"父亲木讷地解释着。春桃盼着新矛盾出现，找着
机会就修理母亲。春桃明白母亲的感受，实事求是的安慰对她又是
另外一种打击，简化她的悲伤对她也是一种冒犯，揭破更是冒犯。
母亲生气的声音越大，春桃越高兴。她觉得自己在帮助父亲。

5

春桃震惊了，父母用这样特别的方式在床上，他们像在打架。父亲穿着紧身的球衣，球衣紧紧贴在背部，母亲隐约露出的胸部像高出水平面的岛屿。母亲躺在那里，一条腿夹着被子，这条腿不胜酒力似的，春桃心里骂："一条大型过期正要发霉的金华火腿。"母亲的脸像被一只铁锤砸开的镜子，面部四散的线条像玻璃碎片在飞，一副死来活去的表情。父亲的脸呈现出一种月偏食时的月光模样，看不清楚他的表情。

月光静静地洒在地面和被面上。月光下，一体式的两个人深深刺激了春桃。

母亲疲惫时，两眉之间有竖着的皱纹，五官在她脸上造反，下巴坍塌，两个鼻孔扩大着它黑洞洞的地盘和势力，专门盯着她鼻孔看的时候，好像同时要进入两条隧道；她抿着嘴，法令纹形成两撇小胡子，五官之间空前团结，平时波浪形的头发狗窝一样。母亲表皮下面有无数的兽在走动。她在阴影中的胸部像圆盘，像祭祀用的圆深大碗，上面也犹如祭祀的糕点一样，耸立在阴影的山头上。"两只猪。"春桃在心里面喊了一声，她感觉父母丑态百出。她绕不过父母这一幕。

母亲就像春桃小时候见过的配种母猪，不踢一脚就不肯动的。那是发情的母猪，瘫在地上嗷嗷地大叫，嘴巴吐着白沫。母亲的嘴唇像猪嘴唇，额头也像母猪额头，她整个身体像刮干净了黑毛的白猪崽。想着母亲平日咒骂父亲的种种不满，而此时她又在拼命抓着父亲。也许，母亲的体内养着一个魔鬼，好像她是披着狼皮的羊在和父亲做，好像她做完就会揭开那层狼皮。

春桃以为父亲对母亲不感兴趣。她被刺痛了，她很看重父亲对母亲的"好"是出于"主动"还是"被动"，现在她看明白了，她心里存着的一线希望消失。

春桃无法再睡下去，她跳下床。她没有穿睡衣，她抓起一块枕巾，袜子也不穿，赤着脚走到他们的门外，门本来就是敞开的。她径直站到了父母床前，刚好面对着他们，父母就像见到鬼一样，两个人同时惊叫了起来。

过于突然，春桃也慌张。母亲冲上来，一巴掌扇到春桃脸上。清脆尖锐，火辣辣的。母亲那架势，几乎想把春桃的脸皮，像吃猪皮一样地从她脸上撕开——如果能把脸撕开，春桃敢保证母亲一定会扑上来这么做。春桃像获得新的战斗能量，她知道自己会跟母亲做漫长的战斗。

父亲的反应，让春桃略略有点惊讶。他慢慢地爬起了身，背对着春桃。等到父亲转过身子，她只看到他的脊梁骨暗红色闪动的亮光，水银一般变换着各种图形。光影在他的背部勾勒出烦躁不安的线条，像一条滑雪的车道里出轨打滑的雪道。

那天晚上，外面一片静谧。春桃躺在自己的床上，从窗户传进来番石榴树的青草香味，若有若无。

父亲在说话："该看见的都看见了，该知道的都被她知道了，我有什么办法，又不是我叫她来的。"

早上春桃还没从瞌睡中醒来，她感觉自己的口有一些苦，屋外的光线射过来有些刺眼。她感觉到不像真实的，想一个人再睡一会儿，她不想去和父母一起吃饭。

春桃心里等着父亲向自己解释。父亲给她送了一杯水，他坐在凳子上，脸上一阵白一阵黑，面部皮肤浮肿。父亲穿着一件T恤，黑白条杠杠的，还穿了袜子，他看上去有一种陌生的修饰感，身上穿的颜色超过了五种，琳琅满目，显得热闹，和城乡接合部路边的小商店何其相似。父亲清清嗓子，他说："车票给你买好了，你上你姑姑家去住几年。"春桃收拾东西。她没有自己所想象的骄傲。

母亲选定的人家是春桃姑父家，这一招够狠。

母亲把女儿送往哥哥家寄养，不像是为技术操作上的考虑，更像为增加折磨力度所选择。她知道哥哥欠她的，他也知道哥哥恨她。

6

　　姑丈昂生进来，他在厨房门口，鼻子哼了一声，算跟大家打招呼。他看着锅里的水，表情鲁莽愚蠢，自鸣得意，眼睛里有眼屎。他那浑浊的眼神，如蒙一层迷雾的凶恶眼神，让春桃打了一个寒战，眼睛往上飘。

　　姑姑到厨房箩筐里，多拿一个红薯给春桃吃，被姑丈发现，他伸出手，往姑姑头顶捶下去，好像她的头是沙袋。姑姑没吭一声，低着头继续吃饭，就当自己的头是个沙袋。姑丈在叫嚣："一个白吃饭的还不够，还来一个穷鬼。"

　　过年了，昂生家来了一堆亲戚。大家都会有红包，他们疯子一样冲上去。春桃站在那里动也没动，她心里希望被他们看见，她在脸上提前浮起被感染的兴奋，她怕他们把自己忘记。没有人给她红包。姑丈站在春桃面前，他手往回缩。春桃满脸发烫，进退都不是，大家拿着红包从她身边飞跑过去。春桃鼻子发酸，眼泪夺眶而出。

　　哭过以后，她睡了长长的一次午觉，醒来觉得头有两倍的重量。

一场风暴把地面的杂物带上天。春桃对外界全然冷漠，悲伤在她体内发芽，她感觉自己一次次被清理。

春桃存有一种毫无希望的渴望，就是自己为爸爸生活，为爸爸讨回公道。她在减少爸爸因娶母亲而得到的罪孽，她觉得受一顿痛打，就为爸爸又做了一件实实在在的奉献。

春桃不想念母亲，但她惦记母亲。她要和惦记的人在一起，并不为行善，也可能为作恶。她心的材质由黑色金属构成，这是她心灵的致命肿瘤。

姑父家就像一个渡口，春桃随时准备着逃跑。

7

父亲郑天赐出现在姑丈家门口。春桃喊出声："爸爸终于来接我了。"春桃对爸爸把她当作坏花生扔出来的气，消失大半。

爸爸对她说："我把奶奶送到桂林老家，我们在那里过，不回来了。"母亲对父亲的妈妈采取让其自生自灭的态度。那天，春桃奶奶在地上爬，穿着皱巴巴的衣服，散发着一种腐败气息。她想端一盆水洗头，端不起来，倒水时被一种惯性吸力吸过去，人便倒在一堆番薯叶上，骨折。奶奶坐在原地一天。一天吃喝拉撒都在地上，她发着高烧，大叫不止，手颤颤地在地上匍匐前行。春桃母亲看见了，她不给一碗水，捂着鼻子说："太臭了。"奶奶爬到门角。她很瘦，穿着一套黑衣服显得更小，大小便全在裤裆里。一个人像一只老狗一样畏缩在门脚。

夜里爸爸回来，他开始骂春桃母亲，春桃母亲继续嗑瓜子："又不是我想嫁到你家的，关我什么事。"郑天赐帮着妈妈洗头洗澡，洗指甲，剪指甲，喂饭，清理大小便，洗衣服。接着他占卜。他用两根棉签往两米之外的垃圾桶一扔，如果扔准桶内，就逃跑。扔准了，说明今天的第一念头是正确的，他带着他娘跑了。他来妹夫昂生家，把春桃也带回去。

春桃扑向爸爸："去桂林老家，你终于揭竿起义，是她将我们逼上梁山的结果。"父亲决心离开母亲生活的主意让春桃很兴奋。车子开出村庄五分钟后，她觉得自己走过阴森森的森林，开始欣赏周围的景色。

妹妹和姑丈追上来。昂生把郑天赐出逃的事告诉凤竹。春桃的小妹挡着他们。小妹妹长得像莲藕，她说："母亲要你们回去。"

凤竹说："谁都别想能够从我的手掌心逃走，如果不回，我会指挥手里的三员大将（指三个孩子）下地狱，我再上吊……再不回来会有人向你报丧。""末日……上吊"的想象打垮郑天赐，他乖乖地回到凤竹身边，接受注定的失败，一家人不再提起这件事情。

8

要不是姑丈，春桃的流放生活将遥遥无期。

过了一年，村里二十岁左右的姐妹们开始到深圳打工。秋天的时候，姐妹中的一个回村里，她烫了大波浪头发，涂指甲、口红，像变了一个人。春桃听到了关于珠三角沿海一带外面世界的事情。她们坐了十几小时的车，花了十一元到了广州，又从广州坐火车去深圳。在深圳宝安的一个农场帮香港老板种菜。两个月后，她们中最好看的两个女孩成为大龄香港男人的大陆妹老婆。村里人开始纷纷议论，后来大家不吭声了，看她们一笔笔汇过来的钱款。她们还寄回时髦的真皮鞋、电子表、会唱歌的贺卡、电子计算器，每个人都心动起来。他们家人卖菜时，再也不用口算，"只要摁那个家伙，数字结果就出来，这是多神奇的神器啊"。春桃和他们一样，听到这些消息后难以入眠。她的兴奋点和别人不同。她感觉香港男人再老再丑，个子再矮，也不会找她做老婆，她觉得自己被悲伤浸泡满了。她在这个姐妹面前哭起来，姐妹也同情，为了安慰她，姐妹讲了一个故事，这故事在她心里又挥之不去："有一个人靠游泳发达了，他趁着从珠海送鲜花到澳门的时候，从小船上跳下，潜水游了过去，成了黑身份的澳门人，但他夜里出来打工一天挣的钱，比全村人一个月的收入都多。""遍地黄金，随便吃不要钱。"春桃最后明白了："澳门的金子店满街都是，澳门的店面上，走上一趟吃早饭不用花钱，每间店都有凤梨糕、杏仁饼，免费吃。"

姐妹睁大眼睛："当然免费吃，你动动手指头，动动嘴巴，没有人会说你，更没人会像你姑父那样打你。"那些情景仿佛就在眼前，靠游泳到澳门，改变命运。她感到异乎寻常的快乐，嗓子像收到一笔巨款，紧张得发抖："偷渡，游过去，就是人上人，到澳门或者香港去！"她很庆幸自己是第一个也是暂时唯一知道这信息的人。她眼里放射出光芒……

一周以后，春桃把姑丈的抽屉撬开，把抽屉里的二十元全部拿在手里。她按照小姐妹去打工的同样路线，花上了十一元钱坐上了通往广州的大巴。大巴上，她被挤成沙丁鱼罐头，但她心里很暖和，她要想办法打工，挣到去珠海的钱，然后在珠海当一个花农，在某次小船行进时，潜下水游过去……

一切都进行得很顺利。十几个小时后，她到了广州流花车站，她胸有成竹，看见"广州"两个字，她确信她已经来到广州，姑丈被她抛到脑后。她有一种要起飞的感觉，她喉咙一阵紧张，顺口往地下吐了一口痰。一个"红袖章"过来拉住她说："罚款五十元。"她没有五十元。她低声地求他。她希望到最后的时刻奇迹出现。"红袖章"狡黠地讥笑她："内地妹吧，想捞世界，又不懂规矩。"她感到绝望，难以捉摸对方的意图。她又饥又渴，一下子瘫在流花车站地面。没想到对方几乎不假思索，一把将她拉起来，塞给她一个扫把，告诉她说："看你也不是恶人，给你个机会，救你一把，将这一片地扫干净了。"简单一句话，让她像得到重生机会，她拿起扫把一扫扫至半夜，随后靠在车站的长椅上睡着了。半夜一阵喧闹声，把她吵醒，一些警察模样的人说道："查身份证。"春桃把身份证给他，一看是外地的，他们又说："查暂住证。"她拿不出，他们吼起来："听不懂吗？你没有暂住证，立刻返乡，要不然就抓到收容所……"

春桃就这样被遣送回来。

这次受挫，春桃再次回到姑丈家，再次天天面对她最不愿意见到的姑丈。她开始不言不语，不像以前小心翼翼躲开姑丈，挨打时，她露出死猪不怕烫的表情。

春桃越是这样，姑丈越觉得她做错事还敢反骨。他更加不怕找不到理由打她，随时可打，刮来一阵风、下一场雨都是打她的理由。他觉得她是吃饭的累赘。他双手抓住她头发，晃动着身体："下雨都不会收拾衣服。"他用膝盖死死顶住她手臂，掐住她的喉咙，用拇指压她的气管。她的舌头往外伸，翻出大部分眼白，脑袋被他猛撞了几次。他不觉得是撞脑袋，而是在砸开一颗椰子。

姑丈说："我跟你讲，你可以去死，比偷钱光彩。你怎么不去死啊？你活着又没什么用，也不是说没有用，可以让我折寿呢，你是我那个魔鬼妹妹派来整我的。"

姑丈说："长江没有盖盖子啊？杨梅树又开花了，冲你来的吧？"见过杨梅花开就要死人的传说，让她害怕。

春桃睁开一只眼，每天醒来，就盼望等到天黑能够闭上眼睛，可以待在黑暗里面，那时她才能够逃过姑丈的毒打。她仇恨的种子一天天发芽、长大。

"能游泳到澳门，就可以改变命运。"这个消息本就是以讹传讹，那几个外出打工的人再次传播，已经是几个月后的事。几个月后，这秘诀再次传到村子，他们就都相信，觉得要相信闯过世界的人。

几乎全村的成年人都想学游泳。

村里人第一次感觉到自己是井底之蛙。

他们才发现，全村会游泳的人只有春桃："有一个人会游泳。""谁会有这本事？""昂生家的春桃啊，上回她不就是在小河游泳，把姑丈气个半死，站在岸上骂也没有用，听说好一顿毒打呢。"

姑丈对春桃的态度来了一百八十度的转变。姑丈好像忘记她曾偷了二十元，也好像忘记她背着他想逃离。姑丈不计前嫌，好像以前的事没有发生过。吃饭时他第一个叫春桃过来吃，还亲自给她夹菜："多吃点肉，吃了肉才会长肌肉，才有力气。"

村里人开始学习游泳。昂生也报名参加。他对春桃说话有笑意："你教我，累的时候，在小河边休息。眼睛死死地盯着水面，盯着你姑丈昂生。"称谓也变了。这称谓里面有对她的暂时性拉拢。他又对春桃说话："我喊你的时候你总要在岸边。"他用死死两个字，有着不容分说的强度，春桃心里说："我又不是一棵树。"但这差事可以逃避烧柴烟熏火燎的苦楚，逃离做编织、搬柴火、打猪草等活儿。她不由自主地答应下来。至少她可以直勾勾地望着水面的任何人，想事情。她开始教他游泳。

从姑丈家去那条河要走很长的路，路上，春桃腋下一股臭味汨汨而出，像一顶不愿意从头上脱离的帽子。昂生说："你腋下的味道很臭。你是狐狸精。你做我的狐狸精吧，哪天我把你姑姑陪嫁的香水给你用。"他做出呼吸样，似乎一股浓香贴着春桃的皮肤如燕子贴着水面那样飞起。他突然上前摸了春桃，手在她乳房那里停留，一股热气扑向她："我先学会游，以后我们两个一起在水里游。"他露出笑容，春桃装作没听见，心里却像被炮弹击中，血管爆裂。昂生笑起来，和夹肉时的表情一样。

第二天，春桃朝河边走去。走向小桥，走过小树林。她还拿着一根长长的竹竿。

昂生说："有什么不对的情况你就赶紧拽住我拉我上岸。"春桃说："跳下去拉你时，我不也沉下去了吗？"她小心翼翼地看着水面，看着他一起一伏甩动着头，钻着水，像鸭子似的，他四肢张开要飞一样。他一遍一遍地练习飞。她毫无表情地看着他，心里想："蠢货，不会换气就想飞。"有时，他在浅水处站着，他把头扎进水中，呛了几口就想走回岸边。他想拉春桃的手，她回避着。他的脚在水塘中挪动，大口呼吸，身子在发抖。

春桃看出他是怕水的人。

　　昂生把裤腿卷到膝头上，能在浅水里划拉三米，快到岸边他会呛水，好一阵咳嗽。她用长杆帮他稳定。

　　墨黑色的树，和天空一起倒映在河面上，像在天空中游泳。天空越来越暗，点缀其间的星星点点，像在其中游泳的人。天水相连处就是春桃家，春桃要游到那里去。这是一个有希望的季节。

　　水上像厚厚的密密的一层海藻，天空像盖子。水已经看不见，流动着也没有光亮，只听到漂流的声音，水上漂浮的人头都看不见，大地上的路回到当初那种原始状态。春桃忽然产生幻觉，天空黑云笼罩，变幻莫测，远处一两颗素净的星星。

　　春桃的灵魂和春桃的肉身开始拔河，向着两条不同的道路奔跑。

　　她说："姑丈，你游远一点，放开胆子游。"昂生犹豫了一下，看着她，吸了口气："好，我表演一下给你看。"他转身向着远处时，春桃用尽全力，把长竿对着他的头部，死死地用力戳过去。天空投过来一道又一道阴影，春桃转过身子，她倒在一片阴影里。她看着湖水变成五颜六色，不断地延伸到未来和现在。

　　他在下沉，他伸出手臂，半条手臂。她闭上眼，收回竹竿，再死死地用力，对准他的手臂，往水的深处推。他变为一个大黑点，黑点迅速打转转，黑点曾冒出来，嘴巴一张一合。

　　她做梦一样坐在岸边。后面有树，一股风像瞎了一样，到处窜，从四面吹向春桃。远处有沉闷的雷声。闪电把夜空撕成碎片。不一会儿，哗哗而下的大雨铺天盖地。看着紫色转黑的夜空，她再次手里握着长杆，他的手向天空举起，噼噼啪啪打在水面上。那双手又像火焰，快要烧着她的脸。乌云在高处，隆隆的声音，闪电也在黑沉沉的深渊中。他变为小黑点，黑点在沉重地站起来。黑点好像打滑。黑点好像哼了一声，又好像伸出手。乱蓬蓬的头发不见了，秃顶的天灵盖不见了。黑点越来越低矮，越来越小。黑点做出一种蹚过脚底水坑的姿势，当黑点快抓住竹竿了，她抽回竹竿用尽全身的力气再次推，黑点融化在深黑的河水中。

黑点和茫茫的天空——黑点、雾气、水汽都消失。看着平静的水面，好像睡着了，河岸好像从水里爬出来。她瘫坐下去。不知多久，天更黑了，湖面干干净净，人都已经跑光了。人们早已经走远，或者人们就没来到过面前。一股杂乱的响声越来越近，越来越响。

春桃仿佛看见姑姑瘫坐在门槛边，一动不动。

人们在哭泣，更多人慌乱着，有乌鸦在头顶上方盘旋。

她捂着脸，不走近任何人。奇怪的是，没有人对她加以注意，包括姑姑。不会再有人痛打她。她想施魔法迫使一切走向她的脚步停下。在不成体统的夜色中，春桃逃了。

春桃慢慢沉入广袤无垠的黑色中，像一颗星星那样隐藏自己。

清白史

　　在包饵渡帮父亲摆平诊所一起医闹之前，他都被全家认为一事无成。

　　在他们的眼里，包饵渡的智商低，还是个烂仔。他少年时，进得最多的地方就是派出所，他哥哥说，那一段时间，他最为繁忙的业务就是去派出所捞人。他哥哥甚至认为，包饵渡后来提高的聪明，都是在一次次进出派出所中锻炼出来的。

　　他后来读不成书时，就说去当兵。

　　他那个开诊所的爸爸听了之后，当场表示赞同。他爸爸认为，包饵渡最好的出路是去当兵，在军营里，他的品行也许会变好起来。

　　他带着他自己的希望和父亲美好的愿望报了名，但初检就被刷了下来。

　　他很失望，他爸更失望——这孩子看来没有救了。

　　他的哥哥不看好他，他的爸爸不看好他，他的两个妹妹同样不看好他。

　　一直到现在，他妹妹还把他看成一个不良分子。尤其是当他招了那个几个女助理之后。当全家人看到他带着那几个美得让他们眼前一亮的女助理回来时，他们就高度一致地认为，他跟这几个女助理的关系肯定不清不楚。

其他人这么判断之后，就没有再说什么了。但两个妹妹却觉得心里太堵了。她们必须站出来，制止哥哥继续这么下去。

目前全家的女性只有四个：母亲、两个妹妹，以及包饵渡的妻子支童倩。

那几个女助理自从他们家办那间精神病院时就出现了。她们简直像包饵渡的贴身军师和女保镖。她们的眼里好像只有包饵渡，全然不将家里四个原住妇女当一回事。每当看到她们，包饵渡妹妹们心里就扫过阵阵恨意，你们又算什么？不过就是会弹一点钢琴，会一点开车，会一点外语，会画一点在白纸上涂上黑蒙蒙的什么鬼都不是的画。

包饵渡并不在意家庭成员们的心情，每天带女助理们谈生意，上兄弟单位参观、学习、培训，用满她们。妹妹们就更加不服了：有什么了不起，也就是有鼻子有眼睛而已。

两个妹妹其实都过得不好，大学考不上，做生意没资金，在社会上没有人脉，进厂之后又下岗，然后一直是失业人员。但她们从小就学好，为人一直很正派，眼里一直看不惯没有道德底线的人。她们对没有道德的人，深恶痛绝。人们常常看到她们咬牙切齿地批判着某些社会上的不良现象，好像她们是道德和正义的化身，也是道德的活尺度。

　　她们看着包饵渡每天进进出出，早起晚归，对大家没头没脑地赔笑，一副大汗淋漓的虚脱——怎么看他都像做了不为人知的坏事。

　　她们觉得，哥哥再这样瞎搞下去，就会深入难以自拔的深渊。

　　她们知道这个哥哥很鬼，她们无法正面跟他交锋——以前派出所都搞不定他。

　　她们决定去找支童倩，把支童倩也拉进她们的阵线。

　　上午十一点。和往常一样，支童倩在楼顶层脱光上衣，露出背部在晒太阳。

　　她俩突然出现。

　　她们坐在沙发对面，坐得中规中矩，看上去就是很有教养的坐姿。

　　然后，双方像电视剧那样展开对话。

　　哥哥做那种鬼事……

　　你们怎么知道？

　　街上人人都知道……你是最后一个知道。

　　你们父母还不知道吧，你们先去广播……

　　你什么意思？我们这是为你好。

　　我委托过你们吗？

　　真想不到他会做出这种事情！

　　什么事情？

跟那些女的在一起乱搞……

跟女人在一起就是乱搞？那我建议你们赶紧看管好丈夫先……开养老院、开医院又不是开和尚庙，见个女的算什么？

我们家里从没有发生过这种事情……

你是说要把你们的哥哥关起来，要我审判他？

不能让他继续跑到那些女的那里……

你有看见吗？哪一天几时几分在哪里……

我们没看见，但我们有证据……

她们瞪着眼，气急败坏，不将支童倩的怒火扩大到燎原之势，她们就不甘心。

她们操心他瞎搞时有没有戴安全套。

她们对支童倩说，如果他们搞出什么结果来，将来跟你儿子争家产的人更多啦，你知道吗，他脸上的刀疤就是和人打架打出来的。他是在社会上混过的人。你被猪油蒙了眼睛，什么都信他。

支童倩并没有她们想象的那样，暴跳如雷起来。

支童倩在阳光下，听她们用酸溜溜的口气揭露完包饵渡之后，冷静地看着那两个一脸义愤填膺的女人。她们正义愤填膺地期待着支童倩的爆炸。支童倩看到了她们的期待。

支童倩没有爆炸，只是用她们觉得被羞辱的口气回答，你们连我眼睛容易被猪油蒙住都看出来了，很了不起。我让包饵渡再不用购买X光机，你们俩往那里一站，不但骨头皮肉的毛病，连灵魂精神的瑕疵也检验得出来，哈哈。以后看见病人每天都帮每位家庭成员看看，没有问题了，才算当天考核过关。

你还笑！再不制止他，你就会哭得泪水流干。

支童倩已经明显不耐烦起来，说，你们想追究就继续追究吧。反正你们有的是精力，有的是时间。

支童倩看到两人脸上满是不服气的神态，便又说，你们拿不出孩子学费时，不也是哭不出来过？

支童倩知道两人最忌讳别人说她们穷。

两人尖叫起来，没遇到过这么不识好人心的人。

两人虽然没有钱，但她们认为她们都有个好丈夫，常说她们最大的福分就是自己的丈夫从不做出轨的事。

包饵渡的大妹为此还经常举那个听众们都听得耳朵起茧的例子：那年我们倒卖运送煤炭，开车司机是女的，勾引过我老公。为此，这个学习成绩很不好的大妹，在说这个故事时，还能说出"坐怀不乱"这个成语来。

每当听到"坐怀不乱"的故事，支童倩就在心里冷笑：冲你比男人还男人的胸脯，你丈夫在你那里保准能做到坐怀不乱。你有的是捏把汗的机会。

支童倩知道这个大妹虽然在她面前斗志昂扬，其实她们的处境并不怎么样。她只要稍加注意，就会发现她们时不时暴露出自己心情中不美好的那一部分。比如抱怨家里穷，抱怨孩子不会读书，抱怨没看好投资方向失去成为好股东的机会，甚至还抱怨儿子结婚后才发现亲家母是白癜风患者。这些烦心事一直都坚硬地堆积在她们的内心世界，让她们无处发泄。现在找到包饵渡出轨的事，突然间就觉得心理平衡了很多。她们内心的那个痛苦经由这"出轨大事"得到稀释。支童倩觉得她们简直把"出轨事故"当成她们的救命稻草，用来治愈她们糟糕透顶的心情。

支童倩懒得理会她们。其实，包饵渡跟她们的关系也很一般。当然，毕竟是兄妹关系，关系再僵也会有聚在一起的时候。每当到这个时候，支童倩都把脸上的皮肉拉紧，做出让她们看得懂的冷淡表情，堵住她们的嘴。她觉得，她们那几张嘴，时刻都在准备奋不顾身地向她灌输那种平庸之恶——当然她们认为那是一种美德。

支童倩十几年前从广州下嫁到这个内地县城。当她和他们家第一次打照面时，居然听到最多的就是"搞钱""不存在"这两个就是用电焊机都焊接不到一起的口头禅。她听了几次"搞钱""不存在"之后，当天就把他们定位为不值得瞧上第二眼的人。于是，除了包饵渡，她不希望其他人以任何方式参与她的生活。她一分钟也不想见到他们，她宁愿将那六十秒给那只鹦鹉也不能给这家人。支童倩真心不愿跟他们在一起呼吸同一股空气，粘着一次就有万年洗不掉的污秽。支童倩不想听他们讲话，更不想知道他们的所作所为。支童倩真想在自己整个感觉系统里将他们全部屏蔽掉。

大冷天时，他们都躲在室内，每个人都把所有的精力都投到手机上面，刷新闻、看视频，嘴里经常发出快乐的大笑。她们的行头也都高度重叠：貂皮大衣、牛皮包、猪皮鞋。

每当支童倩的眼睛投向她们时，看到她们的肉体包裹在这三种珍贵动物的皮里，简直跟烂橘子包在橘子皮里一样。在她的印象里，这些真皮原本穿在动物身上，是很美的。可是一旦裹在她们的身上，她就觉得庸俗到邪恶的地步。她看到她们裹在那些皮里时，就有晚餐吃得过饱、再闻到面包香气就有些头晕的感觉。

连同他们那个开诊所的父亲，支童倩也很讨厌。支童倩特别讨厌他的烟味。那几根夹烟的手指黄黑得不堪入目，牙齿也是焦黑得像一粒粒陈年鸡屎，全身时刻都发散恶臭的烟味，甚至乱蓬蓬的头发上，也都在源源不断地蒸发着烟味。

那一次，她上楼梯时，正好碰到正在抽烟的包饵渡的父亲。她努力憋着那口气，像绕过一根柱子一样，直接从他面前快步上楼。

包爸爸觉得自己的尊严严重受损，突然就站了起来，用力咳出一口痰之后，就追了上来，对支童倩喊话，这个家我不到死，我都要管到底，是我在说了算。

支童倩没有应声。她用沉默表达自己的反抗。

包饵渡的父亲就更愤怒了。他大骂几句之后，那喷着浓浓烟味的大嘴里恨恨地说了三个字：看不起！这才踩着重重的步子离开。

支童倩仍然保持自己的态度，继续看不起他们。她在心里说，假如你们有我看得起的地方，就不会担心我看不起你们。当然，面对他们愤怒的眼神，她从不解释，也从不争辩。你们看哪样就哪样。

支童倩坚决不让自己融入这个家庭。

支童倩对包饵渡说，不允许未经我同意就把我算入你们家一员中，我不会成为你们家的附属品。

在这个原则的指导下，她不喊他们爸爸妈妈，实在需要喊的时候，就喊叔叔阿姨。

支童倩跟包饵渡家的这些家成员存在着一道又一道深深的鸿沟，跟她自己父母家也有不可调和的矛盾。当然这个不可调和的矛盾倒不是她看不起父母引起的，而是因为她跟包饵渡的婚姻引起的。

她的父亲坚决反对她嫁给一个小县城的男人。但她下嫁包饵渡的态度坚强如钢，死不回头。那时，她觉得她的这个过程简直就是一部进步青年出走封建家庭的斗争史。

支童倩嫁给包饵渡时，嫁得十分决绝。

由此，她对包饵渡的信任，也信任得十分透彻。所以，支童倩不相信两个小姑向她控诉包饵渡的那起"坏人坏事"。

当然，作为女人，她在这方面也是很敏感的。真的有了确凿证据，她也会有晴天霹雳的感觉。而且，这样的证据，是很容易得到的。

支童倩很快就被这些证据打倒。

支童倩的内心世界几乎要发生爆炸事故。

支童倩满怀着几乎要爆炸的心情，开着车呼啸而去。

半路，支童倩停车，靠边，打着双闪，她走下车，在一块无人草地蹲着发呆，晚霞的光环围绕着她。她没担心过的事发生了。

支童倩的心头不可遏制地凌乱起来。

支童倩也很庸俗地展开这样的心理活动：是在短时间内由穷变富，才引来这事情，还是他本来就这种人？

这两个问题交替在支童倩的脑子里来来往往，互相穿插，使得她不得要领。

她居然莫名其妙地对着空气说了一句：伤口扎紧就不痛了。这话到底有什么含义？支童倩同样不得要领。

支童倩乱乱的脑子里又想到了父亲，人是没有任何意义……也许吧，自己对世界对他人的判断和感知如此偏离实际，实践检验出的真理远离支童倩本人的认知……人与人的关系哪有道理可言……

支童倩心里涌出痛上加痛的各式领悟，然后不得不承认，父亲才是真实有远见的，两种相反的真实能恰当存在。

支童倩捶着草皮，真想跑过去抓紧撕扯包饵渡的衣服，泪水奔流地对着包饵渡狂喊：想不到你也会变，如此荒唐的事也做了出来。

支童倩最后决定，她不能这样做。这样做太市井了。她明白，一旦她真的这么做，就会更被动。摆在她面前的情况是：证据已经万分确凿，地点、人物、时间都很清楚，白纸黑字拿得出来，开房消费的发票一沓又一沓啊。面对这些，一个女人又能如何？支童倩几乎可以看见包饵渡脸上浮起她熟知的无动于衷。他不会承认他的出轨，他表现出比你多一万倍委屈。这种狠人的招数是干脆不打掩护，似是而非，不可一世。你再怒不可遏地追问，他准会用高浓度的脏话骂回去，他也会摆出见多识广的鄙视。无论你说多少话，他其实什么都没听进去。他绝对是嘴硬到底的搞法——坚决不承认，接着就发毒誓。他能把死人说活，他动动嘴皮就能把事实掩盖。

支童倩由此得出结论，怨气绝不能当面发。你去拷问他，他绝对装出一脸无辜，反弹更大。支童倩从他能持续三年骑自行车接她上下班，就知道他是个绝不气馁、绝不中途放弃的人。倘若她用逼供上吊哭闹等常规发作手段对付包饵渡，那无异于攥着一个铁拳头打到棉花上。这个死滑头，他事做得很细致，他本人却是一个抽象的人，不好琢磨的人。支童倩想到家乡广东人爱吃的榴莲，有刺有气味，爱上的人还离不开……他不认就是不认，再逼，大家同归于尽。他的逻辑是流氓和强盗的联合逻辑，特别可鄙，特别可恨，万里挑一。

难怪医院近期经营的困境接踵而至，一直还不了药商的钱……还不了建筑公司的钱……好在花圃的钱早早在合同上牵制了承包工程的老板……经营医院挣的是现金，没有医院会给病人赊账，所以，开医院是开印钞机，利润是触目惊心的数字呀，都给他砸到女人身上去了？他要搞垮两个人白手起家的事业？

结婚这些年，连包饵渡司机也说他虽然狡猾，但是在感情方面还是一等一清白，和其他"发达了的老板"不一样，真是讽刺啊，"一个人骗多久，能骗多久，是另一个人的智商决定的"。加缪先生说得真好啊！

支童倩直不起腰，感觉到脑袋的重量。她忽然为自己的肩需要每日每夜承担这么大的脑袋而担心。

初中时因复习做题，她有借口到女同学家做作业。她们彻夜聊天，几个人连喘气和心脏的跳动都趋向一致。现在，她找不到这样的人了。县城里每个人都是她二十五岁以后认识的，二十五岁后难交到真朋友。她的同学没有一个来到此地。她在此地唯一的好朋友，几个月前上浙江去了。她找不到人讲话。父母更没有讲话必要，一谈到包饵渡，她的父亲就冒火。母亲永远是"冇所谓"。眼下的丑闻留给的惩罚是要她独自承受，要么了断，要么装，她想不出其他选项，她很难说清自己。她竟然无处诉说。她一时陷入没有时间感、没有空间感的境地，那同样是一个鸦雀无声的无智商世界。

支童倩也不能对母亲开口。她预计，现在开口对母亲说出来，第一，会被本来就不反对她婚姻的母亲出卖给包饵渡，而她在行动之前，绝不想给包饵渡知道；第二，她一贯"冇所谓"的母亲还会劝她继续睁一只眼闭一只眼，说有一种人是眼睛揉得了沙子啦，出了问题还会回归也能过得好之类……

　　支童倩捡了块石头上了车，她弯起食指，用石头敲了敲车子的挡风玻璃。玻璃已经碎了。她敲了几下，几片碎玻璃落了下来。玻璃碎片并不尖锐，边角甚至有些圆滑。她拿起放在手心揉了又揉。

2

　　全家人希望支童倩和他们联合起来对包饵渡进行打击。

　　逼迫包饵渡承认他有外遇的事在春节后紧张展开。

　　家网恢恢，大家都知道他做了坏事。她们找到父亲，恨钢甘当铁，说，家里发生了丑事，支童倩还不管。

　　都是她给惯出来的。打死都想不到，这个世界居然还有这样的人。两个妹妹认为他的所作所为给大家带来了伤害。她们下岗后一直靠他吃饭，也没少受来自他耀武扬威带来的憋屈，现在她们觉得不欠他什么。当然，她们认为，修理他也是帮助他。

　　当然，每个人愤怒的侧重点还是不同的。

　　他父亲对于他每月一次往同一个外地女人同一个账户汇入一笔钱的事暴跳如雷。他气得发抖，跳着说，全县城个个都晓得，满街贴满包饵渡"丢脸"的证据。这事情是要地点有地点，要时间有时间，那些女人跑出来写了控诉信贴满大街的电线杆、卫生间门口，还在手机上群发……那些女人喊着包饵渡的名字……要跟他拼命，有的直接威胁说，想白睡我的人还没出生呢，给少了看你怎么死。这些女的有名有姓啊，我怎么生出这么个东西来。

这天，包饵渡很晚才吹着口哨回来，踩着某种幻觉一般的大步流星脚步。

他人未进门，拿着手机装作和某人说话：贷款还没有下来，现在银行都抓得紧，账上流水没上去，我这几天还要找人……

包饵渡敲门，没人理会。

包饵渡又按门铃，没人去给他开门。

他在五米远时还听见有动静，到他敲门时，门里却没有反应。他面前的那扇门呈现的是一片较着劲的寂静。

包饵渡一看这个氛围，马上就意识到"他们在故意搞我"。

他奋力踢打大门，由于恼羞成怒，这次砸门的声音和力度是爆发最激烈的一次。他在门边大喊大叫着，你们想搞什么鬼？

一切如支童倩所料——每到这种时候，他就会先发制人。

此刻，他爆炸出的先发制人硬是让这几人把话吞了回去。

他赖以击退出轨话题的法宝是再次重申向几家银行申请的贷款没批下来的困难，一年来，他都在等着几千万元的贷款。由于账上营业额流水不够，没有银行敢给他放贷。他的康养院员工的工资都得东挪西借甚至靠卖掉自己家的汽车来发；他的民营医院被税局查账，已经停顿一个月不能运营。他现在能挣钱的只有精神病医院。

一问一答在包饵渡和他父亲之间展开。

晚饭后，父亲咳嗽吐痰，刻意伸直腰身，走向儿子那间房子。

你是搞什么鬼，我们祖祖辈辈的好名声被你搞臭了。明天把那几个女人赶走，有多远赶多远。趁支童倩还不晓得你太多详情。父亲主动成为包庇他罪行的合伙人。

你说什么？什么详情，莫名其妙，你怀疑我什么？

不怀疑什么，女的扯多了就是麻烦。只要一天不把康养院这几年招来的女人开除完，这种麻烦就时刻都存在。

什么，你怀疑我跟女员工？哈哈哈，莫须有到我头上了，你说什么我不知道，你提出要我开除女员工，我只知道，我按你说的去开除她们，我就真成了你们铁板钉钉的恶人了。你是电视剧看多了，情节中毒了吗，好会编造！"桃色事件主角"当事人不知情，你们编得好。好，好，你们这么能编，哪天帮我编一编账上流水，让银行贷款几千万给我。这一次，包饵渡更是铁了心，对父亲说话掷地有声。

你们开直播我都不怕。你叫我吃屎我也不会开除她们。我和她们是一点事都没有，你们平白无故污蔑我、攻击我。心寒啊……我在战场冲锋陷阵，你们在后面挖我墙脚……

你们只要一天不停止这么做，你们就不要想从我这里得什么好。

　　几句话听下来，父亲开始着急。儿子把当家做主的潜在意思彻底摊开。显然，他应对突发事件比鬼头鬼脑的儿子逊色得多。看样子，这次包饵渡真的要跟他们对抗到底，绝对不退让一毫米了。

　　他的父亲对自己的道德感很是看好，时常惊讶于自己道德的富有程度。他自述说，从前他做医生，夜诊时"有女人把我往床上拉"，他大义凛然，说不上床就不上床。他一直很得意这件事。有人夸他是当代柳下惠，他回复说，柳下惠算个屌，言下之意他才有资格算个屌。别人则说他这是在自我阉割。

　　此时他又想起这件善于自我阉割的事，他不表扬自己谁会表扬他呢，他毫不掩饰地表彰起来。包饵渡啊，那女的硬是把我往床上拉，我碰都没碰她。

　　你都被她往床上拉，怎么说没有碰呢？谁拉谁还不知道呢。你演戏给自己看吧。

　　是她碰我，我才不上那些女人的当呢。那些女人是冲着你的钱去的。

　　不冲我的钱，还冲我满额头疤痕吗？还是冲我技校肄业学历？

　　我想都没想到你做了这种伤天害理的事，我的脸面往哪里放？我有两个儿子，以前我最怕街面上的人说你们两个人不和睦。这件丑事要赶紧捂住，你打算将你老婆安顿在什么地方？将那些破女人破鞋安顿在什么地方？你这是给你两个孩子做榜样吗？你的孩子怎么看你？

破鞋在哪里？今天你找不出，我扔了你的鞋。说罢他用食指和中指比出剪刀的样子，要对鞋子左右开弓，那架势非得剪出一双合格的破鞋才罢休。

包饵渡一副"光脚不怕穿鞋"的神情。说着他把脚抬了抬，似乎他的脚很清白很有思想，似乎他的鞋子发过誓言要铁了心跟他。

包饵渡父亲以正派人自居顺着自己思路数落他说，我这个人呢，上对得起老子，下对得起孙子。现在我也快伸腿断气了，你这样做，于情于理，对得起上、对得起下吗？支童倩有什么不好？当年你妈妈爬上树摘黄皮后又摘枇杷，不小心滑下来，摔断了手，支童倩开车送你妈妈去医院，她还哭了。看你像什么东西，不正经的女人迷了你，你把她们带到你的公司，还带着外出，你这是走火入魔，你这是在活活气死你老子。你不走正道，你等着瞧。

你做事做绝了，你现在丝毫都体谅不了我的苦衷，我不是吹牛，我那时也是上大学的料，怕父母饿着，高二就退学了，回来务农。你知道从前那种日子我是怎么过的吗？我一边推着你们几个，一边去卖猪仔，一个馒头就在九江大中路街头待一天，舍不得吃一碗面。将你们几个拉扯大，你们几张嘴都靠我们，有时我和你妈去九江，但是我们根本就舍不得买任何吃的……

包饵渡父亲在那里滔滔不绝地播放着这些旧闻，每次都要进一步添油加醋，就不怕油盐价格上涨。

包饵渡满心思想着贷款发工资，对他父亲的话是有一句没一句地听。有时，他烦了，就随意塞几句，面吃了容易生贪念病……那是你傻，你生得多，你生我并没有得到我的同意，你的决定我没参与，执行的也是妈妈……你养我是你的义务你的责任，为什么要我对你感恩戴德？你养不好是你的能力问题，为什么要我记住你的无能呢？我也没在出生时和你签下生养合同，我也没跟你签个出生回报合同……

包饵渡知道父亲又到叙述自己光荣的抗日救人事迹的时间了，果然他说，你父亲是什么人？

包饵渡打断他回答说，我奶奶没告诉你吗？

包饵渡父亲只会沿着自己的混乱思路说话，你要好好反省，自从你的小日子过得不错，还做了一点点事，我们都替你高兴，就都指望你振兴家门。一个男人，照看妻儿是天经地义的事。可是你有了媳妇还不够，你挣了钱就变天了。那时我饿死都要把你们培养大，现在你长大了，还要我给你揩一辈子屁股吗？我告诉你，只要我一天不死，这个家里就还是我说了算……

包饵渡心里骂了一句"老浑蛋"，嘴里忍不住冷冷地回了几句，你就这样凭空用一排排子弹向我射过来，把我贬得一文不值，直至要把你儿子打死在什么地方才消停。你说我去和下属女员工开房，说得有鼻子有眼，好像你用探照灯在现场看到一样。这样吧，我把工作时间表给你列出来，看看有没有你说的作案时间。

　　父亲的胳膊在空中奋力地挥着，以此增加自己的气势。他吼了一声，我都八十岁了……

　　包饵渡对父亲的这套话术套路是很熟悉的，就是动不动就摆出这个他自以为十分显赫的岁数，然后将这个岁数当成可以摧枯拉朽的重型武器，砸向他们这些晚辈，而且往往可以取得压倒性的胜利。父亲觉得自己很高明——有时他还沾沾自喜地说，能活到八十岁也是一种本事，也能活出一个优势来。

　　在包饵渡看来，这不过是一种高级别的胡搅蛮缠，源自一种被扭曲了的尊严。

　　包饵渡生性不善于服从别人。他质疑来自父亲的每一种说法和每一道命令，包括那个"很多女的都追我，找谁都比你妈妈强，有文化"的说法。他反驳说，有文化吗，那就没见识，有文化就会独立思考，怎么会找你这种没见识的，你年纪大当然有满脸皱纹的优势我不反对……

　　如果父亲奉陪，他们会吵到天亮，讲完一千零一夜的双倍故事，原因仅仅是父亲用长辈的口吻令他不快。父亲也仅仅因为连长辈的口气都不给使用而恼怒。

　　即使执行某项父亲的旨意，包饵渡也是要摆出一副立下遗嘱的脸才去执行。他摆平诊所的事情后，他父亲对他退让了一步，把卡在他脖子的锁链放宽了几天，结果他连夜买房子搬离父亲的家。父亲连着几个月不和他讲话，写了好几篇狗屁诗加以控诉"白养、白养了，靠不住啊，这是造反了"。

　　包饵渡对父亲说，我可以让你，但并不是我应该让你。只能说你逼着我让。你到我愿意让你的时候都不用你逼，那才是我想要的和平。你制造矛盾，你总给我战争，像现在，我忙到要发疯，要应付检查，要请领导吃饭，要陪关系户打麻将，还要装扮闲人陪他们钓鱼，你却在无中生有闹事。

　　父亲的血气直涌向他的脑袋，他阴森森地说，我是半截入土的人了，你现在这么靠不住，我到了那边还能指望你来给我烧纸祭拜吗？

　　包饵渡挖苦他说，建议你安排我从现在起为你百年后的工作加班，预支我的时间。你动辄用死来说事，打横来。那好，我欠你一条命，我可以还你的命，但是你要还我清白。没有清白不要对我开口。

　　包饵渡父亲怒吼起来，你没有经过我的经历，你不知道的多了去了。你没有老去，我曾经年轻过。

　　你爱怎样就怎样，包饵渡以年轻人的莽撞口气说。

　　包饵渡很坚持很坚定，只要你不承认我的清白，我们的关系就到此为止，我容忍不了你们污蔑我的清白。你看你们都在做什么，对我连怀疑都不是，直接定罪。这是人做的事吗？

　　忽然两人都想偃旗息鼓了。对话有气无力地进行。

　　你至今都不开除她们。

　　她们没错误用什么开除？如果客户是老头子，肯定是希望女的来照顾。这是人性，你们就想歪了。要我把女员工赶走，变态啊，我开的又不是少林寺。少林寺也欢迎女香客。我开除这些女的，就落入你的圈套了。

包饵渡把门拉开，砰的一声作为被迫逃离的回应。

包饵渡住五楼，路过三楼母亲房间时，他妈妈在往头上抹山茶油。这味道是儿时存在他心里独有的香气，那时她抱着他的头放在腿上，面朝上仰，手轻轻地拂过他的脸。他走过去，从身上摸出几百元钱，往他妈妈手心一塞，对她说，你自己收好。他知道他母亲有一个小金库，钱款是把各种药箱的纸皮拿去废品店卖得到的。母亲对人从来都没有攻击性，他可以忽略不计，她太老，性别已经弱化，她是长在父亲这棵树上的藤蔓，行为上与他同进同出，没有女人应有的气恼和小心眼。她表达气愤的方式就是喊着大家来开饭。她常常撕掉孩子的日记本，用来包瓜子，在电影院散场后卖，回到家连夜数钱。

包饵渡的结巴哥哥急着过来跟他谈话。手里拿着一沓"包饵渡出轨的证据"要跟他谈谈。他哥哥五官长得过于忙碌，声线也过于尖锐，让人听着就急，听他讲话感觉好像几十个饺子急着从小口径的瓮里冒出。

包饵渡挥了挥手，够了，你不用开口了，都是和爸爸一个口径。我的医院随时垮掉，不要再给我惹麻烦。我可以忍受任何艰难，但我受不了你们把猜测当事实对我进行的指控。这些黑材料谁都可以做出一大沓来，有本事拿录音来，哦，录音都可以是假的，我做生意得罪人难免，你还跟父母联合起来威逼我。包饵渡不想多看哥哥一眼。包饵渡看清但不说破，这是哥哥引蛇出洞的办法。哥哥知道他善于反攻，有超强的心理抗压能力。

包饵渡面无表情。他说，你都定罪了。你们对我没有一丝一毫的信任，这比我想象的对我的加害更深重。你们不信任我，不给我清白。你们，我可以不要。你们要一个不清白的我也没什么意思。

哥哥见他说得这么决绝，就结结巴巴地说，我……我……你……你先让我……我……再给你说真相……看……看。

包饵渡打断他说，真相？哈哈，你们只把你们的猜测当真相。这个真相还用我说吗？

包饵渡哥哥嗫嚅着，看得出他也很疲劳。窗外面树木晃动。他羡慕树比人自在。

为了让他把自己当成他同一战壕里的战友，他没有连名带姓叫他，他学着像他们本地人一样的——什么什么儿。渡儿，这，这……我能怎样，我昨天发动了几个护工把街上那些牛皮癣一一揭了下来……用九牛二虎之力去掉证据。

包饵渡正要咆哮起来，但电话又响起。他转身说，等我搞定这贷款再跟你们理论，精神病院那里上级又来检查，新的养老中心还要请书法家写字，老年大学的教师要来参观。我那些犯罪的录音，我做坏事的录像，你们要是拿到手，拜托你们别忘记给我一份，给我欣赏啊。

他讲话声音嘶哑，他看起来很不舒服。

包饵渡的资金不够，从来没有够过。他很圆滑，做事情能够抓住要点，打蛇打七寸，在建设医院、康养院时，他都是通过获得他人垫资以及拖欠款项合法化度过困难。其中的得意之作是绿化园林这一块做得更是绝妙，不给一分钱，对方还无话可说。滴水不漏，天衣无缝。

晚餐时，包饵渡竟然回来了。给他分菜的时候，父亲不看他，不把菜碗端过去，而是用手推过去，菜碗晃晃荡荡，刚刚热过油的汤，喷在他的手上。包饵渡父亲还在说，花了多少钱在别人身上，败家子。

包饵渡压着声音说，你们的注意力全在这些莫须有的事上。不是为了你们，我早死了，我要发工资，我要搞贷款。我可以告诉你们，你们在业务上没有一个人能做扭亏为盈的事情，什么都不要说。如果一定要我开除她们，那我就把所有女的都开除——连妈妈也要被开除。

两个妹妹喊着说，全城已经张扬开你的丑事了。

包饵渡不耐烦说，浑蛋。你们给我闭嘴！我在前方要死要活。再大的困难都是自己扛下来。为了减压，我一个人半夜去打篮球谁知道啊。我一个人半夜去爷爷的坟上诉苦谁知道啊。我到马斯里想跳岩自杀谁知道啊。经营状况让我苦不堪言。做医院你们看不到的事情太多，仅仅一个中央空调，可能就被人骗了几百万。资金短缺，而贷款迟迟批不下来。我时时都承受着巨大的压力。你们谁看到我瘦了二十斤，谁知道我血压飙到一百九十，嘴唇干裂。你们倒好，一帮人吃饱了撑着没事干，就齐心协力地编造一堆我没有的鸟事。

他用饱满的厌恶感说完，在胸前环抱双臂，然后公开透明地打了一个洋葱屁，再仰着那张脸，看着天花板，一副奉陪到底的模样。

四周的人都看向他的脸，他的眼睛闪着怒火，满脸涨得通红。他突然把头又扭回来，吐出一口唾沫，站起来往天空扔出勺子和筷子，接着骂，都是什么东西，都打什么鬼主意……

父亲和妹妹几个人噌地站了起来。

包饵渡按住桌子，深深吸了一口气，突然双手端起桌上那锅热汤泼向整个饭桌和人，一股气流往上冲。接着他踢掉那一锅饭，每个人的脸上都是饭坨，就像天上下的热雨，汤水整个从头淋了下来。汤是老母鸡汤，油腻腻的老母鸡就像一个天外来客，从玻璃桌面的一角直接滑向另外一个角。整个过程无比流畅，像是一个花样滑冰运动员在比赛。花样滑冰高手滑过一段距离之后，正好在对面的一角稳住，鸡爪、鸡脚还在滴着黄澄澄的油，像是点头示意，在等待着裁判给一个高分。

"吃吃吃！吃去死，吃好了再来找我！"他愤怒地骂开了，两手往桌子一拍，把桌子打得发出了异样的咚咚响声。他手握着一个木勺子，好像要把自己跟木板钉在一起。一个人若不是委屈到非人的地步，哪有这么失态。

一伙人怔怔地看着杯盘狼藉，呆站在那张凌乱的方桌边。有的人留下收拾，有的人跑进卧室去哭。

他把餐巾往前面一扔，站了起来，扭扭脖子，直接摔门而去。在场的大部分人都被他震慑住。只有支童倩清楚，一个盛怒的人，还能有条不紊地解释自己的丰功伟绩，只能是一个连着两辈子都是当戏子的人，天生的演员。支童倩心里想，这次好在由他们几个开口发作，我终于准确看清了一次人性。她觉得有点愧对父亲，下回找机会和爸爸变相道个歉……她决定一声不吭地从排雷区挣脱出来，静观事态发展，让他做戏，也陪他演戏。

两个妹妹和父亲，被那锅热汤镇住，不免有些紧张。父亲告诉他们，他是我生的，小时候他也喜欢恶人先告状的，我们几个要团结。在支童倩不明是非、帮理不帮亲的情况下，让包饵渡从邪路上回归。我们的讨伐工作转为地下活动，等待时机。如果能活捉在床，就有胜算。包饵渡父亲说，他就是这样的人，写着他的名字，他都能赖。再等一段时间，按步骤来。

包饵渡大概会几点回来，今天不好琢磨。他的脚步在靠近家门口十几米外的地方，支童倩就能感知到，她熟悉那种节奏。

睡觉前她万分留意，十分警觉。他沉默时间超过五分钟，那算他暗暗承认；他无事献殷勤也说明他心里有鬼。她丢出钱币。如果货币呈正面，她便早点摊牌。硬币抛出去，金灿灿的正面。她把自己的脸抹了抹，拿出抽屉里好久没有抹过的化妆品，细细地在脸上涂，犹如画丙烯画。支童倩想，先忍着拖一阵，拖着再说。

　　果然，包饵渡又说出好借口，他的拿手好戏就是借口，几百上千的借口加起来比一部长篇小说还长……明天上面来检查，要封掉医院。他把身子靠在枕头上。他起身，两眼环顾四周。他的手撑在床上。他说，让我很安慰的是，他们对我的陷害没有你的参与，你是安全可靠的人，我的人。他不忘拉拢支童倩。当晚，他搂了一把支童倩说，还是自己找的老婆好，你才了解我，他们算什么，没搞到股份就搞事。当初他们没眼光，让他们投资都躲得远远的，现在想黑我，好浑水摸鱼，我看透了。我近期太忙，理顺贷款后，我让他们走开……说完，倒头就睡，还发出过于均匀的鼾声。

　　他和大多数男人一样，选择装。

　　他对支童倩所说的可以真也可以假。他们从湖南高薪招聘的女医生要求报销一笔洗脚按摩费。包饵渡坚决不肯为这一项多出来的出差费用签字。女医生直接到医保局告他们医院"骗医保"，知根知底的医生一告一准。"医生告状"这事已经过去很久，也可能早处理好了，他依旧拿来利用。支童倩知道，从小学到中学各个不同班级，包饵渡的"奶奶过世"被他多次利用作为请假的理由。她不想揭破。你演戏，我收集素材。

　　可不是嘛，她还有一个出路就是她的文字。她常说，我总有一天要把我的痛苦写出来，写出来了，自己也解脱出来。

　　她大学的写作老师曾经夸她的文笔不错。结婚使得她的文学家梦想未开始就作罢，现在重新开启文学之路也未必来不及。她设想自己在作品中创造情节，做各种梦，给坏主人公以致命的打击和无情的压力，让爱好罪恶的他们不得好，让她喜欢的人互相拥抱变得富有……

她嘟哝了几个词汇来鼓励自己，好好生活，好好活着，然后扭过头去，双唇闭紧，似乎赢得了足够力量。她感觉她这十几年是在出演一部电影。此前她无暇去观看，现在才来观影。

她看到电影里，花儿在寂静地绽放；车子碾过尘埃；天空落下大片的流星雨；她自己以及跟她有关的人在表演……

她看着丈夫和自己的表演。她用锐利的眼睛观察这些情节。这一段她越看得清楚，素材越多，人物越丰富，好像她的损失也越少。她的手指，沉入一片模糊不清的床单上。她清醒地意识到，以前的甜蜜都是假象和幻象，甚至一切的一切，一切有为法，如梦幻泡影，如露亦如电，应作如是观……

她把书扔到床铺上，穿起球鞋，披上衣服，她决定去跑步。

支童倩回到房间，在沙发上坐着就起不来。好像她的屁股是磁铁，沙发不喊，她就坐到底。看见白色浴缸一副冷漠冷艳的模样，她冲奶粉，她忘记拿自己喜欢的那把勺子。她下楼去，回来时气喘吁吁，脸颊从里到外一片通红，耳朵边有一处突然冒起的、像蚯蚓一样的血管在弹跳。

她想扇他的脸，把他假模假式的面具打掉，扭断他的胳膊。她想到伟大的计划，便忍了下来。事实上，她只是倒了两杯连州黄精酒，酒杯的弧形装上清朗透明的浅黄色酒，颇像装两杯融化成液体的月亮。

3

　　康养中心的老板娘愁眉苦脸，没有人敢过去问她发生了什么倒霉的事。她头顶稀稀拉拉的白发像卫兵在黑发的丛林站岗。支童倩忘记今天约好做指甲的事，她在手机上充话费，又交电费、水费、天然气费，她的注意力只能用在手机上，好一会儿，她像一个正在摘果的果农一样在自己的身上摘啊摘——从摘掉手表开始，接着摘掉戒指，摘掉耳环，最后用力扯掉项链，把项链的手脚捆绑起来，揉成一团，似乎今天这些令她沮丧不愉快的事都是这晶莹剔透的家伙请来的。

　　平时支童倩沉默，能让她跟进的话题是：他是怎么追你的？这个话题是她的兴奋点。讲的人很感兴趣，听的人很感兴趣。很长一段时间，她把去乡下和成家看成是自己格外与众不同的选择。

　　她讨厌听人说她努力，她心里期盼他人把她当作散漫有天分的人。她念本科时，有追求她的男生对她说，你表面不认真，暗地很刻苦。她对此评价很不受用，对这话耿耿于怀，把它当作对自己的毁灭性贬低。

　　每当别人问她，你个子比他高，学历比他高，生活的地方比他好，你这是跟自己过不去，还是立志扶贫，才找了这么一个人是吗？她心里听着很是受用，她好像准备好发言稿，她很诚恳地说，他的诚恳打动了我。

　　十几年前，她第一次从广州来到这个小地方，是瞒着父母。她私自确定了和包饵渡的恋爱关系后坐火车来此地。他带她到公共澡堂，他的母亲帮她搓背。他的父亲弄来两只野兔子。这天他们家的小店提前关门，为了做莜面，他家用湖北的做法煮面，他妈妈熏得脸通红，一个劲儿地看着支童倩笑。

　　支童倩在广州一家大酒店做文秘，坐办公室，写写文案。她来到这家星级酒店后，大学时对她有意思的几位同学的热情，也因信息堵塞而消散，美丽的支童倩就长时间处于小姑居处本无郎的状态，得益于天时地利，和支童倩门户都不对等的包饵渡顺利地和她谈起恋爱，一时间想找个竞争对手都难，这两人在恋爱围墙之外时，其实也像置身于恋爱的堡垒之中。

　　大酒店在工人阶层人士看来属于高级地方。一尘不染、金碧辉煌都足以镇住一部分后富起来的穷人，身在其中穿着整洁光鲜的青年女子就有了高不可攀的魅力。支童倩穿着兰花底的旗袍，光滑的肩头裸露在无袖旗袍的袖口处，泛着珠玉般温润的光泽。她像古代人一样站在那里，像飘过的幽兰。究竟包饵渡怎么想的谁也不知道，他看上了她，当天就上来追。很纯粹。他后来借此夸自己，我是什么都不计较的人，地位、长相、钱财都不在我心里，我眼前就只有她。

他辞去手机代销店长这份工作，在一家医院做起了护工，这份工作让他可以有固定时间接送支童倩上下班。他开始把自行车放在离她一百米远的地方，她一出酒店大门，他就开始骑过来，到了门口，装成顺便路过。我在附近，正好下班。接上人也不多说，我陪一陪你、我送一送你的话也不多。支童倩站了一天，有个人陪着，很放松。

开始几个月，包饵渡像固定的路灯，在长长的暗影过道里。离开的时候，支童倩不需要说感谢，也不用多看这路灯一眼，她只需真像个被路灯照着的人那样沉默着。半年后他开始搭话。

一开始，包饵渡知道支童倩的心还不在自己身上。他只是一厢情愿。他只知道自己如果有一天不在这一条道上遇上支童倩，整个人的感觉就比一日三餐饭少一餐还要不适。

有一天是雷雨天气，乌云久久都不消散，又一阵狂暴的大雨。包饵渡自然等着，很及时地递上了伞和自己。支童倩上了自行车，在一段下坡路，他紧急刹车，她的前胸碰上了他的后背。她心跳了好几次。

接下来风雨无阻，那一辆自行车和包饵渡都准时地出现在那里，没人知道他心里在想什么，将近半年话他也不多说几句，有一个调查的数据显示说一般的相恋男女同居时间平均发生在四到五个月后。有一天支童倩看了他一眼。想起姐妹们常常说的欲擒故纵、脚踏几只船、曲线救国等。看不出包饵渡中意哪一出。

包饵渡生性喜欢安静。他话从来都不多，送她到了家门口，也没给过她压力，从没提出进去坐坐的想法。离她家一百米的地方，他自然地说，你到了，我回去了。这口气暖烘烘的，像黎明的曙光，让人感觉到光亮，又不会受到刺激，听起来像是她送了他，她不觉得不安。

有一天他没有来，支童倩惦记他。

有一天包饵渡告诉支童倩，他近期要外出几个月。支童倩不知道他去什么地方，表情郑重，两人之间冒出很深的离别意味。也许灵魂的碰撞早已悄然滋生。包饵渡说，几个月后我再到这里来接你。她不想问他去哪里。她一下子陷入沉思。包饵渡看了，也一声不吭。

很意外地，他说你不会觉得孤单的，我的心总和你在一起。至少他这一次说了一种文艺片中的话。

包饵渡说，你知道吗，别人说我们看起来不像一对，但是很合适。支童倩没吭声，也不问"别人"是谁。他也不接下去说。似乎他有自知之明，他从来不问她爱不爱他。

半年后他们才又见面。可能是离开了一段时间，他提议说去玩角色扮演，支童倩说好，之后他们上珠江新城一家海南文昌鸡饭店吃饭。他用中学作文的语气，分几次告诉支童倩他老家在哪里，父母是做什么的。

包饵渡开始讲故事。故事像咒语把支童倩吸引住，他不紧不慢地说，我妹妹那间厂有人结婚一周就离婚了，因为当晚新娘发现对方是个阴阳人……我大妹攒了几十年的钱财为儿子娶到一个县城的女孩，相亲时，看到那女孩的妈妈手上有白斑点，我大妹鼓起勇气问，人家轻描淡写地说是被火烧的，结婚后才发现儿媳妇原来有家族遗传白癜风……包饵渡把这些碎片和八卦如零件般拼凑起来，支童倩听得津津有味。包饵渡告诉支童倩，县城的人遇上这些烦恼的事，他们有时会窒息几分钟，但不妨碍他们以更大的热情去挣钱做房子，逢年送礼聚餐搞关系如火如荼，简直是浑蛋生活。

这些"浑蛋生活"让她入迷，他又说起在无人知晓的这期间，是他照顾的一个病人给了他"关系"，让他去倒腾煤炭，他还做了药物药品推销的工作，结果是什么，你猜。她猜"发财"了。回答正确，他说，加十分，我竟然发财了。他告诉支童倩他妹夫和妹妹也参与了发财事业，但是在分钱时，他看透了他妹妹和妹夫，"背着我和煤老板分钱，有一笔瞒着我，不让我知道"。说完他停下来，看着支童倩说，你要提防我啊，我生长环境很差的，你不跟我好，我会变坏的。支童倩涌起美人救坏人的情结，接受了他威胁性的求爱。如今支童倩想起这一幕"变坏"的场景，心里好感慨，支童倩曾经以为的调侃冷幽默，在包饵渡那里，就是实话实说。

说完家人故事，包饵渡说起动物来，他说马也会爱吃零食，还吃糖。支童倩把头往他身上靠一靠。他就笑，扮着马的长脸、学着马说话，装马的样，给你糖吃。

包饵渡说自己不吃鸡肉。他说，我小时候，爷爷说我像一条蛇，满院子抓鸡玩。还嫌不刺激，制作了弹弓瞄准鸡射击。鸡吓得飞了起来，有的小鸡直接躺倒，小脚微微抽搐。接下来几天，鸡都躲在鸡笼里不敢出来。一天，我梦见一群鸡排着队对我嘟囔，似乎在向我诅咒，另外一只泛着白沫发出呻吟声。一只公鸡扑向我，这只鸡的声音和人一样，却拥有了像癞蛤蟆的身体。我惊醒了，我晃着身体走不稳。此后，我用筷子夹鸡，癞蛤蟆的形象会生硬地出现在脑海里，接着就像有虫子在喉咙里爬行。

当时，包饵渡说什么观点，支童倩都深有同感。他对雷同反感。他说，小城的逻辑一般是毫无逻辑。他们深信不疑的是"别人都这样说"。县城价值观几乎一致，尤其在本可有个性差别的情感世界上最为雷同。如果谁忙，都可以让朋友代替去谈恋爱，反正说的想的都一样。支童倩笑道，所以你不在那里谈朋友。包饵渡笑着说，那也不是，我谈过一个半，没到两个。这答案让她浮想联翩。包饵渡用坚决的语气说，现在都结束清空了，一点都不影响我和你。支童倩想知道他们为什么分手。包饵渡淡淡地说，我带过一个实习生，我和她恋爱，我们去吃云南菜，她抢着埋单，埋单时……包饵渡停下来，他要支童倩猜那女的将钱藏在哪里。支童倩眨动眼答道，那时没微信，没支付宝……她又爱你，她从胸口取出的，对吧？包饵渡舔舔嘴唇，一字一句地说，你这是电视剧里站街女的标配动作，要是她这样，我也许就不分手了。她从鞋子里面、脚板底下抽出三百元，我一看，越想越不对劲……包饵渡想了想说道，那时我也是过分了。把钱藏在鞋底也不是多大的事，我烦的是在小县城的人价值观都是互相抄袭来的。所以小城婚姻相对稳定，出轨也是雷同……相同的出轨。他们都笑起来。包饵渡的眼睛不停地闪烁，他说，我老家早期电灯常常忽明忽暗，你根本没办法确定这是烟花还是照明灯。我们老家打爆竹，那儿的人最大的欢乐是打爆竹，这种混合声响让他们快乐。我有个同学有一种爱好，将爆竹丢玻璃瓶里炸开，鞭炮和玻璃碎片又发出另外一种清脆的响声。不借助爆竹声，他们不晓得如何表达快乐。支童倩说，那很难遇上有主见的人。包饵渡沉默了一下，拉起她的手，沉思道，我们县里也有人"有骨气"，是受观念制约的假骨气。

他们又到海珠太古码头骑单车，穿越逐渐暗下来的晚霞去看江面。第二天，包饵渡又提议上清远玩，他们去了江心岛，三面环水，一边延伸到岛上的是一条宽大的凸凹不平的沙地路。这是特意留着的一条原生态路，路上走着的三四个男人中有一人牵着狗。他们就狗的话题热烈讨论，形成大面积的娘娘腔，狗表现出的热情低于自称主人的他们很多。一辆摩托车急驰而来。车主炫耀健身的意愿很强烈。他故意不看人群，用冷漠迎接着他幻觉中的异样崇拜眼光。在飞速行驶中，包饵渡双手抓住前面的横杠。一阵急行之后，他突然像上次那样又来了一个急刹车，冷不丁支童倩的前胸紧紧贴着他的背部。支童倩的心啊怦怦地跳，那颗心像是有了重量洒落了一地，就像钱币在钢筋水泥地倒落时的哗哗作响。但这一次，支童倩快乐地捶打起他来。

自从包饵渡进入支童倩视野，她父母的考察阶段随之而来。他们看见他去超市还拿着古老的厚厚一沓零钞，原来一分钱一角钱也不放过。她父母克制着不满，让他来家里吃一次饭。

她说，我父母知道你很穷，还留零钞票，他们认为这是穷日子过多了留下的痕迹。包饵渡说，省着花，穷日子是我父母给的，不怨他们，我得靠自己。他迈着他那双内八字短腿，看上去像一个O形圆球往前推动。他大步流星的步子自信得让人震惊无语。包饵渡说，这是他重视我，你父亲已经把我放在赛道上，我取得运动员资格了。不过，一票否决制度不合适我。他的惊人语速无非掩盖其胆怯而已，但支童倩把这看成非凡夫俗子才说得出的特有语言。

父亲是福尔摩斯的角色：包饵渡在炒菜时出现扶油瓶的倒油动作，他还把珠子一样通亮晶莹的油滴放嘴里舔了一下，沾着油的手搞得他不舒服。他往自己口袋蹭蹭算是擦手，来回擦几次。

吃饭时，支童倩父母心慌意乱，他们觉得女儿被贼发现，要偷他们的女儿。

包饵渡什么都懂。支童倩父母暗示他的学历和女儿的学历相差太远，女儿高学历，高个子，长相好，在省城……看支童倩父亲嫌弃他不读书，没社会地位，他说，我读生活就够了，很多人社会大学都没毕业，我在社会大学里硕博连读。支童倩父亲又说，我在广州住的是北京路、上下九路，不是南番顺这些乡下地方。包饵渡顺着他说，我知道这里的房价只涨不降，不过，我家乡却是年轻人开拓事业的好地方。

他又说，听说您是三九学社的——包饵渡主动搭讪出了纰漏。他把这笑话当口误笑着说道，你看我又学习了，学会了，原来是九三学社，我成绩最差，也是最努力的一个。

父亲背地里跟女儿说，无法忍受他那副模样。

女儿说，可他什么都没说。

他的花短裤让他的内地身份暴露无遗。

支童倩为他打掩护，她岔开父亲的话，说道，我不能穿绿裙子，我穿绿裙子好像森林长错地方。

父亲说，你以为你们绝配，不错，糊涂虫跟了精明鬼也是绝配。

包饵渡知难而上表决心说，这不是我第一次追女孩，却是我最后一次追女孩。我把你们当作我的父母看待，你们这一次不接纳我，但我相信机会一直和我同在。他不得体的这句话，却让她父亲大梦初醒，不答应不行，答应了心里又有一股气。他心里更不好受，这是个天生的刁民。包饵渡的不紧不慢和坚信令人发指，包饵渡自己可不是这么想。

支童倩父亲说，谢谢你对我们的信任，我得说明，我女儿不能到乡下去。这句婉拒的话，又被包饵渡踢了回来，他殷勤地说，你女儿去哪里，我就跟着到哪里。支童倩父亲心里咬牙切齿地想，你软硬件都比我女儿差，将女儿给你，可能吗！

　　包饵渡没有过支童倩父母这一关。支童倩的家并不复杂，温馨简单。父母以爱她为事业，也希望她有同等反应，两人集中力量攒钱，把刀刃上的钱花在她身上，打扮得像洋娃娃，心灵没创伤，金钱上没短缺。

　　支童倩父亲在干预支童倩恋爱问题上有过成功经验。支童倩在本科军训后和教官好上。她父亲听说后摇头说，恋爱中的女人智商等于零。为了拆散他们，父亲拿出一百万在澳门购房，准备全家投资移居澳门，教官的军人身份是不允许去澳门的，他用讲道理挽救她，开始他也很紧张，怕说服不了年轻的女儿。最后支童倩真分手了。父亲以软硬兼施的办法得手了，他用矜持表达他的自重也掩盖胜利之色。可是，这次对手是包饵渡，套用一句拿破仑的话，在见到包饵渡之前我没有被打败过。

　　支童倩出现坚决不回头的逆反，无论包饵渡说什么，她都疯狂点头，无论父母说什么，她都摇头，你们有要求，那已经对我不是无条件的爱，为什么我要有条件地讨你们喜欢。她的话使得父亲很震惊，也让他很迷茫。他不敢过度辩护，也不敢过度管理，只好旁敲侧击敲敲边鼓，这心思被她一眼识破。父亲感到恼羞成怒。

　　前一天，包饵渡收到下岗通知。他照常打球，吃饭。支童倩也被他瞒着。

4

女儿和包饵渡去广西，让支童倩父亲彻底死了心。

夏季的广州很热，他俩形影不离。他说从看护的一个香港富人病人那儿得到一个大红包。他邀她到广西游玩，去看桂林面包山，去河池百色沿路吃野鸭饭。为了省钱，他到农贸市场买到便宜的鸭子，付给饭店二十元加工费，路边小店也能做出五星级的可口饭菜。他叫来两杯啤酒，他们一人抿一口，望着远远的奇山美景。晚霞映红两个人的脸，支童倩的声音和朝霞成为这天早上最干净的动静。

在旅游时，谁都是新来的，在陌生之地，容易相信也容易一票否决。这时人容易想错事，想错人，说错话，占百分之八十以上的人在旅游时忘乎所以。但包饵渡不在此列，她更加信他。

突然下起雨，他把准备好的雨伞撑起来，他靠着她有点紧，她更加兴奋。雨伞造成了隔断之外的小世界。他直接说山川很是奇妙，你要做好准备，你和我以后一起，到处踏遍青山，一直到老。他用中学生抒情散文的口气把她逗乐了……

他俩路过一家酒吧，电视上转播欧洲足球锦标赛。他们说起中国男足一如既往地输球。包饵渡对着支童倩耳朵慢慢说，鉴于他们对球门鄙视的态度，我是支持男足缠脚，这样踢得更慢……支童倩笑到肩膀一起一伏。他继续装作神秘的口气说，听说，身材也有清秀之说，你要不要我颁给你一个中国第一身体清秀的荣誉称号？这一晚，他们彻底走进对方的身体。支童倩开始僵持在那里。包饵渡的手在她的手心划来划去。这是他的同学邓力华为启蒙他所传授的性方面经验，说这是女人唯一暴露在外的兴奋点。这晚上他们性交感受还蛮好。

一睡过什么都晚了。生米煮成熟饭。

母亲态度是"冇所谓"，母亲说，也有睡得不好分手的，那是夹生饭。父亲看着她，突然收住话头，不吭声。很明显，有些话他不好说出来。当年他从别的男人手中夺到她，母亲前男友说，我和她睡过了你还要夺吗？支童倩父亲顶他的说法令人吃惊，那就看谁睡得更好啦，看她要跟谁睡。这句话被传开了。他通过竞争把她从前男朋友手里夺过来。这在当年的道德观中并不是光荣的事。他从没有拿这件事来邀功。

最让父母不甘心的是，女儿要辞职，她要跟他到他家所在的内地小县城"发展"。

父亲很决绝，大声呵斥说，你选我们不喜欢的人，就是跟我们对着干。他们对美丽女儿的爱情幻想是不能随便与没有社会地位的人结合，得寄托于有权有势的人……支童倩蔑视他们的势利。支童倩把这话转告给包饵渡，是告密，也是讨乖。

他们结婚那天，父亲还是出席了婚礼。他妹妹（支童倩姑姑）从香港给他带来一顶假发。来宾中有个小孩好奇，上前一跳，手一抓，把他的头发扯开。支童倩父亲像个小丑，恼羞成怒，又不好发作，大家笑成一团。"秃子性欲强"，当时就有人打趣说笑。支童倩父亲勃然大怒，尤其看到支童倩也咧开嘴跟着笑，他差点就大闹婚礼。支童倩父亲拍桌怒骂，蒙查查的一家人。婚礼仪式中他们交换戒指，包饵渡的手慢了一步，支童倩父亲当场拍他的手怒吼道，磨磨唧唧的，还用粤语低低地骂了他一声。面对排场十足的婚礼，支童倩父母的反应恰恰相反，他们来和厨师喝酒时，淡定、冷漠，眼睛也不盯着厨师。厨师干脆不喝，公然不给面子。支童倩涨红了脸，包饵渡额头上的伤疤，春风吹过又复生一般涨得通红，似乎在额头上挣扎。

支童倩父亲痛恨女儿的城市生活方式因婚姻而被迫消亡，法律也保障了包饵渡占有女儿，让他们全家以前有趣的生活暗淡了下去。

婚后支童倩很少回父母的家。就算回了，父亲的怒气也一直完整性地存在并向她宣泄。父亲不惜拿宝贵的时间来大发雷霆。几天一晃就过，他俩自我禁闭，父母焦躁忧虑不安、叹一声气，长得这么好看的女儿又要到乡下受苦。他们坚持说"乡下"，改口就是改变立场态度。他的逻辑起点还是女儿被贱卖掉了，不值得。

支童倩从省城嫁到县城以后，她的父母仍然不依不饶地追究这个"门不当，户不对"问题。不单发信息，还写出一封封战斗檄文一样的信。

父亲坚定不移、一息尚存就要夺取胜利。在他看来，保护过年权利就是捍卫主权，显示主权。这小夫妻逢年过节回谁家，都是如履薄冰的事，尤其是大年三十晚上在哪里过便是象征性的大事。他们想出各种办法，兼顾两边，独自过，等等。开始是结婚第一年，后来是怀孕这一年，后来又是孩子一岁这一年，支童倩每年都有不回广州的借口。

支童倩多次暗示，明年再回来。她在打击父母的同时又塞给他们冷酷的希望。

到了第二年，她又写信说，我孩子又生病啊，要补课啊，她想慢慢稀释他们坚冰的希望。她解释道，我不是跟那个男人的家里人过，我跟自己的孩子过日子。

接着再一年，她写道，孩子教育得不错，她暗示这里已经有我的家，叫父母不要再给我施加"回去、回去"的压力。她儿子给钱叫人帮忙抄作业，字迹端正的报酬增加，这类插曲她"按下不表"。她父母本需要重新规划时常没有女儿在身边的家庭生活，无奈他们不想亲近其他的亲人，也没有更加有趣的事情能够吸引他们。发闷气成了他们首选的生活方式。

包饵渡处理过年问题，在家里搞起特区政策，两边过，五十年不变。他学着伟人的口气。支童倩苦笑，她做不到用无忧无虑的方式在父母和丈夫之间谈论过年。

虽然父母为夺回女儿竭尽所能，支童倩却是在小县城安稳了心，有扎根之势。支童倩父亲恼怒又不甘，他一天天沉默或者做顽固无用的抵抗。在这种糟糕的状态中，他发出一点有分量的令人畏惧的反应，比如他在电话里对他俩吵吵嚷嚷吼叫，又不是什么了不起的人，过年也不回家里。没有三十晚上的年不算年，大年初一只是一半的年不是完整的年。可怜我女儿在车上过三十晚的事情也经历过。倘若嫁到南番顺也没这样衰。此时包饵渡已经开始做生意，听到"衰"字很堵心。

那年春节前夕，父亲一如既往继续骂，白养了，给乡下佬占便宜了。支童倩怕了，烦了，她顶了一句说，在中国，人人都是乡下人。这句话成为压垮父亲的最后一根稻草，他的心怦怦直跳，好像体内除了心脏没别的。他心脏是春天的花朵，在开放，在怒放。他血脉偾张地说，你先做绝，你不用回来，你以后再不要回广州。

支童倩知道这是通牒。

她这次真怀孕了，收到父亲那"骂"时，她原想和他们分享喜悦，得到的是一道催命符，不要回广州。父亲已下了逐客令。支童倩不服，她想再怎么精疲力竭，也得回去。父亲不知会做出什么事情来。她心烦意乱，一言不发，漫无目的，她还是在年三十这天赶到广州，父亲不但关机还关门。在地下停车场，支童倩不小心碰到一个停车减速带，人直接倒了下去，后果是流产。父亲嘴硬说，没有这件事，你可能也会流产。你跟他过，就没好事。

他告诉支童倩说，你把我们抛弃了。我们从此有你无你一个样，三年不要见面。这句话伤了她，有三个月她没有跟他讲一句话。父亲也不轻松，但也不安慰她。做父亲的好像还没有学会道歉，做丈夫的却知道没事没错也要经常道歉，想到这样的区别。她感觉两个男人怎么会如此不同，心里一阵轻松。

母亲和父亲的相处倒也还是相安无事，有时会急红脸也不至于冷战，也从来不需要强作笑颜。一方不高兴，另一方却没事，这是他们相处之道。其实是运气。幸福无非是人的运气而已。

她恨恨地想，要不是父母舍得惩罚她，她也不会这样晦气。这三年，一想到父亲给的闭门羹，她就下定决心不回广州。这一赌气就是三年。她想过，三年后再说，到时候孩子回广州上学，让孩子来做桥梁。父亲不允许母亲打电话给女儿，他查她手机的话费，规定她只能用套餐，一点空子都不留。

包饵渡取代父母，他们有说不完的话。支童倩爱听包饵渡正襟危坐时所说的话，我不是我的，我包饵渡是你的，你是你自己的，你不是我的。你不会知道我有多在乎你，连我也不知道啊……他们的孩子上学后，时间越发多起来。他们几乎有空就说话，在沙发坐下来，泡上茶，任何一个话题他们都能说得热火朝天。为此，支童倩欣喜不已——心里满满是找对人的感觉。觉得自己遇上的爱情，胜却人间无数。

她背着父亲偷偷打电话给母亲，每个月她的电话费增加了三倍以上。每当她说花了很多话费，她母亲就说我花的更多，她说我胸闷、我头闷，我全身没有一处好的。比赛抬杠是母亲的快乐所在。

　　只有一件事情有点意思，被母亲说成正能量。母亲说，你爸爸学的是勘探专业，他学得最好的课程是宝石学。他常笑嘻嘻地讲起自己理想的退休生活，我也很少听进去。现在他做数学题、背唐诗，说可以推迟变老的可能。他为什么有此担忧，他说起他的同事王达忠。那次我跟他打电话，对方听到我的名字以后重复了几句，没有相应的听见熟人声音的反应。本来他不可能是这反应……支童倩想，父亲有点事做也好。一个数学爱好者还练智力，不是愚蠢的需要，而是智力高高在上的自选动作。

　　一别两不宽，一晃就是三年，世事茫茫。支童倩揉着自己的手指，看着揉红了的手指，听着远处零星的爆竹声。她心里想，今年过年在哪边过的争夺战，还没拉开帷幕就可以收场。今年上哪里过年已经不重要，特殊政策是过去式。支童倩怀着难以言说的痛苦暗想，他的心转移了，生活基础动摇，结构也要变……至于我为什么还在这里待着……是为了找机会看他演戏，也是积累素材的需要……她心里头已不把他当丈夫，他是别人而已……她的人生开始像近处看的油画那样，一团糟什么都不是。周边忽然吹来一阵冷风，贴着她皮肤往上走，像洗澡的水突然变凉。

5

他们先是开了间小医院，从买器械到药物上，他们不断给人骗。临近过年，建筑队、水电公司、装修队等各种人前来追债，有时，他们在公交车上看见她，也会逮着她骂广东婆子。

为了躲债务，他俩到隔壁县找朋友邓力华玩，这一趟的意外收获是开了一间精神病院。邓力华是包饵渡的中学同学，几年不见，他发达了，开着奥迪。他给包饵渡递过来中华烟，他太想传授致富宝典了。邓力华说，六七十万人以上的大县，就一定会配一间精神病院。这病的发病率为万分之一。挣钱比印钞票慢不了多少。谁都不知道最好挣钱的是精神病院，谁家摊上一个精神不正常的，砸锅卖铁都得送医院——那是给我们送钱来了，不是一次送，是一次次地送……我们这也是保证千万家庭的稳定嘛……至于来源吗？富贵的穷的，上天是太公平了，这两种人偏偏容易得精神病……他越说越来劲，以至于后面说出这样的话，在我们的眼里上了一定年龄，都有一定的精神症状……支童倩回了一句话，在你们眼里就没有正常的人。他哈哈一笑，过尽千帆皆不是，哦，不不不，过尽千帆皆是……

邓力华还传授经验，最好糊弄的不就是精神病吗？如果精神病人发现我们发药不正常有时也会投诉，可是精神病人来投诉又有谁相信呢？包饵渡接话说道，这和殡仪馆有得一比，只有死人不会投诉。除非托梦，托梦又不好拿来做证据。

从邻县回来，他们立马动手申请牌子。他劝说支童倩用她父母的房产证贷了一笔款项，用高薪聘请几个有精神病医生资格证的人过来。他对这几个有精神病医生资格证的医生说，我给高薪水，你们别客气，只管挣就是啦。

他租了山边一间人家废弃的小厂房。照着邓力华的经验，对精神病患者进行军事化管理，让他们吃饭也得要排队，这些病人，他们已经被自己打入记忆或常人思维的冷宫，脸上露出的是小学生还未曾在生活中受过打击的稚气，有的病人会在夜晚找你聊天，自豪地表白他和某外国总统是亲兄弟；遇上电脑高手，游戏玩到让你相信只有疯子才最接近天才。做医生的只需在固定时间发药。当然这里的医生也会有危险。某天看上去和蔼可亲的病人靠近你前来搭讪，他的手直接放到了衣服背后，举起来时是一把明晃晃的尖刀。包饵渡告诫医生注意与他们保持一定距离。注意安全，就这么多事，剩下的就是收钱。

当年，这间精神病院很快就收回成本。接着他像排雷一样。列举出全国某个县区尚未有精神病院的地区名单，说要走出去看看，给每一处缺少资源的地区建一所精神病院……他一路心里念着，让精神病人来得更猛烈些吧。

　　包饵渡在县城逐渐也算人物，县电视台小张来做他们的访谈。包饵渡把太太带来出镜，增加分量，"原来包总还是从广州找的太太"。

　　包饵渡侃侃而谈，感谢命运。卖煤炭已是过去式，我们现在不干了，后来倒卖药品那也是过去的事，我们现在不干了。我们两个还坐过绿皮火车去北京，站在天安门等升旗，感觉到光荣。

　　做小医院时，我有事给县长打电话他都不接，现在他主动问我要电话，这段就不要播放啦。他哈哈一笑。司机也说，跟了他们很多年。这个人和别人确实不一样，他凶狠、残暴、小气、狡猾，就是一项好，对老婆好，在外面不乱来。

　　致富不忘本，这是县里电视台采访时的通稿题目。支童倩翻开照片再看那摆出来的岁月静好坐姿，只能叹息自己是后知后觉的蠢货。

　　支童倩仔细想，他的出轨早有迹象。比如他早就说，人与人的感情就要像火车的轨道，要有隙缝才能够运转起来。如果实打实，严丝合缝，那可能火车和铁轨就胶着在一起死掉了。我是阳光。阳光要照亮每一个黑屋子。如果我只对准你一个人照，会把你烧干烧死的。一个男人，如果不给那些找你的女人一点应付，会得罪人家，她们觉得你不给面子，会反过来告你。这些话现在听着都像早埋好的雷，当时却被她当作"有意思"的话，这不，春江水早就暖了，甚至开了，就剩下鸭不知。

　　两人也曾讨论过他人的"出轨"，包饵渡针对她的"伤害说"反驳说，这又犯了婚姻中的哪一条规定呢？是婚姻法还是契约精神？这不过是以你为主、你说了算的专制嘛，你痛苦他就得退让，那他的痛苦你照顾吗？谁的痛更大？

这些似是而非的理论其实有所暗指的话，此时想来越发刺痛。纯粹就是自己蠢。

没错，以前他不即不离的都是支童倩的身体、支童倩的喜好。

开精神病院的前一年，支童倩生了老二。几年后，孩子上小学，成绩不好，他们请了家教。包饵渡不但给家教老师钓鱼卡，还把从鄱阳湖里捉的一条二十几斤的大鱼送到他们家。在车后备厢取大鱼时，那家教老师的老婆看见后备厢深处的一箱四特酒。心生一计，她故意喊道，快来啊，包总好气派，好大方，给我们送了一箱的酒，明明是想送一条鱼，被一声"包总"好气派又搞走一箱酒。他们只好硬着头皮送了一箱酒。后来，孩子考试分数仅仅提高了十分，包饵渡夫妻两个一前一后去那家教楼下骂。那教师还在嘴硬，你儿子不是鲜花，谁是牛粪也没招啊，不是我不会教，而是你的孩子差。能让这么差的孩子提高了十分，我真的已经了不起。你们自己差还追着我骂算什么。听着这操蛋摆出的扭麻花逻辑，包饵渡和支童倩竟然大笑起来。那时候他们心心相印，多么一致。

现在手机是包饵渡心里的第一位，他和手机维持天长地久的架势，如果手机不在身边，他魂都丢了。手机之后是那些女人。

他经常忙到深夜不回家，一问就说在开会。偶尔坐着喝茶，除了说茶好很香，没有其他话可说。

地面很脏。房间的衣服皱巴巴。儿子旧时玩具的胳膊搭在电风扇沾满尘土的罩子上。面对满屋的垃圾，她不想收拾，她慢慢坐下来。从前在凌乱的衣服堆里吃饭，对她而言就和不漱口就喝水一样会恶心到她。她用力搬动自己的一条腿，那条腿因为她长久单一的坐姿已经麻木。

她陷入沉思，也陷入失眠。为什么晚上不能只有一个小时？漫长得像硬面包一样坚挺着。她上前拉开耷拉的窗帘。窗帘的命就是顺从，就是犯贱，她恨恨地说。她的恨意好似机械钟摆一样。一刻不停。

当时他们一起上商场挑选购买的2米×2米的床，对于他的身躯来说实在是太大，他说，足够两只大象躺在上面。

清早，他们一人开一部车，一前一后分别到在小县城的医院和康养院。上午她为养老院发传单，接到包饵渡电话说，支总管，你又在分传单啦？支总啊，注意身体，身体是革命的本钱。

白天他们各走各的。包饵渡借口是"上级检查"，迈着轻快的步伐离开。支童倩回答说要上学校开家长会。两人争先恐后地"忙"。

除非不得已，她尽量不与他打照面。她是通过打喷嚏知道他的所在。包饵渡说感冒了，支童倩心里还是咯噔一下。经验告诉她，一定又是做爱后的后遗症，他常在做爱的半途就睡着了，他们以前很多次做爱后伴随着的是他的感冒。她什么都没说。

　　倒是到晚间，两人更得装，她照例等着他表演，为她的怀疑大厦添砖加瓦。这位阴阳两面的男子，深夜带着浓浓的酒意归来，他带着偷来的虚假放松哈哈大笑说道，民营老板太辛苦了，我今天吃了四次晚餐，银行的、公安的、信用社的、市政府的……他照着编出来的名单念着径直走进卧室。他倒在床上钻进被窝，在时间不规则的空间漫游。突然，他从床上爬起，对支童倩说，三月份医生误诊他得了尿道炎，吃错了药，治疗拖了太久，发展为前列腺慢性炎症，性功能大打折扣，完成不了热爱的"做爱"任务啦。

　　他无奈地解释说，尿频、心情焦虑是次要原因，贷款批不下来才是主因。他用捏造的沉重强调他的贷款压力。他脸上、头上都是刀疤，是一次次打架造成的。他一讲话，疤痕们也微微抖动，他多了好多创业者悲怆的底气。他自信这说法能打动人，他在等她怜惜。支童倩不看他。一对视，他便得逞。她太了解他了。

　　支童倩被夺走往昔的欢乐，也得到新的防御豁免权。她保持奇怪的平静，似乎这平静是她的士兵，只要下命令他们就执行"平静"。她带着对什么都不能信的眼光审视，他行为蹊跷处一一浮现。记得做精神病院贷款时，包饵渡说让支童倩把她家一处房子拿来做担保抵押出去。那次他是在应酬饭局上打来的电话，口气很急促，用非得当场答应不可的口气说，连夜请你妈妈传复印件，先让银行朋友备案……

她钻研起包饵渡的星座，发现他的星盘都落在射手座上，想到这里，她一阵战栗。锃亮光滑的实木地板，优雅造型的护墙板、壁纸，庄严的屋顶，法式的门楼。风景如画的阳台，都成了烦人的武器。她穿着白色的衣服，由远处看就像被床吸住，与之融为一体。

支童倩发现脚趾发痛，原来趾甲在默默地努力，每天挤压周边的肌肉，慢慢扎入肉里头，剪掉那块趾甲，就有了一个肉质凹槽。很久没修脚了，她想。

6

母亲用手机打来电话，她心里嘀咕，早不来晚不来，专找我心情差时来添堵。

父亲竟然被确诊了，是老年痴呆症。

她第一反应是懊悔。再没有机会了，没机会让父亲明白自己终于相信他的话，并和他感同身受。支童倩觉得只有说出内疚来，才能给父亲安慰。这愿望不可能实现了。

父亲怎么会有如此大的转变？在时间上往上推，很可能是在她结婚后不久，他已经开始有阿尔茨海默病症状。大约女儿结婚让他受的刺激太重，有因才有果，做错事的是她。当时父亲算是隐忍，违背自己意愿同意女儿嫁给敌人，他的心就像泡满了冰块的冰水，人一下子变得暴躁，后来他退变，成天无话可说。如果他们当时的婚姻不进行的话，他会不会有另外一种状况？现在父亲就好比弹簧钢丝已经变直，再想把它圈回有柔性的线圈是不可能了。

她打电话过去。敢爱敢恨、有话直说的父亲变得又疯又癫。父亲喊着说，你的名字我还记得，你是三姑姑的小儿子吗？对女儿名字，他没有辨识和记忆。她的眼泪哗哗地流了下来，小时候父亲牵着她的手"出去玩"。父亲退休那天，对单位领导说带我女儿去吃饭，吃饭就是占点便宜。父亲坏也只是在窝里坏。自己坚持和"敌人"结婚，父亲也奈何不得。父亲还是老实，他闷在心里，自己难以消化，闷几年就得病了。

母亲断断续续地讲述，没有头绪。

支童倩问，什么时候发病的，怎么不早告诉我。

母亲回怼她一句，什么时候发病，我怎么会知道！把你关在门外的那一刻，也许他已经发病。我又不是医生，医生也不能在第一时间知道谁在什么时候就老年痴呆了啊。母亲情绪很差，之前站在支童倩一边的母亲，因为父亲的痴呆对女儿颇有怨言。她发泄式讲述的每一句话，都是投向支童倩的一把把匕首。

支童倩从母亲那里听到父亲的故事。

父亲去厦门旅游，返程时鬼使神差没有买到白云机场的机票，说要到珠海转车，典型的舍近求远。母亲当他是想到长隆看看，没多问，由着他去。他在飞机上发作头晕，到达金湾机场，下了飞机，直接上中山三院，做磁共振，拍CT，检查结果发现，小脑萎缩。

到广州后，父亲情况转变得很快。父亲只要看见母亲就说他受到跟踪，并说她想非礼他。母亲拉他坐下，他说这是图谋不轨，她拍一拍他的肩膀，他说这是搞烟幕弹。没有任何一件事，在他眼里是不可疑的。家里的饭做得好好的，他非要往外面跑。

母亲发出暗示，你父亲也不容易，得病的原因你也知道，你们开的那家精神病院不是好意头，现在谁来安排他？母亲的孤独和痛苦有着同样的分量。支童倩陷入一种难以名状的沉默。父亲曾经说我们都这样了，你还不行吗？似乎他没有搅黄她的结婚决定，就已经有多大功劳似的。母亲也把父亲的病归结于她，暗指她的婚姻催化了父亲的老年痴呆。母亲硬生生塞给她一份大罪过。

女儿沉默，听着母亲这样横着来说话，她心里不顺当，胸口像堵着一根香肠。她不耐烦地说，这个问题还算个问题吗？母亲语气十分陌生，她的温柔只存在往事中。她心里抱怨母亲，把发病的消息藏了几个月才说出来。她压抑住悲伤开口说，明天早上收拾好，我开车去接你们来。

母亲说，原来还不想指望你，现在果真指望你了，我们老了，傻了。她垂下眼帘，不再说话。不知母亲还会说出什么顶心顶肺的话，她赶紧大叫一声打断了她。母亲可能也感觉到自己的负面情绪，拐着弯补充安慰女儿说，她父亲前不久突然说什么时候路过乡下想去看看她。

当时父亲明显喜欢抬杠，那你不去看，我就去看她，他说出半痴半呆的话，我也没往那上面想。她声音幽幽暗暗地说，你爸爸记忆力减退，我每天交代他三件事，他会忘掉两件。

包饵渡和支童倩他们已经一个月没做爱，包饵渡很忙，"上面来检查，贷款没下来，昨晚我看你又睡着了"。他的借口一个又一个，支童倩想，幸亏及时转为看戏心理。支童倩说了父亲的事情和母亲的想法，出乎意外地，包饵渡很重视，我们去一趟，接过来照顾。他立即放下其他事情，和支童倩一起去了广州。

外面空气清新宜人，推开门后，他们见到父亲。他衣着整齐，在母亲的照顾下坐到饭桌边，面无表情，手拿着面包，沙拉果酱，还有松露酱。他茫然地看着外面的树，有时对路过的牵狗女士笑笑，像没心没肺的单纯好色之徒，露出他茶垢后面不清晰的牙齿，四周有些空荡，父亲只在这个窗户旁边坐着，不看书。他说，我不认识字。

支童倩吓了一跳，屋子里面堆积成山的家具，连小布头娃娃小车子也准备拿上，父亲见到他们两个什么话也不说，脸垮着，蜡黄蜡黄的。母亲指了指地上的床垫，说，这些也要带去，你父亲可能会念旧。这一刻对母亲的心疼，让位于对自己的哀怨。

半小时后，父亲倒是难得的欢天喜地，宛若生活在少年时，一脸的快乐。可怜的人却是这么快乐，他的心里到底暗藏着一个什么样的世界？母亲似乎猜到支童倩的想法。她略加思索说，你也不要觉得古怪，你是他生的。有什么好奇怪的，哪天你也变成这样，可能还没有他幸福呢。过一天活一天，活一天算一天吧。

父亲不再说话，问他什么，他什么都不说，径直走到客厅或厨房就坐在竹凳上，半天眼睛都不眨一下。

晚上，父亲看了支童倩很久，他低下头对女儿说，我认识你，但喊不出你的名字。父亲红光满面，支童倩憔悴不堪。你父亲这种状态会一天比一天差，包饵渡很冷静地说，多的就三年，少的话一年多。

父亲高耸瘦削的脊背，在家里这样走动的时间不会很久。他像一个旧灯泡，有电也发不出光来。他的屁股像是没有了知觉，坐在哪里都不觉得烫，他竟然说要坐在发光电暖炉那里。他推开房门躺在地板上，看着天花板，巨大的长着花朵一样的大灯泡，一个又一个像开在家里的发光花朵。他说，花朵随时都可能要掉下来，砸伤他。

不曾想的事情发生了。支童倩父亲见到包饵渡就怕，准确说是又怕又爱又尊敬，只要包饵渡从他身边过，他几乎立刻做出敬礼立正的姿势。父亲充满灾难意味的表情像变魔术一样被吸走，他对包饵渡极为强烈的厌恶感，也被一阵秋风带走，他那像鼓胀着风的帆一样强劲的敌意，似乎也从心底消失殆尽。这情况的变化，出乎所有人的想象。

他是哪一个层面的真实呢？是灰色地带的真实？支童倩曾与父亲存有不可调和的价值观。那时父亲先是因为她的婚姻把包饵渡当作主要敌人，现在却又出现一百八十度拐弯。不知道他哪根神经摆乱了，他又没来由地把包饵渡当作他的药剂，当作他的"主人"。支童倩不禁感到浑身发冷，命运的戏剧性真不可思议。她父亲不知道自己需要什么，他病情的发展也不符合普遍的推测。支童倩父亲多次感谢包饵渡安排得非常好。只要听见包饵渡的名字，父亲就眉开眼笑说，包饵渡才会救我，他才会给我馒头吃。说完就要站起身恭恭敬敬地敬礼。他激动地说，包饵渡拯救了我全家。他这种感谢直接是在赞美这桩婚姻。父亲一看见"精神"两个字的药，他就扔掉，他大叫大嚷说，我女儿想要把我送到精神病院，我绝食，我要杀了她。支童倩仿佛看见自己的将来。

办手续，挑床位，挑房间，通知医生等事情虽说都是包饵渡在办，但这些事情给支童倩造成了强烈的不适。她感觉自己的胃一阵阵地紧缩。她几乎要放弃自己先前的想法，她抽出压在屁股下的手，感觉一阵麻木。她心里闪现出顾影自怜以及大无畏的某种东西。此时一阵零零碎碎的信息只不过是狗身上的链子，狗本身是没有这些声音的。她似乎放下了怨恨。

她父亲像所有病人一样受到医护人员关注。这位备受关注的人，却无动于衷。包饵渡递给父亲一杯水和一块巧克力，他欣然接受，说这个巧克力就是我一个人能吃。父亲在他无法触及的世界里面就像一座冰山，不知道哪一块才是底部。父亲在精神病院里游荡，他的思维是混乱的，思路完全是谜。他像待在这里玩捉迷藏，他的四肢依然坚挺完整。有时把手搭在一个厨房的厨子身上，说自己捡到一个玩具娃娃。

　　父亲毫无征兆地开始一个人的智力战争。原先父亲可不傻。当年他妹妹的阳江公爹对支童倩爷爷说，自己要死了，那儿子也没有爸爸了。我死后也就没有用得上儿子的地方了，我能不能把这儿子转让给你用几十年，你给他分一间房屋？难得糊涂的父亲对他父亲说，有我这个儿子在，你不需要多要一个儿子。这像家里的冰箱多一个就是浪费电，就像家里的电风扇多一个就会发冷还占地方。最后妹妹和妹夫只好天天开着船去捕鱼。父亲说我可以教他捕鱼，不能让他上船。父亲一直是高智商的人，前年他还能解出高中奥数题目，但现在他解不出初二的数学了，发糊涂时，他争辩说他箱子里还有几万元。他对几十、几百、几千完全没概念，他不喜欢听到人家反对，凡是被反对的他立刻加以反对。他没法清晰地回忆起之前的种种；他本来是有幽默感、容易动情的人，现在说起话来，嘴巴左右摇晃，手剧烈地颤抖，做吞咽动作十分糟糕。

　　他还告状，说母亲是个特务，跟踪他。父亲跑过来跟护士说自己有私房钱。每天他在垃圾箱里找回他认为有用的东西，然后藏在房间。母亲把它们扔掉，他就在更远的地方把它们找回来，再次藏在他认为更深的床头柜里，柜角落里有时有一个发臭的包子。

过了十天情况又有变化，他用最强烈的混乱，极度不自然的兴奋和激动闹着投诉支童倩母亲。他说，她要我去医院，我没病，你要我去医院，你自己怎么不去医院？我好好的一个人，为什么你不去，却要我去？浇花时，他非要把每一株拔出来看一看。直到有一天他居然搞了个自问自答的对话：

你洗了牙齿了没有？

我有啊，你这是做什么？

我这是在洗尿盆啊。

那你拉尿给我看看。

他吐了一口痰，说这不就是吗？然后自己感觉很得意，笑了起来。

支童倩不甘心，她留下来和父亲单独在一个空间里相处，她以为一种绝对的安静能唤起他一些往事的闪现，他不抗拒但也不交流，佝偻着身子看电视，忘记女儿的存在。支童倩依旧记得某个黄昏，父亲带她去吃粿条的那种气味。这些记忆粘住她身体的某个部位，还带着隐形响亮的铃铛，不时地让她心里凌乱。

支童倩拿手托着下巴，看着外面渐渐黑下来的天空。她这一个月的人生像电影，景象变换得太快，各种事让她迟钝，又逼着她瞬间接受了好几样不同的人。

父亲吃药可能会毁了他，但不吃，她又不放心。此时的父亲像在露天里没有真正泥土和水养着的植物。他看似活着，在吸收着水，但事实上他已经提前消亡，他无法让自己体面地谈论每一餐饭菜的美味新鲜可口等话题。

支童倩说，就算是女神在世，父亲也是无动于衷，不过有的人早就扑过去了。

包饵渡说，也不见得，看是什么样的女神。

包饵渡说漏了嘴，他赶紧打住。这句话让她一夜失眠。看在父亲份上，先忍着。让父母进入稍微稳定的居住环境再说。她突然意识到，如果是表演，说明他还希望要这个家，如果他连表演都不表演的话，直接摊牌吧。

自从爸爸确诊阿尔茨海默病，她开始怀疑自己脑子的健康，她相信遗传的必然性。父亲确诊老年痴呆症，她愿意说阿尔茨海默病，是疾病，而非老年的耻辱标志。她认为自己迟早也会如此，提前发病的话，我随时可能是另外一个人。她意识到和自己在赛跑。她可能就像父亲。留给我当认知障碍的人的时间也不多了。支童倩的心里有根绳子，一根叹息的绳子，绳子上第一个接头是父亲的记忆，往事的图片像将要腐烂，逐渐变得白茫茫一片。

一天，她听到父亲在对两个护士进行启蒙教育工作，他在讲道理。一边喝着自己带来的矿泉水，一边对她们的行为进行表扬，还准确说出她们的名字。

康养院炎热，绿化林投下清晰的斑驳状阴影。树桩下的小四脚蛇。父亲像第一次见到四脚蛇，对他很有吸引力。地上挪动的虫子对他构成奇特诱惑，他和虫在进行一种古怪的对话。他嘟嘟哝哝地说话，你不接电话，那你改了性别了吗？那我不再啰唆，小镇上吗？小镇上有江湖郎中吗？还有下水道的毒气吗？有一天他说，谁会把他端起来从楼上丢下去。他说完以后抬起眼睛看着天空的那种状态，似乎看到有人正把他扔到楼下。他像一个新生的婴儿发出无害也无痛的哭叫。支童倩有一种不祥的感觉，哪天这个半死之人会突然完全从这个大地上消失。护士建议把他直接锁在一楼，包饵渡说还是五楼空气好一些，通风视野好，有利于身体康复。

康养院护士不停地给她发来告状视频，说她父亲多拿包子，还把包子、馒头私藏起来，说她父亲每顿要多吃几份饭菜，吃了炒饭还要稀饭。有几天，他闹着要做牡蛎吃。他还告诉厨师说"我的叔叔于勒的牡蛎还有各种做法"。让人哭笑不得的是他还记着这法国人的小说。支童倩慢慢成了一个旁观者。

她望着灯发呆。支童倩一边看着视频，一边警告自己不要呕吐。无论父亲怎样，她再不顶撞他，她想用不顶撞来弥补过去摧枯拉朽的顶撞。这些也没有让父亲和她的关系变得更加密切起来，他越来越健忘。如果你提醒他的健忘，他就发火和你闹，一直要说到对方道歉为止。

在支童倩父亲的住院问题上，包饵渡表现出虚伪的殷勤，跑上跑下，"向南的房间，"他交代护士，"一定要留着给我岳父单人居住。"带着充满威胁的伪善，他搞笑的假音暴露了他真假难定的莫名焦虑。

支童倩理解他在做虚伪的弥补。无非想硬塞给她"责任是真实混沌的清白"。支童倩想，她对他的了解远远大于他对她的了解。

7

清晨，太阳像一个没煎好的鸡蛋黄。

支童倩拉开大窗帘。帆船窗帘徐徐地被拉开，风景有一股死寂的声音，像是蓄水池中的最后一股水。她被吸了过去。

今天的葬礼，包饵渡要安排接待各方来人。他很早开车走了。

她回头看，巨大的床铺如空洞的嘴正吞噬着什么。从这个角度看，床是一种障碍。她不应该冒险做无颜色的床，还不如日本式的榻榻米。她看了一下手机，又放下，她不看，主动阻挡那些急切的安慰。总之毫无意义。她不去听。

支童倩开车来到殡仪馆，殡仪馆外面人很多，人群三三两两在交谈。她走进二楼大厅，找了一个昏暗的角落，她迅速盘算了一下该站在哪里最合适。

　　她是举止优雅的女人，即使这种场合，她还是能让人眼前一亮。她在一排闪光的瓶子后面，看见了自己模糊的脸蛋。她不到四十岁，头发稀疏，白发在头顶上，是黑色雾中站岗的灯塔。

　　包饵渡看到支童倩，他扶着她做出绅士得体的伤痛样子说，我已经交代把葬礼按最为隆重的级别安排。以前县长见了我，打招呼鼻孔朝天，现在他主动问起老丈人的事，他今天也要过来表示一下心意和重视。他做了一次不易察觉的深呼吸，放慢步子，让谨慎的步子发出亲和气息以便掩饰他的怯懦。支童倩说，人活着的时候是要热闹，走的时候静悄悄的不好吗？包饵渡挥挥手说，这件事就由我来办。支童倩想想便不再开口。包饵渡继续此地无银地表白，虽然你爸爸反对我，但我一直是喜欢你爸爸、对他好的。包饵渡拿捏着虚张声势的悲伤，支童倩清楚精明人一举两得的特点。她用意念把耳朵堵住，微微闭着眼睛。

　　葬礼开始，第一项是瞻仰遗容。人群排着队围着躺在花丛中的支刚健先生的遗体转圈圈，在尸体前方的位置鞠躬、流泪。支童倩直直盯着，时间一分一秒过去，她脑子闪过很多片段。其中一个是父亲带她在海滩的白色细沙上跑步逐浪花，瞬间又切换成丈夫的手在别的女人身上动弹。最后，眼前的画面挤占了记忆中那些画面。

　　葬礼中的音乐，死人清一色选择不参与意见。无论他们喜欢静谧的或清澈的或是欢快的，此时他们都袖手旁观，任凭殡仪馆播放手边最拿手、最简洁实用的音乐。乐曲不会影响死人，但会影响到活人的情绪，不过并不影响来的人在聚餐中的良好口味。

这时工作人员说应死者女儿要求播放另外一首悲伤乐曲《克罗地亚狂想曲》，曲子凄美，难以置信地透露着坚韧不拔的悲伤美学。父亲躺在那里，垂闭的眼睛一副不关我事的无所谓的神态，他的皮肤被入殓师涂抹得很白，白鸽子一样。支童倩好像走过一段漫长的路，她摸了一把自己越来越稀少的头发。

父亲说不在就不在了，像一杯水你还没搞清楚凉了没有就被喝完，剩下空水杯。他的生命比杯子还微弱，他的举止完全是做游戏。他从五楼纵身往楼下一跳，血管爆裂，脑浆四溅。四肢完好。他躺着。别人哭。

支先生没在草地上待多久。他被殡仪馆的车拉到殡仪馆。那个像旅馆一样睡过千万人——当然，这是千万个死人——的停尸间，又被入殓师涂抹上陌生异样的化妆品。她熟悉的父亲变成一个束手无策、任人摆布的道具。周围摆上了一簇簇鲜花，像郑重其事的海鲜大宴上围绕着鱼尸体的繁花，远看又像是一条大鱼饭摆放在稀疏的竹篮里。父亲的个子高大，在那一盘上很显眼，让人担心他随时要打滑。看到支先生手上的青筋暴起，使人联想到屠宰的场面。有人在这个场合交换名字、联系方式。父亲等会儿就被送火炉，再次演变为灰烬，变为空气。

熟悉流程的司仪在稳重的哀乐声第二次从广播传来时，请支刚健先生女儿支童倩致悼词（支童倩很陌生地确认父亲的名字）。老板娘支童倩把话筒看了又看，海绵包裹着话筒像紫色巧克力。她的声音珠圆玉润，在全场响起来，悼词声声入耳。

今天我要献给爸爸一个女儿迟到的内疚，表达我无法弥补的懊悔，我想对爸爸说，你是对的，你有深远智慧的见识。我对不起你，爸爸为我的所思所想所忧虑和预见，如今全都得到印证……我今天告诉你我的醒悟……这个时代，有人云同居，有人云生气。我一直活在自己的世界里，不知魏晋。前一阵大街小巷的电线杆、马桶盖、自行车、摩托车以及三轮车上贴满我丈夫包饵渡的风流韵事，事迹的详情还发到了我的手机里……我的丈夫，一个花心大萝卜，他吃着锅里的又看着碗里的，一脚踩几条船，惹毛了一个个与他相好的女人，他嫖娼……或者是平衡不了这几个女人……爸爸早就看出包饵渡不可靠，他反对而我却坚持要嫁。我犯贱，我的愚蠢让我只配得到生命中的滑铁卢。

支童倩的声音还在继续响彻大厅——我受不了他那种得意，作恶没有被抓到那种得意劲，事件发生后，我一点不漏地经历完当面欺骗走向颠倒黑白捏造的全过程，发生丑事的当时我离开的话，我知道以包饵渡一手遮天的说辞会得到胜利，我对漫天的谎言难以忍受……

支童倩最后缓缓地说，小时候爸爸给我讲故事，今天我说故事给爸爸和大家听……从匿名者发给我的信息来看，我丈夫的事迹几乎可以作为案例来学习。用图片勾引人始作俑者是包饵渡，他除了带女员工去酒店开房，还处处留情。每当遇上猎艳对象，他加微信后，寒暄一番，他便向对方发一张丹霞山颇具男性阳具特色景致的图片，这是可进可退的图片。对方如果懂且有回应，他们便互相蚂蚁上树，几句猥琐低级的打情骂俏后，他们自然是走到大家知晓的结果，那这女人将是他猎艳途中又一次的满汉全席、战利品。如果没回应，他就说，我热爱摄影，这只是我摄像头里一个平常叙述的景致而已。他便为自己开脱，我只是发发图片而已，打呵呵说差点被看成是疑似误会型出轨。你们看哪，这是多么清白的包饵渡！他一直要求全家给他清白，现在到了给他清白的时间，讲清楚他的清白才能洗掉我的受辱……

　　你们不要以为我丈夫包饵渡玩的都是下三烂拜金女，除了做滥用情伤害人的坏事，我丈夫也做过促进他人家庭幸福建设、夯实他人家庭基础的好事。有一次，他遇上一个过气的"写点东西"的女人，行内人一看就属自娱自乐水平，但包饵渡有附庸风雅的爱好，这次，他不用惯常的小到送小米核桃大到送手机平板等他称为"自产土特产"等方法，他变了花样，先送夸奖崇拜，再对那女人说要送自己写的小楷寄给她。他为什么送小楷，因为包饵渡拿不出别的才能，又想展现才艺，过一个月，他又对女人说总想写点什么给她，这次想在绸缎上写小楷，希望再次能以任何方式见面。"有文化女人"也可能是应付他，也可能因为包饵渡曾经说想邀请她和丈夫一起来讲学给她挣钱，所以她一边给他发笑脸、问好，对他说，你写的"桃花源记"小楷就不错……转身便把他的示爱微信一一献给丈夫观看、嘲笑并邀功……

　　支童倩说到兴起，她刚毅的目光忽然有剪刀一样的闪光。

没有一个人敢上来阻拦，包饵渡也不敢上来。这时，医院一个女护工、也是包饵渡的舅妈冲了过来。这女人她以前见过，她一见就不喜欢，她身上像个百货商店，廉价的金光闪闪。她用鼻音说话，每次开会她坐到最前边，眼睛下垂得像垂死的人。支童倩把一堆文稿交到她手上，你在出口处等着分发给大家。她悼念词的纸质版会再一次以礼品方式出现在出席者手中。

支童倩转身下楼梯，在电梯有一个约莫六十岁的人对她说，小姐，非常时期请戴口罩啊，现在疫情很严重。被看成年轻人，支童倩心里有些愉快。

8

第二天，派出所将包饵渡带走。

在看守所，民警让他会见了和他同名同姓的包饵渡。那人竟然是他养老院的男护工，他记得这是承包康养院绿化工程包总的侄儿，包总说他念的是护理专业，让他来"锻炼锻炼"。男护工包饵渡长得一副县城人的相貌，口音是城乡接合部的腔调。

民警进来给他们一人一份资料，叫他们打开并配合核实事发案情。这是厚厚一沓关于包饵渡在周边市县酒店将近三十次与他手下多位女员工的开房记录。包饵渡一头雾水，当他看到酒店提供的资料上显示的包饵渡身份证号码时，他对民警说，我可以走了，我清白了，这不是我的身份证号码。包饵渡终于明白了妹妹们口口声声掌握了所谓自己"有根有据的开房记录"。

民警提示他看酒店资料上数个嫖娼卖淫的对象的姓名，他表现出彻底的迷茫和震惊，这些人确实是他的女员工。这个该死的同名包饵渡！

几个月前家里出了种种怀疑自己的异样事，他一直以为是家人无事生非，没往心里去，"恶棍"现在才出现。包饵渡的高压内心立刻转为低压变电站。

他眼睛射出火焰，他问男护工，你搞了什么鬼，我招来的女助理跟你有什么关系？

男护工包饵渡发出爆笑，他快乐地说，你这是什么意思？小看我吧，你的意思说我和她们尚未发生关系？不！我和她们早已发生男欢女爱的关系，你酸吧，你装吧，假模假式的浑蛋！

未等他说完，包饵渡怒不可遏，抡起拳头砸向他的脸大吼着说，我跟你无冤无仇，你去嫖娼，为什么要在大街小巷说是我玩了女员工，有这么坑人、害人的吗？

男护工包饵渡豪爽地笑着说，问得好，我要表扬你这个问题，这问题只有你才能回答。我做点提示，你当初是怎么对待我叔的园林绿化生意的？你一步一步逼着我叔赔着本贴上了全部身家，我能肯定，我也确信，你以为你得逞了，你万万想不到我们也学到手了。你的康养院，绿树成荫，花木成林，这一切你无须花费一分钱，老天爷眷顾你，赐给你饭吃，打包还包邮送给你的馅饼，不但白送还心甘情愿恳求你吃掉。你按照合同，我们违约拿不到一分钱，你成功地空手套白狼，你在合同上做手脚，你捏准我们的弱点，在法律上、在合同上我们无话可说。你无须一枪一弹，取得经济战线上的伟大胜利，白得我叔一座园林花园。我叔做了一年半，颗粒无收，欲哭无泪。

我们一分钱没拿到，还倒贴上百万元的树苗、人工费、园林设计费……我叔叔找你协调，请你高抬贵手，请你给绿化工程费用时，你有多得意，你拍着我叔叔的肩膀说："包总，不是我不给你呀，我没办法签这个转款单呢，按照我们签订的合同，园林公司要负责树木的成活率达到百分之九十以上，甲方认定验收合格后才会付款。你看现在各方专家一次次严肃认真的验收，结果树木成活率都没达到百分之七十，我个人没意见，可专家通不过啊，你叫我怎么办啊！"你还很为难，你比我叔还为难！

包饵渡心里清楚冤有头债有主，有因有果。但他到底是包饵渡，他撕开嗓门，更加愤怒地喊出来，合同是老包他亲手签的，白纸黑字，我只是按合同办事，他的绿化工程每次验收都没有通过百分之七十的成活率，你让我违反合同给他钱不成？

护工包饵渡又发动了新一轮狂笑，对呀，这就是包大总你的高明之处、过人之处啊。当初五家园林公司来竞标，当时一百万的竞价标的，你却别出心裁提出一百五十万的标的，但附加条件是由绿化公司全资垫付，经验收合格后一次性付给全款。我叔为了拿下这个工程，也想挣多这五十万，就立马在你诱导下拿出的合同上签上了字。签完字时你才说到时候树木成活率达到百分之九十才算验收合格。这时我叔叔稍感觉有陷阱。但一想百分之九十的成活率虽然难，用心做还是能达得到的。

后来你请来的专家都被你收买，我叔的园林工程每次验收没有哪一次能够过百分之七十。这才是你的高明之处。借刀杀人这一计你用得炉火纯青，你的阴谋以阳谋的形式得逞。你没有想到的是，我从小是叔叔养大的，连我都没有想到的是，我竟然有和你相同的名字。我叔叔想了半个月才想出这个办法，他忍住气，请求你把我一个中专生招来你的康养院做男护工。

我利用工作之便接近你所招的女员工和你的家人，我搞清楚了她们的姓名，搞清了她们身份证号码，也搞清楚你家里人的手机号码。深入你的内部情况，是我这几年来时刻都没有忘过的使命，你说我报仇也好——你狠在先。附带说一句，这一项工作很辛苦啊，我要跟她们于私于公都要处处留心搞好关系。要赔笑，又不露马脚，一找到机会我就抢着帮她们登记各种表格，为的就是拿到她们的身份证号码甚至照片。

告诉你卖淫嫖娼非我所愿，但为了"报答"你，我豁出去了。我找到的几个女人，我分别借用你女员工的名字，想尽办法记录在酒店，留下案底，然后再给小费，让她们发信息，发传单，帮你义务宣传。我们看过县里电视台人物采访，知道你老婆来自广州还有高学历，深知小技巧对这种人来说没用，得有勇有谋，还得会编写桥段故事吸引你夫人。我只好加大力度出卖自己身体，真枪实弹去跟那些女人胡搞。为了你狡猾的父亲能够暴跳如雷，我给我远嫁他乡姐姐的女儿固定每个月汇去一笔费用，事实证明，最挖他们心肝肉的是每个月固定一笔钱打到一个女人名字的账户上。最使她深信不疑的是送小楷书法的桥段，让大家相信你在转移资产，你夫人相信你是花心大萝卜，我这样做，感天动地才撼动了你全家……包大老总啊，你是好老师啊，你的"关门打狗法"确实天衣无缝，我们一丝不苟地学会了，如果我们欠你的也就是欠学费啦。我们的目的比你更明确，就是你给我们的损失和痛，我们不多不少就是几倍地还给你。

如果不是包饵渡扑上来想要男护工包饵渡的命，如果不是民警把男护工包饵渡拉开，他会把审讯室变为他的事迹报告会。他讲得太兴奋了，根本不想停下来，他要像滔滔春水般一直讲下去。两个民警制服住他的身体，他的嘴还在放飞心声，有果有因啊包大老总，古人那话怎么讲的，铁打的康养院流水的妻啊。

一个支童倩还没有见过的男人。那些女人也和她的包饵渡一点关系都没有。但他和他有一个相同的名字。

包饵渡阴沉着脸对民警说，他带到酒店嫖娼的女人身份证不是我员工的，他一定是买通了酒店用的化名，要查一查这些酒店。

男护工包饵渡又高兴起来，几乎到了手舞之、足蹈之的地步，他热情洋溢地说，包大总，你又在教我提高进步，民警同志，我叔的绿化工程是不是有百分之九十的成活率谁说了算？他请的专家是权威，他一定是买通了专家，要查一查那些专家团。

这位护工包饵渡恶狠狠地吐出一口气，露出他洁白的牙齿。

他终于停住笑，对包饵渡说，那天你正在一楼查房时，我到了你岳父的病房……

包饵渡怒不可遏地说，原来是你让他从五楼往下跳的……

男护工包饵渡一脸严肃地说，这种事你才拿手，我虽托你福气，但只是学会皮毛。你知道他什么都不懂，就认得你的名字……

包饵渡大声打断说，你对他说了什么？你对他做了什么？你不叫，他怎么会跳……

男护工包饵渡说，你低估了我的与人为善，以德报怨。那天我值班护理他，他和我交谈，问我是谁，我给他看我的工作牌，他看了就判断我是你。他对我鞠躬，对我怕得要死，看他对我立正，人心都是肉做的。我不忍心，也怕被这年纪的人行礼折了寿，我不忍心骗他，就跟他说了实话，我知道他最听你的话，我说我只是和你同名同姓的男护工。他听后笑逐颜开，又问我说，你们都是黄老门的包家出来的吗，我夸他对本地历史很熟悉，他很高兴。接着他问我，我女儿的那个包饵渡在哪里，我十分钟前是从楼下上来的，也是在楼下看见你的。我就往窗户指了指，说他在那里。说完我就准备好护士推车往隔壁病房送体温计、血压计等物。再接着，我就到下一间病房护理了，我也是回过头……

包饵渡被万箭穿心，他挣脱着冲上前，一口唾沫飞了出来，我要撕烂你，撕成碎片。是你害死了他，是你引导他跳楼的，是你推下去的，我家破人亡是你弄的……

男护工包饵渡一脸严肃地回复说，家破，对，你值得，你配得起这痛苦，必须的。人亡，我没那么大的能耐和狠毒，你高估我的恶了……你高估我的学习能力了……

包饵渡想找他拼命，他奋力地扑过去，不是你推的，他怎么会往楼下跳！

男护工包饵渡也拼着命要与他比诚恳和惋惜，他放低了声音说，人不是我推的，我也是回头才知道的。我也和你们一样震惊，为什么他要跳到楼下，那可是五楼啊……

男护工包饵渡继续补充说，他怎么想的，我怎么会知道？ 我要收拾你，有一份还一份，扯平就好。杀人的事我没做，他也许只是急着要吃你常常奖励他的馒头、包子……

包饵渡问，那你为什么要说我在楼下？

男护工包饵渡说，你确实在那里……

包饵渡问，那你为什么要说出我的名字？

男护工包饵渡回答，你确实叫这个名字……